W0252660

# MENACE SUR RIO

DU MÊME AUTEUR
AUX ÉDITIONS DE L'ARCHIPEL

*Invisible*, 2016.
*Lune pourpre*, 2015.
*Le Sang de mon ennemi*, 2015.
*Un si beau soleil pour mourir*, 2015.
*Week-end en enfer*, 2014.
*Tapis rouge*, 2014.
*Moi, Michael Bennett*, 2014.
*Zoo*, 2013.
*Dans le pire des cas*, 2013.
*Les Griffes du mensonge*, 2013.
*Copycat*, 2012.
*Private Londres*, 2012.
*Œil pour œil*, 2012.
*Private Los Angeles*, 2011.
*Qui a tué Toutankhamon ?*, 2011.
*Bons baisers du tueur*, 2011.
*Une ombre sur la ville*, 2010.
*Dernière escale*, 2010.
*Rendez-vous chez Tiffany*, 2010.
*On t'aura prévenue*, 2009.
*Une nuit de trop*, 2009.
*Crise d'otages*, 2008.
*Promesse de sang*, 2008.
*Garde rapprochée*, 2007.
*Lune de miel*, 2006.
*L'amour ne meurt jamais*, 2006.
*La Maison au bord du lac*, 2005.
*Pour toi, Nicolas*, 2004.
*La Dernière Prophétie*, 2001.

AUX ÉDITIONS JC LATTÈS

*Cours, Alex Cross*, 2016.
*13e malédiction*, 2015.
*Tuer Alex Cross*, 2015.
*Douze coups pour rien*, 2014.
*Tirs croisés*, 2014.
*La Onzième et Dernière Heure*, 2013.
*Moi, Alex Cross*, 2013.

*(Suite en fin de volume)*

JAMES PATTERSON
et MARK SULLIVAN

# MENACE SUR RIO

*traduit de l'américain*
*par Sebastian Danchin*

l'Archipel

Ce livre a été publié sous le titre
*Private Rio*
Par Little, Brown and Company, New York, 2016.

Notre catalogue est consultable à l'adresse suivante :
www.editionsarchipel.com

Éditions de l'Archipel,
34, rue des Bourdonnais
75001 Paris.

ISBN 972-2-8098-1898-7

Copyright © James Patterson, 2016.
Copyright © L'Archipel, 2016, pour la traduction française.

*Aux gamins des favelas*

## PREMIÈRE PARTIE

# LA FIÈVRE DE LA COUPE DU MONDE

# 1

*Rio de Janeiro*
*Samedi 12 juillet 2014*
*14 heures*

Le Christ Rédempteur faisait de brèves apparitions entre les nuages accrochés aux pentes recouvertes de forêts dominant la ville et l'océan, lorsque le soleil a soudain triomphé, inondant de ses rayons ardents l'immense statue blanche de Jésus plantée au sommet du mont Corcovado.

Depuis deux mois que je me trouvais là, j'avais pu admirer ce monument des dizaines de fois, mais jamais à bord d'un hélicoptère de la police, en vol stationnaire à moins de cent mètres de cette gigantesque silhouette gracieuse et dépouillée.

J'ai beau ne pas être pratiquant, j'ai été parcouru d'un frisson tandis que l'appareil s'éloignait :

— Quel spectacle incroyable.

— C'est l'une des sept nouvelles merveilles du monde, Jack, a réagi Tavia.

— Tu peux me citer les six autres ?

— Et toi ? m'a-t-elle rétorqué du tac au tac.

— Je sèche.

— Toi, pris de court ? Je n'en crois pas mes oreilles.

— Il faut croire que je sais donner le change.

Je me présente : Jack Morgan, patron de Private, une société spécialisée dans la sécurité, possédant des bureaux dans la plupart des grandes villes de la planète. Octavia Reynaldo, dite Tavia, une très belle femme au visage encadré de cheveux noirs et percé de deux yeux enjôleurs, dirige l'agence de Rio. Ce genre d'échange est habituel entre nous.

Tous les deux debout devant la baie ouverte de l'hélico, nous étions lourdement harnachés, retenus par une élingue à l'habitacle, ce qui ne m'empêchait pas de m'agripper à une poignée métallique. Sans remettre en cause la compétence du pilote, j'ai senti mes intestins se nouer en le voyant prendre de la vitesse et se diriger vers le sud-est.

J'ai moi-même été pilote d'hélico au sein des Marines. J'ai bien failli y laisser ma peau quand les rebelles afghans ont abattu mon appareil, il y a quelques années. Plusieurs de mes hommes sont morts dans cet accident et je ne prise guère les hélicos depuis. Disons que je me fais une raison quand je suis obligé d'en emprunter un, ce qui était le cas ce jour-là.

Tavia et moi devions notre présence à bord au colonel de la police militaire brésilienne qui nous accompagnait. Mateus Da Silva, chargé de la sécurité pendant la Coupe du monde de football, avait fait appel à Private à cette occasion.

La finale opposant l'Allemagne à l'Argentine devait avoir lieu moins de vingt-quatre heures plus tard. La compétition s'était déroulée quasiment sans incident jusque-là et Da Silva avait souhaité nous récompenser de nos bons et loyaux services en nous offrant cette balade aérienne. Pour avoir roulé ma bosse un peu partout dans le monde, je peux vous assurer que Rio mérite amplement son surnom de Ville merveilleuse. L'océan, les plages, la jungle et les montagnes rivalisent de beauté de tous côtés. Ce jour-là, on annonçait l'arrivée d'un million de supporters argentins en prévision de la finale.

— Cela nous donnera une idée de ce qui attend Rio lors des prochains Jeux olympiques, a remarqué Da Silva alors que nous survolions les dizaines de bidonvilles accrochés aux pentes des collines environnantes.

En contrebas des favelas, le paysage urbain change du tout au tout. C'est là, dans les quartiers sud, que résident les Cariocas les plus riches dans des immeubles luxueux alignés tout autour de la baie, le long de plusieurs kilomètres de plages de sable blanc.

L'appareil a survolé la frontière artificielle séparant les taudis des propriétés les plus opulentes, en direction du célèbre Pain de Sucre. La colline des Dois Irmãos, les Deux Frères, domine l'Atlantique à l'est, le très chic quartier de Leblon au nord, et l'immense favela Rocinha à l'ouest.

Longtemps l'une des zones urbaines les plus dangereuses au monde, Rocinha figure au nombre des bidonvilles que la police militaire brésilienne s'est attachée à « pacifier » en amont de la Coupe du monde. L'État a créé à cette occasion le BOPE, un bataillon de Forces spéciales composé de combattants d'élite qui ont déclaré la guerre aux parrains de la drogue dans les favelas. Da Silva occupait le grade de commandant au sein du BOPE. Cette unité spéciale avait tué ou chassé plusieurs dizaines de narcotrafiquants, sans parvenir à éradiquer totalement leur présence à Rocinha.

L'emplacement de cette favela, à flanc de colline, la rend difficile d'accès, empêchant la police d'en prendre le contrôle. Da Silva s'en inquiétait et avait voulu survoler la zone en personne.

Nous sommes passés au-dessus de la nouvelle propriété de David Beckham, située dans un canyon au-dessus de Leblon. Le champion anglais a fait couler beaucoup d'encre en achetant ce terrain au cœur de la favela. Certains riches habitants de Rio se sont indignés de son installation dans un tel quartier, tandis que les défenseurs des plus pauvres s'inquiétaient de voir Beckham lancer une mode qui risquait fort de chasser les habitants du secteur.

L'hélicoptère s'est glissé le long du flanc nord de la colline, au-dessus d'un dédale de cabanes de couleurs pastel, entassées les unes sur les autres à la façon d'un empilement Lego géant.

— Tu ferais mieux de reculer un peu, m'a conseillé Tavia. Il n'est pas rare que les gens du cru tirent sur les hélicoptères de la police.

Tavia, longtemps inspectrice au sein de la Brigade criminelle de Rio, est une femme d'une grande intelligence, particulièrement au fait de ce qui se passe dans sa ville. Constatant que Da Silva ne bougeait pas d'un pouce, je suis resté à mon poste tandis que l'appareil survolait la favela, franchissait la crête et contournait par le sud la colline des Deux Frères.

Le pilote volait bas, de façon à éviter la quinzaine d'amateurs de deltaplane emportés par les courants ascensionnels du Pain de Sucre. À l'est, la route de la côte était bouchée à perte de vue par les voitures et les bus remplis de supporters argentins agitant aux fenêtres bouteilles d'alcool et drapeaux bleu et blanc. Des filles en bikini dansaient sur les toits et les capots des autos à l'arrêt, quand elles ne se déhanchaient pas sur les plages, de l'autre côté de la route.

— Il va en arriver toute la nuit, a soupiré le colonel Da Silva.

— La ville est-elle prête à les recevoir?

— Rio accueille bien deux millions de visiteurs pour le Nouvel An, est intervenue Tavia. Et cinq millions au moment du carnaval. Je ne dis pas que tout ira comme sur des roulettes, mais Rio a l'habitude.

Da Silva a fait une moue dubitative avant d'ajouter:

— Si la finale se déroule sans incident, en dehors des embouteillages, ça devrait...

— Colonel, l'a interrompu le pilote. On nous signale une urgence au Pão de Açúcar.

— Une urgence de quel ordre? a demandé le colonel.

Tout en prenant de la vitesse, le pilote nous a fourni des explications. Agrippé à la porte, je me suis penché vers les deux blocs granitiques hauts de quatre cents mètres qui émergent de l'océan, au nord de la plage de Copacabana.

— Tu crois qu'on peut survivre à une telle chute? m'a crié Tavia.

En dépit des dix kilomètres qui nous en séparaient, on distinguait clairement les falaises vertigineuses qui dominaient la mer. Restait à déterminer les conséquences d'une telle chute.

J'ai haussé les épaules.

— On assiste à des miracles tous les jours.

# 2

Dans son laboratoire de l'Institut Oswaldo Cruz, en plein cœur de Rio, le docteur Lucas Castro voulut calmer le tremblement de ses mains, dans l'attente du résultat que lui réservait la machine.

*Pourvu que j'aie tort*, pensa-t-il. *De grâce.*

Les deux jeunes techniciens présents dans la pièce s'intéressaient moins à leur tâche qu'à l'écran de télévision accroché au mur. Un panel de journalistes sportifs discutaient de la finale du lendemain, mal remis de la défaite sévère concédée par l'équipe du Brésil à celle d'Allemagne, lors de la demi-finale.

*7 à 1?* pensa Castro. *Quand je pense à tout ce qu'il a fallu accepter pour que la Coupe du monde ait lieu au Brésil, à tout ce que j'ai dû subir personnellement!*

Le médecin, emporté par la colère, oublia un instant les résultats qu'il attendait.

Une honte nationale. Cette Coupe du monde n'aurait jamais dû avoir lieu. Sans tous ces idiots corrompus de la FIFA...

La sonnerie du minuteur retentit, interrompant le cours des pensées du médecin qui n'avait toujours pas digéré la défaite des siens, quatre jours plus tôt.

Il souleva le couvercle de la machine en se grattant machinalement la barbe, signe de son impatience. Il retira de l'appareil le petit récipient stérile contenant l'échantillon prélevé sur le foie de Maria, une fillette de huit ans atteinte d'un mal étrange. Castro s'était étonné de la gravité de son état en la voyant arriver à la clinique rattachée à l'Institut, en compagnie de son petit frère de six ans. Tremblante de fièvre et couverte de sueur, elle présentait des lésions au niveau de presque tous les organes majeurs.

Le virologiste introduisit l'échantillon dans une autre machine. Il le découpa en tranches infinitésimales afin de les examiner au microscope. Dans toute autre situation, Castro aurait effectué des tests plus poussés afin de savoir s'il était en présence d'un virus, mais le temps lui était compté. Si ses soupçons étaient fondés, un simple coup d'œil aux échantillons suffirait à le renseigner.

Il glissa la première lamelle sous l'objectif.

*Pourvu que j'aie tort.*

Castro colla l'œil au microscope, régla celui-ci à sa vue, et vit aussitôt que ses peurs se trouvaient confirmées. De nombreuses cellules étaient envahies, attaquées, abominablement mutilées par ce qui ressemblait à d'étranges reptiles translucides à têtes multiples. Le médecin, traumatisé, revit dans sa tête un village indigène, perdu en pleine jungle, emporté par les flammes.

*Combien de têtes?* se dit-il, paniqué. *Combien?*

Il zooma sur une cellule infectée et dénombra six têtes.

*Six?!! Pourquoi pas cinq?*

Il examinait les cellules malades l'une après l'autre et constatait à chaque fois le même résultat.

*Seigneur, ne me dis pas...*

Une infirmière pénétra en trombe dans le laboratoire.

— Vite, docteur! On est en train de perdre la petite!

Castro bondit sur ses pieds et la suivit au pas de course.

— Qui se trouve avec elle? demanda-t-il en franchissant à la hâte la porte d'entrée du bâtiment.

— Le docteur DeSales, répondit-elle, essoufflée.

Castro se rua à travers le campus en direction de l'hôpital.

Deux minutes plus tard, il poussait la porte du service des soins intensifs. Un homme et une femme d'une trentaine d'années lui barrèrent le passage.

— Personne ne nous dit rien, docteur, sanglota la femme.

Le médecin voulut rassurer les parents de la fillette.

— Nous faisons de notre mieux, réagit-il en les repoussant doucement avant de se précipiter aux urgences où il apostropha les infirmières :

— Enfilez immédiatement des combinaisons stériles et placez le service en quarantaine !

Castro s'empara à la volée d'un masque de chirurgien, franchit une porte et découvrit son collègue DeSales, occupé à réanimer une fillette de huit ans.

— John, ne reste pas là.

— Si je m'en vais, elle est perdue, rétorqua DeSales.

— Si tu restes, tu risques d'être emporté à ton tour.

Les appareils de monitoring auxquels était relié le petit garçon de six ans couché dans le lit voisin se mirent à sonner.

D'un coup d'œil aux écrans, Castro comprit que l'enfant était aussi mal en point que sa sœur. Au mépris des précautions les plus élémentaires, il enfila des gants et se mit au travail, injectant divers produits dans les perfusions du petit malade.

— De quoi s'agit-il ? demanda DeSales.

— Nous sommes en présence d'un virus dont j'ai croisé la route une fois dans ma carrière, répondit Castro. On l'a baptisé l'Hydre. Il s'attaque à tous les organes majeurs.

— Comment se transmet-il ?

— On ne sait pas exactement, sans doute par les fluides corporels.

— Quel est son taux de mortalité ?

— À peu près seize pour cent lors de la dernière épidémie, répliqua Castro. Je crains fort que le virus soit devenu infiniment plus dangereux en mutant. Allez, Jorge, bats-toi !

Malgré les imprécations de Castro, l'état du petit garçon empirait. Les deux médecins avaient beau s'escrimer, Jorge et sa sœur leur échappaient. Les reins lâchèrent, puis ce fut au tour du foie. Onze minutes s'étaient écoulées depuis l'arrivée de Castro dans la chambre lorsque des gouttes de sang jaillirent des yeux de la fillette. Prise de convulsions violentes, Maria mourut peu après d'une crise cardiaque.

Quatorze minutes plus tard, c'était au tour du petit Jorge de s'éteindre de façon tout aussi terrifiante.

# 3

Retenu par un harnais à l'habitacle de l'hélicoptère, à quatre cents mètres de la plage de Copacabana, j'observais la scène avec des jumelles. Le colonel Da Silva, penché au-dessus du vide à côté de moi, faisait de même.

Des dizaines de milliers de supporters argentins en délire faisaient la fête sur la célèbre plage de Rio. Ce n'était pourtant pas ce spectacle qui m'intéressait, mais le Pain de Sucre.

— Tu les vois, Jack? m'a interrogé Tavia.

J'avais beau scruter les rochers noirs au milieu des secousses de l'appareil, je ne distinguais rien...

J'ai sursauté en apercevant une tache jaune vif sur la falaise, à plusieurs dizaines de mètres du sommet. En descendant le long de la paroi, j'ai aperçu un carré rouge et blanc.

— Là! Seigneur, ce ne sera pas facile.

Le pilote est passé sous les câbles du téléphérique menant au sommet du Pain de Sucre, puis il s'est arrêté en vol stationnaire à une trentaine de mètres des alpinistes: un homme et une femme, retenus entre eux par une corde accrochée à un piton. L'homme pendait, une dizaine de mètres en contrebas de la femme.

Aucun des deux ne bougeait, mais la femme, les yeux ouverts, criait à l'aide. Son compagnon, apparemment en état de choc, respirait de façon irrégulière.

— Je ne serais pas surpris que le type se soit cassé la colonne vertébrale. Vous avez une unité d'intervention spécialisée, à Rio?

Tavia a affiché une moue dubitative.

— Non, est intervenu Da Silva. Pas pour ce type d'accident. Il ne nous restait qu'une solution.

— Il faut atterrir au sommet.

— Dans quel but? m'a interrogé le colonel.

— Les secourir.

— Tu t'en sens capable, Jack? s'est étonnée Tavia.

— J'ai fait pas mal d'escalade à l'époque de mon entraînement chez les Marines. Avec le matériel nécessaire, je devrais pouvoir m'en tirer.

Da Silva m'a observé d'un œil neuf, puis il a ordonné au pilote de se poser au sommet de la montagne. L'appareil s'est éloigné des alpinistes dans une spirale ascensionnelle. Dans le même temps, le pilote demandait par radio aux services de sécurité postés sur le Pain de Sucre de dégager la terrasse. Moins de deux minutes plus tard, il se posait.

Un flic en civil de la police de Rio, qui se trouvait en balade sur les lieux au moment de l'accident, nous a conduits jusqu'à la gare d'arrivée du téléphérique où nous attendait une cabine vide.

Une blonde d'une vingtaine d'années, adossée à la balustrade, pleurait à chaudes larmes. Un type tout sec au teint olivâtre, accroupi près d'elle, observait le paysage d'un regard vide tandis qu'un troisième personnage, plus grand, s'efforçait de voir ce qui se passait en contrebas. Tous trois portaient des combinaisons d'alpinistes.

Nous avons tenté de comprendre ce qui s'était passé. Alexandra Patrick était une Américaine de Boulder, dans le Colorado. La femme accrochée à la paroi rocheuse était sa sœur aînée, Tamara.

Le jeune homme accroupi près d'Alexandra était le petit ami de Tamara, René Leroux, un Français vivant à Denver. Tous les trois étaient venus au Brésil afin d'assister aux matchs de la Coupe du monde. Ils étaient des alpinistes chevronnés, tout comme leur compagnon Flavio Gomes, un grand Brésilien employé par Victor Barros, le type qui pendait inerte au bout de sa corde.

Barros dirigeait une entreprise qui organisait depuis huit ans des escalades le long du Pain de Sucre. C'était la première fois que survenait un tel drame.

— Nous fixons nous-mêmes les pitons, m'a expliqué Gomes. On les vérifie à chaque fois et tout paraissait normal. Sauf que ça ne l'était pas.

Gomes, Leroux et Alexandra avaient choisi une voie moins périlleuse que celle empruntée par Barros et Tamara. Le groupe de Gomes s'était lancé le premier à l'assaut de la falaise et se trouvait cinquante mètres au-dessus de Barros et Tamara lorsque deux pitons avaient cédé, l'un après l'autre. Seule Alexandra avait assisté à la scène.

— Ils ont fait une chute d'au moins quinze mètres, a-t-elle gémi. Ils se sont télescopés avant de s'écraser contre la paroi. J'ai entendu Tamara crier à l'aide, elle hurlait qu'elle ne sentait plus ses jambes. De l'endroit où nous nous trouvions, nous étions complètement démunis.

Gomes a hoché la tête d'un air attristé.

— Je suis un grimpeur aguerri, mais je n'ai jamais participé à une opération de secours. Je ne pense pas être à la hauteur.

Leroux a baissé la tête, effondré.

— Elle risque fort de rester paralysée.

Je me suis approché de la balustrade. En me penchant, j'ai distingué un cordage de nylon qui courait le long de la falaise avant de disparaître dans le vide.

— Ils étaient accrochés à ce filin?

— Non, celui-ci courait parallèlement à leur cordage, à une vingtaine de centimètres de distance, m'a expliqué Gomes. Simple mesure de sécurité.

Au vu de la position des alpinistes blessés et de ce que j'allais devoir entreprendre pour les tirer de là, me servir du filin de secours était trop risqué.

Je me suis tourné vers Da Silva.

— Je vais avoir besoin de votre aide, et très vite, colonel. Deux vies humaines en dépendent.

# 4

Trente-huit minutes plus tard, à plat ventre à l'intérieur du téléphérique, je luttais contre le vertige en regardant le sol, trois cents mètres plus bas. J'ai fait stopper la cabine à l'instant où j'ai aperçu Tamara Patrick, mon ordre relayé par Da Silva qui était en contact radio avec le sommet. Le téléphérique s'est figé sur son câble à moins de dix mètres de la gare d'arrivée.

— À quelle distance se trouvent-ils ? m'a demandé Da Silva.

— Une centaine de mètres, à peu près.

À côté de moi, les deux soldats brésiliens dépêchés d'urgence de leur base, à un kilomètre au pied du téléphérique, achevaient de fixer un treuil au sol de la cabine. Je les ai interrogés :

— Vous aurez assez de câble ?

Tavia leur a posé ma question en portugais, et ils ont répondu dans leur langue.

— Ils pensent que oui, avec la longueur de corde supplémentaire, a-t-elle traduit.

Gomes était occupé à tester les nœuds et les mousquetons permettant de relier la corde au câble en acier du treuil.

D'un coup d'œil, j'ai vu qu'une douzaine de centimètres séparaient du sol le tambour du treuil. L'épaisseur de corde supplémentaire risquait de frotter la tôle.

Nous avons fixé l'autre extrémité de la corde au crochet surmontant la porte de la cabine. J'étais moi-même relié au filin par un mousqueton.

— Votre radio? s'est enquis Da Silva.

J'ai enfoncé à deux reprises le bouton du micro accroché à ma poitrine.

Tous ceux qui se trouvaient là en rang d'oignon – Da Silva, Tavia, Gomes, les deux soldats et le flic en civil présent là par hasard – ont hoché la tête en saisissant la corde de leurs mains gantées.

Je me suis approché de la porte en évitant de regarder en bas. Avant de basculer dans le vide, je leur ai fait une dernière recommandation :

— Surtout, ne lâchez pas.

L'instant suivant, je m'élançais au-dehors, retenu par le harnais. J'ai tournoyé dans l'air en perdant de l'altitude. Pris de vertige, j'ai serré les paupières afin de ne plus voir les arbres en contrebas.

Il m'arrive parfois de me dire que je suis cinglé. C'était le cas ce jour-là.

Il leur a fallu une bonne minute pour dérouler entièrement la corde.

— Nous allons passer au câble du treuil, m'a averti la voix de Da Silva dans le haut-parleur de ma radio.

— D'accord.

Le reste de la descente s'est effectué de façon nettement plus rapide, sans à-coups.

Une minute plus tard, je me trouvais moins de trois mètres au-dessus de Tamara Patrick, à un mètre de la paroi.

— Stop !

Le treuil s'est arrêté.

— Aidez-moi ! a balbutié Tamara d'une voix faible.

— Je suis là pour ça. Je m'appelle Jack, et nous allons vous tirer de là.

Elle s'est mise à pleurer.

— Je ne sens plus mes jambes.

— Et vos bras?

— Je les sens un peu.

— Vos mains?

— La gauche plus que la droite, a répliqué Tamara en se ressaisissant.

— C'est déjà ça.

J'ai jeté un coup d'œil en direction de son guide dont le corps paraissait inerte, huit mètres plus bas.

— Votre compagnon s'est-il manifesté depuis la chute?

Tout en posant la question, je me balançais à l'extrémité de la corde, comme un gamin sur une balançoire.

— Non, m'a répondu Tamara. Comment comptez-vous me sortir d'ici?

— Vous allez voir.

Au troisième balancement, j'ai réussi à récupérer la corde de secours accrochée au sommet. J'ai commencé par l'arrimer solidement à mon harnais avant d'actionner mon micro.

— Donnez-moi trois mètres de mou et faites descendre la nacelle.

— Compris, a affirmé Tavia.

J'ai attendu que le filin de secours atteigne Tamara avant de la rejoindre. Elle a relevé la tête en m'entendant. Bon signe.

— J'ai peur, a-t-elle murmuré.

— Moi aussi. Je déteste les acrobaties.

Elle m'a adressé un sourire timide.

— Et moi j'adore ça.

— C'est ce que m'a expliqué votre sœur.

— Vous croyez que je vais rester paralysée à vie, Jack?

La peur et l'angoisse que j'entendais dans sa voix m'ont bouleversé. J'ai détourné les yeux.

— Je ne suis pas médecin, malheureusement.

Comme elle restait silencieuse, j'ai posé les yeux sur elle. Elle avait levé la tête. En l'imitant, j'ai aperçu la coque rigide qui descendait lentement du téléphérique.

— Jack? Vous accepteriez de me tenir la main en attendant la civière?

— Avec plaisir.

Sa main gauche était froide et moite. Il ne faisait guère de doute qu'elle était en état de choc.

— Vous avez vu René là-haut? a-t-elle repris.

— C'est lui qui m'a prêté son harnais.

Elle a hoché la tête, la lèvre inférieure secouée d'un spasme.

— Il ne supporte pas ce genre de truc.

— Quel genre de truc?

— L'idée de vivre avec une fille paralysée.

Elle pleurait à chaudes larmes.

— Il est bête à ce point-là?

Tamara a émis un petit rire à travers ses larmes.

— Ça lui arrive.

J'ai entretenu la conversation en attendant que la coque descende jusqu'à nous. Attacher Tamara à la civière qui pendait à l'horizontale au bout de quatre filins fixés au câble du treuil n'était pas une mince affaire, mais nous avons fini par réussir. Il ne me restait plus qu'à la libérer de la corde qui lui avait sauvé la vie.

— Bon voyage, Tamara. Peu de gens peuvent se vanter d'avoir réalisé un tel exploit.

— Merci, Jack.

— Il n'y a pas de quoi.

Je lui ai serré longuement la main une dernière fois.

— Vous finirez par vous en tirer. D'accord?

— Vous croyez vraiment?

— Il faudrait être vraiment idiot pour ne pas le croire.

Elle m'a souri en fermant les yeux et j'ai saisi mon micro.

— Vous pouvez la remonter.

J'ai suivi la civière des yeux pendant quelques instants avant de me rapprocher de Victor Barros.

Le temps que j'arrive à sa hauteur, Tamara avait disparu à l'intérieur de la cabine et celle-ci repartait en direction du sommet.

— On revient tout de suite, Jack, a résonné la voix de Tavia dans ma radio.

J'ai eu le temps de poser ma main sur le cou de Barros. Sa peau était encore tiède, mais son cœur ne battait plus.

C'est d'une main crispée que j'ai saisi mon micro.

— Prenez votre temps. Il est mort.

Je suis resté accroché à la corde de secours, près du corps du malheureux guide, jusqu'au retour de la cabine. Le câble à peine descendu, je l'ai fixé au harnais de Barros et j'ai libéré ce dernier de la corde qui lui avait sectionné la colonne vertébrale, lors de sa chute.

Vingt minutes plus tard, on me hissait à bord de la cabine. Je me suis affalé contre l'habitacle en face du corps, vidé, tandis que le téléphérique entamait sa descente.

— Ça va, Jack? m'a demandé Da Silva.

— Je crois que je pourrais dormir une semaine entière.

Tavia a fait la grimace en regardant sa montre.

— J'ai bien peur que ce ne soit pas possible, patron. Nous sommes déjà en retard.

J'ai consulté ma propre montre, fermé les yeux, et laissé échapper un gémissement.

# 5

Le docteur Lucas Castro s'accorda une pause dans un *boteco*, un petit bar de rue proche de l'hôpital. Il commanda une *cachaça*, un rhum de canne brésilien, tout en regardant distraitement l'écran de télévision sur lequel défilait un reportage consacré aux exploits d'un Américain pendu au bout d'une corde, le long du Pain de Sucre.

Castro posa un regard amer sur son collègue DeSales.

— Ils ne parlent que de cette histoire d'alpinistes à la télé. Tu crois qu'ils s'intéresseraient à deux gamins des favelas foudroyés par un virus, surtout à la veille d'une finale de Coupe du monde ?

— Jamais de la vie, approuva DeSales.

Castro commanda un autre rhum, incapable de chasser de son esprit les événements des dernières heures. La colère ne faisait que monter en lui. DeSales à ses côtés, il avait assisté, impuissant, à la mort du petit Jorge, stupéfié par la rapidité avec laquelle l'enfant et sa sœur avaient succombé. Les deux gamins étaient restés hospitalisés moins de trois heures.

Bouleversé par leurs morts, DeSales avait franchi derrière Castro le rideau de plastique installé par les infirmières à l'entrée de la chambre, puis les deux médecins avaient rejoint une pièce spéciale des urgences où ils s'étaient déshabillés avant de se débarrasser de leurs vêtements dans un incinérateur. Ils s'étaient ensuite examinés mutuellement afin de s'assurer qu'ils ne portaient pas de traces de fluides corporels ayant appartenu aux enfants. Rassurés, ils s'étaient lavés de la tête aux pieds à l'aide d'une solution légèrement javellisée, puis rincés sous des jets à haute pression.

Manuel Pinto, l'administrateur de l'hôpital, les attendait à leur sortie de la salle de décontamination.

— Qu'est-ce que c'est que cette histoire ? leur avait demandé le cinquantenaire aux traits bouffis, vêtu d'un costume de lin d'excellente coupe.

— Deux gamins des favelas, avait répliqué Castro. Je ferai procéder à une PCR pour en avoir la confirmation, mais il s'agit très probablement d'un virus auquel nous avons été confrontés il y a trois ans dans la région du haut Amazone.

— Vous avez travaillé là-bas ?

— Au sein d'une unité de l'OMS.

— Quel était le taux de mortalité ?

— Seize pour cent, avait répondu DeSales.

— Sauf que l'incident d'aujourd'hui n'a pas laissé de survivant, avait insisté Castro. Il faut placer l'hôpital en quarantaine et fermer la favela dans laquelle vivaient ces gamins.

— Toute la favela ? s'était étonné Pinto. Quand bien même je le voudrais, je n'en ai pas le pouvoir.

— Alors, il ne vous reste plus qu'à contacter les autorités responsables. En attendant, je vais trouver les parents.

La mère, une jolie jeune femme nommée Fernanda Gonzalez, avait tourné vers le docteur Castro un visage inquiet en le voyant s'avancer dans la salle d'attente.

— Je ne sais pas comment vous l'annoncer. Vos deux enfants sont morts.

Fernanda s'était effondrée en sanglotant dans les bras de son mari, Pietro.

— Comment est-ce possible ? avait voulu savoir ce dernier sur un ton agressif. Je veux les voir.

— C'est malheureusement impossible. Nous avons toutes raisons de croire qu'ils étaient porteurs d'un virus extrêmement contagieux.

— Comment ça ? Un virus comme Ebola ? avait réagi Pietro, désarçonné.

— Un virus différent, mais tout aussi dangereux, en effet.

— Où sont-ils? avait demandé Fernanda entre deux hoquets.

— Leurs corps ont été placés en quarantaine. Nous allons devoir procéder à des examens sanguins sur vous deux, comme sur tous ceux qui ont été en contact avec vos enfants depuis vingt-quatre heures.

— Mon Dieu ! avait gémi la mère. Mon Dieu, je n'arrive pas à y croire.

Son mari, tout en continuant à la serrer contre lui, avait fondu en larmes à son tour. Castro avait attendu qu'ils se calment pour leur poser quelques questions. Le couple vivait dans un taudis du nord-est de Rio abritant près de 200 000 habitants.

Le père avait un boulot stable, il était gardien de nuit sur le site du Christ Rédempteur, au mont Corcovado. Fernanda, mère au foyer, s'occupait des enfants. Ils avaient été frappés la veille au soir de voir la petite Maria dans un état second. Elle avait été prise de vomissements vers le milieu de la nuit. Une heure plus tard, c'était au tour de Jorge.

— D'où venaient les petites plaies qu'ils avaient aux pieds ? les avait interrogés Castro.

— Je ne sais pas, avait répondu la mère. Ce sont des enfants, ils jouent dans la rue toute la journée.

*Pieds nus ? Dans une favela ?* avait pensé Castro en s'efforçant de dissimuler son malaise.

Lui-même, pour avoir grandi dans un bidonville de Rio, savait mieux que quiconque à quel point l'hygiène était inexistante dans les quartiers défavorisés. Les gamins auraient marché sur un objet porteur de l'Hydre. Restait à savoir comment le virus était arrivé jusque-là.

— Docteur Castro ?

En relevant la tête, le médecin avait constaté que l'administrateur de l'hôpital se frottait nerveusement les mains. À côté de lui se tenait un petit homme suffisant…

Le médecin sursauta en entendant le barman poser bruyamment devant lui un verre de *cachaça.*

Castro le leva en direction de DeSales.

— À Igor Lima, déclara-t-il. Le crétin le plus timoré qu'il m'a été donné de croiser.

Les deux hommes trinquèrent, avalèrent le rhum d'un trait et commandèrent une nouvelle tournée tandis que Castro repensait à Lima.

Ce dernier œuvrait au sein du cabinet du maire de Rio où il était chargé des questions de santé publique. Lorsqu'il avait débarqué à l'hôpital à la demande de l'administrateur, quelques heures plus tôt, il n'avait pas caché son mécontentement d'être dérangé un samedi, veille de finale de Coupe du monde.

— Les virus et autres maladies graves se moquent éperdument de ce genre de détail, lui avait dit Castro.

— Quels virus ? Quelles maladies graves ? avait aboyé Lima.

Castro, constatant que l'administrateur détournait la tête, avait informé le fonctionnaire de la situation en le suppliant de mettre en quarantaine la favela dont étaient originaires les deux enfants.

Lima s'était renfrogné, la lèvre tremblante.

— Impossible, avait-il déclaré en secouant la tête.

— Comment ? s'était étonné Castro. Pour quelle raison ?

— Parce que rien ne nous dit que ces gamins ont été tués par un virus.

— J'en suis *certain.* J'ai...

— Vous n'avez même pas procédé à une PCR, l'avait interrompu Lima. Vous venez vous-même de me l'expliquer.

— C'est juste, mais...

— Mais rien du tout, docteur. Le mieux est de placer les corps et le service des urgences en quarantaine en attendant les rapports d'autopsie. Nous prendrons les décisions qui s'imposent lundi.

— Lundi ? avait ricané Castro. Une fois la finale terminée, c'est ça ? Tout s'éclaire : vous ne voulez pas mettre le maire et la FIFA en porte à faux. Pas question de voir les médias diffuser des nouvelles gênantes avant la fin de la compétition. Je me trompe ? Au besoin, vous êtes prêts à enterrer l'annonce d'une épidémie.

— Je n'enterre rien du tout, avait bredouillé Lima.

Castro lui avait enfoncé un doigt accusateur dans le sternum.

— Quand ce virus a fait son apparition dans un village du haut Amazone il y a quelques années, seize pour cent des personnes atteintes en sont mortes. Sauf que l'Hydre a muté depuis. Les cellules contaminées ont six têtes au lieu de cinq. Elles ont tué les deux enfants qui en étaient porteurs. Soit un taux de mortalité de cent pour cent.

— Je vous répète qu'en l'absence de tests et d'autopsie vous n'en savez rien, l'avait contredit Lima. Jusqu'à nouvel ordre, les mesures de quarantaine se cantonnent aux corps et au service des urgences.

Castro avait bien tenté de contester cette décision, mais le fonctionnaire l'avait fait taire sèchement.

— Docteur, je regrette d'en arriver là, mais eu égard à votre passé, vous ne disposez pas de la fiabilité nécessaire pour gérer une telle situation. Je suggère que vous soyez vous-même mis en quarantaine.

— Quoi ?!!

— Je vous décharge de cette affaire, docteur Castro, avait ajouté Lima avant de se tourner vers l'administrateur : *Senhor* Pinto, je vous demande d'assainir le service des urgences et d'ordonner l'autopsie des corps dès ce soir, afin que l'on puisse procéder au plus vite à leur crémation. N'oubliez pas non plus de procéder aux examens d'usage sur les médecins concernés.

L'administrateur avait secoué la tête.

— Ce soir ? Mais… c'est impossible.

— Pourquoi donc ? s'était agacé Lima.

— J'ai une invitation à la réception organisée par la FIFA au Copacabana Palace, s'était justifié Pinto.

— C'est votre problème, et non le mien, avait rétorqué Lima.

— Vous n'êtes pas sérieux.

— Tout ce qu'il y a de plus sérieux, avait décrété le conseiller du maire en lui tournant le dos.

Castro n'avait pu que serrer les poings. Il aurait volontiers assommé ce misérable petit fonctionnaire, mais il s'était maîtrisé.

— S'il y a d'autres victimes, vous en serez responsable !

— Vous êtes en quarantaine, docteur Castro. Vous aussi, docteur DeSales, avait répliqué Lima par-dessus son épaule.

# 6

Le barman déposa deux verres pleins devant les médecins.

Ces derniers buvaient sans relâche depuis que leurs examens, à l'image de ceux des parents, avaient rendu des résultats négatifs. Castro avala son rhum d'un trait et en commanda un autre. Son collègue DeSales signala qu'il s'en tenait là en vidant son verre. Il avait prévu de sortir dîner avec sa femme et ne tenait pas à rentrer chez lui trop éméché.

Castro n'avait aucune raison de se montrer aussi raisonnable car personne ne l'attendait. Il lui venait soudain l'envie de se soûler et de se lancer dans quelque action inconsidérée, ou vengeresse. Peut-être même les deux. La décision de Lima risquait de coûter cher à beaucoup de monde. DeSales et lui-même n'avaient rien, mais ce n'était pas forcément le cas de ceux qui avaient été en contact avec les petits malades. Il était grand temps d'agir.

Pas question de tendre une nouvelle fois la joue gauche.

Il fallait impérativement réagir, tirer la sonnette d'alarme.

DeSales posa une enveloppe sur le bar devant Castro.

— Une invitation au raout de la FIFA au Copacabana Palace, déclara-t-il. Pinto me l'a donnée puisqu'il ne pouvait s'y rendre. Nous avions déjà une soirée prévue dans la famille de ma femme, elle ne veut pas changer ses plans. Tu n'as qu'à y aller.

— Rien à foutre, grommela Castro en s'emparant de l'enveloppe qu'il lança dans la poubelle la plus proche.

DeSales soupira, lui donna une claque amicale sur l'épaule, et quitta le bar.

Et tandis que le barman déposait un verre plein devant Castro, les nouvelles à la télé cédaient la place à un reportage consacré à la Coupe du monde. Des analyses, des commentaires à n'en plus finir. Les gens n'étaient pas près de digérer l'échec du Brésil.

*7 à 1? Comme si l'élimination du Brésil ne suffisait pas, il fallait en plus que son équipe se fasse étriller. Qu'elle soit anéantie.*

Les pensées de Castro tournaient en boucle dans sa tête, de vieilles rancœurs qu'il s'était promis d'oublier remontaient à la surface. Il n'y arrivait pas. Le ressentiment et l'amertume faisaient si bien partie de son quotidien qu'ils faisaient presque figure d'amis.

Le médecin vida son verre et en commanda un autre.

Le visage d'Henri Dijon s'afficha à l'écran. L'un des porte-parole de la FIFA, un Français méprisant dans un costume à cinq mille dollars, debout devant une forêt de micros à l'entrée du Copacabana Palace.

Un journaliste lui demandait si cette Coupe du monde au Brésil était un succès aux yeux de la FIFA, en dépit des controverses qui avaient précédé la compétition. Plusieurs centaines de milliers de Brésiliens étaient descendus dans la rue, à travers tout le pays, afin de dénoncer la corruption au sein de l'État, ainsi que les milliards dépensés à la construction de stades inutiles quand tant de Brésiliens pauvres restaient sur le bord du chemin.

— La FIFA considère qu'il s'agit d'une réussite sans précédent pour le Brésil, Rio, et tous ceux qui ont participé à la compétition, répondait Dijon avant de poursuivre dans cette même veine.

*Tous ceux qui ont participé à la compétition?* répéta Castro intérieurement en sentant une bouffée d'acidité lui envahir la gorge.

Peut-être était-ce un succès pour les salauds de politicards qui s'étaient mis des millions dans les poches, ou encore pour les géants du bâtiment. Sans oublier la FIFA, qui battait tous les records en matière de prévarication dans le milieu sportif. Pour ceux-là et une poignée d'autres, il était clair que la Coupe du monde et les Jeux olympiques de 2016 seraient un succès. Mais pas pour les plus modestes. Une fois de plus, les pauvres étaient les dindons de la farce. Expulsés des zones sur lesquelles on avait érigé des stades, c'est tout juste si on leur accordait une santé au rabais, des conditions sanitaires déplorables, une éducation de seconde zone.

Quand on ne les anéantissait pas, à l'image de cette famille des favelas. Ou de Castro deux ans plus tôt.

Il secoua la tête. Il ne voulait plus y penser, au risque de souffrir inutilement. Pas ce soir.

Il reporta son attention sur l'écran où le porte-parole de la FIFA continuait de pérorer, imperméable à toute la misère engendrée par une compétition dont il s'entêtait à vanter les mérites. Castro ne pouvait rester indifférent. Il n'en aurait jamais trouvé la force, au terme de tant de souffrances.

Castro les haïssait tous. Tous ceux qui étaient mêlés de près ou de loin à la Coupe du monde. C'était eux, les responsables. Et voilà que cette connerie de football allait provoquer de nouvelles catastrophes, notamment dans la favela du petit Jorge et de sa sœur Maria.

*Il doit bien y avoir un moyen d'agir*, voulut se rassurer Castro alors que le barman déposait devant lui un nouveau verre plein. *Un moyen de redresser la balance, de remettre les pendules à l'heure, de...*

Sa rage intérieure fit germer une idée qu'il écarta mentalement en saisissant le verre.

Mais l'idée refusait de se dissiper.

Castro reposa son rhum, conscient qu'il lui était impossible de réagir sans franchir la ligne rouge. Ensuite, il serait trop tard.

*Je m'en fiche*, pensa-t-il. *Il ne s'agit pas de me venger, mais de voir triompher la justice.*

Il resta longtemps figé sur son tabouret, le temps de se convaincre qu'il avait raison. Puis il repoussa son verre, paya, se leva et se dirigea vers la poubelle, la tête froide.

# 7

À 18h30 ce soir-là, l'Avenida Atlântica était bloquée par la foule exubérante des supporters argentins. La police avait dû fermer une partie de la route longeant la plage afin de conserver la maîtrise de la situation, face à la foule des fêtards qui quittaient l'asile des trottoirs en damier bleu et blanc pour s'aventurer sur la chaussée. La circulation réduite de moitié, taxis et voitures peinaient à rejoindre le Copacabana Palace. Si la plupart des célébrités avaient élu domicile à l'hôtel Fasano d'Ipanema, le Palace n'en était pas moins la destination de choix où organiser une réception destinée à l'élite.

Tout en remontant le trottoir en direction de l'entrée de l'établissement, le docteur Castro se souvint que le Palace était l'hôtel de la FIFA. Rien d'étonnant à ce que la fête de fin de compétition se déroule là.

Castro avait endossé son meilleur costume, un ensemble de laine tropicale bleu marine, que complétaient une chemise blanche légèrement empesée et une cravate rouge ornée de ballons de football. Les agents de sécurité placés à l'entrée le dévisagèrent longuement. Il porta une main à sa barbe avant de se souvenir qu'il l'avait rasée, et remisa la main dans sa poche.

Un couple descendit d'un taxi juste devant lui, un badge de la FIFA accroché à un cordon autour du cou. La femme tenait entre ses doigts une invitation.

Le médecin fut pris d'une hésitation.

Le badge de la FIFA était-il exigé à l'entrée? Auquel cas, on ne le laisserait pas entrer.

Un sourire crispé aux lèvres, il tendit son carton.

Les agents de sécurité le laissèrent passer et il gravit les marches.

Un employé en uniforme lui tint la porte et il se retrouva au milieu d'une foule compacte d'invités sur leur trente-et-un, la main gauche crispée autour de son invitation, la droite posée sur sa poche de pantalon afin d'en protéger le contenu.

Contournant la masse des invités, Castro constata que des hôtesses installées derrière une table contrôlaient les identités. Au pied du grand escalier se tenait une nouvelle équipe de sécurité, constituée d'une Brésilienne sculpturale et d'un grand blond musclé. Tous deux scrutaient les nouveaux arrivants avec attention.

Castro mit près de cinq minutes à se frayer un chemin jusqu'à la table. Il tendit son carton à une hôtesse souriante.

— Manuel Pinto, se présenta-t-il.

La jeune femme feuilleta son listing, repéra le nom de Pinto qu'elle surligna en rose, puis elle lui tendit un petit badge qu'il accrocha à la poche de poitrine de sa veste. Il la remercia d'un sourire et s'éloigna.

Perdu au milieu de ceux qui se dirigeaient vers le grand escalier, Castro s'obligea à sourire, donnant l'impression qu'il s'apprêtait à retrouver une vieille connaissance. Il pivota lentement la tête à gauche, puis à droite, en arrivant à hauteur des deux agents de sécurité. Le message était clair: en présentant librement son profil à la Brésilienne et son collègue blond, il leur signifiait qu'il n'avait rien à cacher. La manœuvre sembla fonctionner car ils lui prêtèrent une attention fugitive. En passant, il lut sur leurs badges: REYNALDO – AGENCE PRIVATE et MORGAN – AGENCE PRIVATE.

Il passa devant eux avec raideur.

*L'agence Private.*

Il avait déjà entendu parler de cette boîte de sécurité.

*Que fabriquaient-ils donc là?*

Au premier palier, le médecin s'engagea à droite et monta jusqu'à la mezzanine en s'interrogeant sur les risques qu'il encourait, à présent qu'il connaissait la présence des agents de Private. Le mieux n'était-il pas de boire un verre et de s'en aller? Alors, il revit défiler dans sa tête les images des bulldozers au milieu des gravats, un chemisier couvert de sang tout déchiré s'afficha devant ses yeux, il reconnut les visages des deux enfants morts le jour même, et son esprit s'enflamma de plus belle.

Castro suivit la foule sur la mezzanine aux murs couverts de photos de clients célèbres : des acteurs hollywoodiens, des membres des familles royales européennes, des géants de la musique, toute la panoplie des puissants et des riches. C'est tout juste s'il s'y intéressa, notant pourtant que le portrait de la romancière Anne Rice se trouvait mieux en valeur que celui de Brigitte Bardot.

Le médecin entra dans le grand salon où s'alignaient les buffets et se laissa entraîner par la masse jusqu'à la terrasse surplombant l'Avenida Atlântica, la plage et l'océan. La nuit était tombée. De l'autre côté de l'avenue, dans la lumière aveuglante des spots, des jeunes gens jouaient au volley de plage. Un crépitement de tambours accompagné de sifflets traversait l'air, des milliers de supporters allemands et argentins se pressaient autour des bars et des kiosques alignés le long de la plage.

La foule réunie sur la terrasse était autrement plus huppée. Il y avait là un aréopage de dignitaires, d'officiels de la FIFA, de politiciens locaux et de magnats de l'industrie.

*Bref, tous ceux qui en ont profité*, pensa Castro avec amertume.

La plupart des invités se ruaient déjà sur les buffets installés de part et d'autre de la terrasse. Le médecin, tout en ayant conscience qu'il avait trop bu, estima qu'il ferait tache sans un verre à la main. Il attendit patiemment son tour et se fit servir de l'eau gazeuse avec une rondelle de citron vert et des glaçons.

Il s'éloignait du bar lorsqu'il sursauta en reconnaissant Igor Lima à sa gauche, à cinq ou six personnes de distance.

Le conseiller du maire, une flûte de champagne à la main, respirant l'autosatisfaction, était en grande conversation avec une blonde plus grande que lui d'une tête. Castro, bouillant intérieurement, faillit s'en prendre à Lima avant de recouvrer son sang-froid. Trop dangereux, d'autant que Lima aurait pu le reconnaître, ce qui n'aurait en rien servi sa cause. *Non*, pensa le médecin, *je dois soigneusement choisir ma cible pour rendre le message plus efficace.*

Un mouvement de foule signala l'annonce du dîner, les invités quittaient la terrasse afin de rejoindre leur place à table. Cet exode produisit une trouée au milieu des invités et Castro reconnut un visage.

Parcouru d'un frisson, il sut quel serait son choix.

*Respire*, s'admonesta-t-il. *Respire et achève tranquillement ta mission.*

Castro passa son verre dans la main gauche, fouilla sa poche de pantalon à la recherche du long cylindre dont il fit sauter le bouchon d'un mouvement du pouce.

— S'il vous plaît, si vous voulez bien rejoindre vos places, le dîner est prêt, s'éleva une voix féminine.

La cible de Castro, au milieu des retardataires, se dirigea vers le grand salon.

Le médecin, un sourire aimable aux lèvres, s'ouvrit un chemin au milieu de la foule en brandissant son verre jusqu'à se retrouver juste derrière Henri Dijon.

Il sortit l'arme de sa poche en un éclair, la serra contre lui, puis…

— Ahhh ! cria Dijon.

Le porte-parole de la FIFA se retourna vivement en se massant une fesse, cherchant des yeux qui avait pu le piquer. Emporté par son mouvement, il bouscula de l'épaule une serveuse portant un plateau de cocktails. La jeune femme perdit l'équilibre et s'affala sur la terrasse dans un tonnerre de verre brisé, au milieu d'une pluie d'alcool et d'éclats acérés.

Castro profita de la confusion pour s'éloigner en rempochant son arme. Loin de la bousculade, il imita l'exemple de tous ceux qui se retournaient, attirés par le vacarme. Dijon, mortifié, aidait la serveuse à se relever.

— Je suis absolument désolé. On m'a piqué et j'ai…

Castro, feignant l'indifférence, se désintéressa de la scène.

Mission accomplie.

Tout en traversant l'immense salon, il réfléchit à ce qu'il venait d'accomplir.

Il ne ressentait ni remords ni culpabilité. Rien de rien.

*C'est déjà ça*, pensa-t-il. *Voilà qui me facilite la tâche.*

Il quitta l'immense pièce d'une démarche légèrement gourmée, veillant à ne pas se piquer. Il s'engouffra dans les toilettes les plus proches, s'enferma dans un box, posa son verre à ses pieds, pris de vertige, et s'adossa contre la cloison en fermant les yeux.

Le temps de se reprendre, il tira de sa poche la seringue et l'étudia longuement d'un air satisfait. Lorsqu'il avait pris pied sur la terrasse quelques minutes plus tôt, elle contenait cinq centimètres cubes du sang du petit Jorge.

Elle n'en contenait désormais plus que deux.

# 8

*Dimanche 13 juillet 2014*
*18h45*

Pour avoir joué dans une équipe de football américain de première division, je sais ce qu'est la foule des supporters un jour de championnat. Comment se nourrir de leur enthousiasme, donner le meilleur de soi-même.

J'ai également eu la chance d'assister à quatre finales des World Series, à trois finales de la NBA, à deux Super Bowls, à un match de la Coupe Stanley, ainsi qu'à la finale du 100 mètres hommes aux JO de Londres.

Pourtant, j'avoue n'avoir jamais connu une ambiance comparable à celle qui régnait à l'intérieur du stade Maracanã au terme de quatre-vingt-dix minutes de jeu et un quart d'heure de prolongation. Le score entre l'Allemagne et l'Argentine était toujours de zéro/zéro et la tension était à son comble alors qu'approchait l'heure du verdict final de cette Coupe du monde.

Les joueurs des deux camps, occupés à se rafraîchir sur le banc de touche en écoutant les ultimes conseils de leur entraîneur, dans l'attente du second quart d'heure de prolongation, paraissaient à bout de forces. Quant aux fans, ils se serraient les coudes.

Je partageais leur émotion. Comme eux, je venais de voir vingt-deux joueurs lancer toutes leurs forces dans une bataille homérique de cent cinq minutes, avec l'espoir de dominer l'adversaire sous le regard anxieux de milliards d'amateurs de foot rivés à leur écran de télévision dans le monde entier.

J'ai remonté les gradins en dévisageant les spectateurs.

Je n'avais jamais vu une telle ferveur. Le sport prenait une dimension inédite ce soir-là.

Qu'on ne se méprenne pas. J'adore le base-ball, le football américain, le basket et le hockey, mais aucune de ces disciplines ne génère l'engouement planétaire dont bénéficie le foot. Plus de gens pratiquent le foot sur cette terre qu'il n'y a d'amateurs des quatre autres sports réunis. Toutes les nations s'affrontent lors de la Coupe du monde, l'immense majorité d'entre elles participe aux qualifications qui précèdent la compétition elle-même.

Les joueurs ont repris place sur le terrain dans une atmosphère électrique, face à 75 000 fans endiablés. Je reconnais avoir eu le plus grand mal à me concentrer sur ma tâche lorsque l'arbitre a sifflé le début de ce dernier quart d'heure de prolongation et que le stade Maracanã tout entier s'est mis à vibrer au rythme de l'espoir et de l'angoisse.

J'ai profité d'un arrêt de jeu pour allumer mon micro-cravate.

— Tavia ?

— Je suis là, m'a répondu sa voix, depuis l'autre extrémité du stade.

— Recommande bien à toutes les équipes de rester vigilantes jusqu'à ce que le dernier spectateur ait quitté les lieux.

Je l'ai entendue donner des instructions en portugais, et puis les hurlements de la foule ont noyé ses paroles et j'ai reporté mon attention sur le match. Cent douzième minute.

Le joueur allemand André Schürrle venait de déborder la défense argentine. Il a dribblé vers l'extrémité du terrain. Rattrapé par les défenseurs de l'équipe adverse, il a tiré du pied gauche. La balle est passée entre deux joueurs argentins avant d'en éviter un troisième et de s'arrêter contre la poitrine de Mario Götze, un remplaçant de l'équipe d'Allemagne qui courait en direction du but adverse. La balle n'avait pas eu le temps de retomber au sol que Götze, d'un coup de pied digne d'un champion de kung-fu, l'expédiait dans les filets.

J'ai cru que mes tympans allaient exploser. Les supporters allemands ont entonné un vibrant *Deutschland über Alles* tandis que les Argentins laissaient échapper des hurlements d'incrédulité. Ils s'arrachaient les cheveux, pleuraient toutes les larmes de leurs corps, comme si le mariage s'était brusquement métamorphosé en enterrement. Incroyable.

Il restait sept minutes à jouer, et je me suis dirigé en biais vers le podium tendu de bleu surplombant les gradins. C'est là que devait avoir lieu la remise des trophées. S'il devait survenir un incident, ce serait au moment où les dirigeants politiques et les huiles de la FIFA sortiraient de leurs loges blindées afin d'affronter les joueurs et les supporters.

Le temps de rejoindre la tribune officielle, il ne restait plus que quatre minutes à jouer. Un bataillon de gros flics brésiliens en uniforme bleu, cravate, et gants blancs prenait position des deux côtés des marches que devraient gravir les joueurs afin d'accéder au podium. Le colonel Da Silva, de l'autre côté de la tribune, s'assurait que tout était en ordre.

Une longue table recouverte d'une nappe blanche avait été dressée au centre de la tribune, sur laquelle on installait les coupes. Derrière la table, surveillant la manœuvre, j'ai reconnu Henri Dijon, le principal porte-parole de la FIFA.

Chaque fois que je l'avais croisé, j'avais été impressionné par son élégance imperturbable et la facilité avec laquelle il s'exprimait. Cette fois, sa mine pâle faisait oublier son bronzage habituel. Il transpirait abondamment, au point de paraître débraillé, ce qui ne lui ressemblait guère.

Un cri est monté de la foule. En me retournant, j'ai vu Lionel Messi, la star de l'équipe d'Argentine, prendre son élan à trente mètres des buts allemands alors qu'il restait à peine deux minutes avant le coup de sifflet final. C'était le moment ou jamais pour l'Argentine d'égaliser.

Les supporters argentins, tétanisés sur leurs sièges, ont laissé échapper un grondement sourd en voyant la balle passer au-dessus de la barre du but allemand.

Lorsque l'arbitre a sifflé la fin du match quelques instants plus tard, les Argentins étaient au fond du trou tandis que les Allemands dansaient.

On assistait au même contraste sur le terrain où les nouveaux champions du monde célébraient leur victoire face à des challengers défaits.

— Jack, Da Silva nous signale que les VIP approchent, a résonné la voix de Tavia dans mon oreillette. La chancelière Merkel arrivera la dernière avec sa propre sécurité.

— Compris.

Le mieux était encore de me poster au-dessus de la tribune avant l'arrivée des VIP, mais j'avais à peine fait deux pas qu'Henri Dijon s'approchait de moi d'une démarche hésitante. On aurait pu croire qu'il était soûl, ou bien qu'il marchait sur une corde raide.

Couvert de sueur, il tremblait de tous ses membres. Il a vacillé et j'ai tout juste eu le temps de le rattraper avant qu'il ne s'effondre sur le sol en béton, tête la première.

— Henri?

Ses yeux injectés de sang se sont posés sur moi.

— Un docteur, a-t-il répondu d'une voix pâteuse.

— On fait monter les secours.

— Non, a hoqueté Dijon. Pas ici. Pas question de gâcher la cérémonie.

Tavia, qui avait assisté de loin au malaise de Dijon, est arrivée sur ces entrefaites après avoir traversé la tribune.

— Conduisons-le à l'infirmerie, a-t-elle suggéré.

Nous l'avons pris sous les aisselles afin de l'aider à gravir la vingtaine de marches jusqu'à la coursive supérieure, notre démarche facilitée par la présence de la double haie de policiers qui rendait l'opération moins humiliante pour le porte-parole de la FIFA.

— Mon Dieu, a gémi Dijon. Ce n'est pas normal. Pas normal du tout.

Une fois parvenus dans la coursive déserte, Tavia lui a posé une main sur le front.

— Il est brûlant, a-t-elle déclaré tandis que nous entraînions le malade en direction de l'infirmerie.

L'infirmière de service venait de l'installer sur un lit lorsque Dijon a été pris de convulsions. Son corps, tordu par de violents spasmes, s'est arc-bouté.

— Vite, un médecin, a crié l'infirmière en s'efforçant de maintenir le patient couché. Il doit bien y en avoir dans les tribunes. Je ne suis pas en mesure de traiter un cas de ce genre et je doute qu'il survive à un trajet en ambulance.

Tavia a immédiatement contacté par radio le colonel Da Silva qui s'est chargé de relayer le message. Quelques instants plus tard, une voix masculine s'échappait des haut-parleurs du stade, requérant d'urgence la présence d'un médecin à l'infirmerie.

Deux minutes plus tard, un personnage à moustache, le crâne couronné d'une tignasse blonde, pénétrait en trombe dans la pièce.

— Je suis médecin. Que se passe-t-il?

Le temps qu'il enfile des gants stériles et un masque, l'infirmière lui avait dressé un rapport complet de la situation. Il s'est approché de Dijon dont les convulsions avaient cédé la place à des tremblements. Le médecin s'est mis à l'œuvre derrière le rideau du lit que venait de tirer l'infirmière.

Tavia, secouée par la scène, s'est tournée vers moi.

— Je n'ai jamais rien vu de pareil.

— J'ai assisté à des trucs assez durs en Afghanistan, mais...

Le médecin, en écartant violemment le rideau, m'a interrompu.

— Vous êtes certain? lui a demandé l'infirmière d'une voix stridente.

— Suffisamment certain pour ne pas rester ici une minute de plus, a crié le médecin. Vous seriez bien inspirée d'imiter mon exemple.

— Que se passe-t-il? a eu le temps de l'interroger Tavia.

— Il est mort, a répliqué le médecin sans demander son reste.

— Où allez-vous? s'est écriée l'infirmière.

— Je suis spécialiste de chirurgie esthétique, pas des maladies infectieuses, mais il présente tous les symptômes du virus Ebola, a-t-il crié par-dessus son épaule. Je file avant que le stade tout entier ne soit placé en quarantaine!

L'instant suivant, il avait disparu. Assommé par la nouvelle, j'ai longuement observé la dépouille d'Henri Dijon, allongée sur le lit dans une pose étrange, le visage violacé, un filet de sang s'échappant de ses lèvres.

J'ai reporté mon attention sur Tavia, puis sur l'infirmière. Elles étaient toutes les deux sous le choc.

— Appelle Da Silva et recommande à l'infirmière de se barricader.

Tavia s'est emparée de sa radio et nous avons quitté la pièce dont l'infirmière a soigneusement fermé la porte dans notre dos.

— Da Silva sera là dans un instant, m'a dit Tavia. Il nous recommande de ne parler à personne. Bon sang, Jack, on a très bien pu attraper ce virus. Que fait-on?

Pour la première fois depuis que les événements s'étaient précipités, j'ai éprouvé un sentiment de peur.

— Le mieux serait encore de nous déshabiller, de brûler nos vêtements et de nous envelopper de papier cellophane.

# 9

Lucas Castro attendit de se trouver à plusieurs centaines de mètres du stade Maracanã avant de se débarrasser dans une poubelle de sa perruque blonde et de sa fausse moustache.

*Cette fois, ils ne pourront plus rester les bras croisés*, pensa-t-il en regardant la silhouette brillamment illuminée du stade d'où montait la voix de la chanteuse Shakira. *Maria et Jorge ne seront pas morts pour rien. Le décès de...*

Le cours de ses pensées fut interrompu par une fusée de feu d'artifice qui explosait au-dessus du stade dans un tonnerre d'éclairs et de crépitements avant de retomber en une pluie argentée sur les spectateurs. Castro, satisfait, estima le moment venu de rentrer chez lui.

Il ne tarderait pas à être convoqué officiellement. À peine l'examen du corps terminé, on ferait appel à lui et il n'aurait plus qu'à rejeter la faute sur Igor Lima. Inutile d'éveiller les soupçons en multipliant les effets de manche. Il lui suffirait d'exposer la vérité.

*J'avais pourtant prévenu le* senhor *Lima, mais il était plus soucieux de protéger la finale de la Coupe du monde que la population de Rio.*

Son collègue DeSales confirmerait ses dires. Tout comme Pinto, l'administrateur de l'hôpital, désireux de sauver sa peau.

Castro, envahi par une saine fatigue en rentrant chez lui, se versa un verre de vin. Il se sentait fier de ce qu'il venait d'accomplir. Fier de s'être engagé, au prix d'un sacrifice financier important, la place achetée à l'entrée même du stade à un vendeur à la sauvette lui ayant coûté la bagatelle de quatre mille dollars.

Il avait observé Henri Dijon à l'aide de jumelles tout au long du match. À chaque fois que le porte-parole de la FIFA était visible, tout du moins. Ainsi, voyant les deux employés de la société Private prendre en charge Dijon et l'emmener à l'infirmerie, il s'était tenu prêt à intervenir dès qu'on passerait un appel, ce qui n'avait pas manqué d'arriver.

Il avait brièvement paniqué en découvrant Morgan et Reynaldo dans l'infirmerie. Pourvu qu'ils ne le reconnaissent pas de la veille. Son déguisement et l'urgence de la situation avaient contribué à émousser leurs réflexes.

Dijon avait eu la bonne idée de mourir avant que Castro ait pu procéder à un semblant d'examen. Il ne lui restait plus qu'à évoquer le virus Ebola avant de déguerpir sous l'apparence de ce chirurgien esthétique peu courageux.

*À cette heure, le stade tout entier doit être en quarantaine*, pensa-t-il en se servant un autre verre de vin.

Il alluma la télévision, persuadé que les journaux du soir ne parleraient que du virus.

Ce n'était nullement le cas. On évoquait uniquement la finale et les circonstances paisibles dans lesquelles elle s'était déroulée. Rien n'était venu entacher la fête. La FIFA et le gouvernement brésilien en faisaient des gorges chaudes, déclarant que cette finale servirait d'exemple pour longtemps. Pas une seule fois le nom d'Henri Dijon ne fut prononcé. Derrière l'un des reporters qui se trouvaient encore sur place, le stade était entièrement vide.

Castro en resta comme hébété.

*Ils ont décidé de cacher le décès de Dijon*, songea-t-il avec une amertume croissante. Même la disparition d'un officiel tel que Dijon ne suffisait donc pas à lézarder la façade. On enterrait l'incident afin de préserver l'image de la FIFA et de Rio, tout comme on avait enterré ces deux pauvres gamins.

Le médecin demeura prostré devant son écran des heures durant, convaincu que la nouvelle de la mort de Dijon dans de telles circonstances finirait bien par éclater.

À la vue des premiers bulletins du lendemain matin, il avait cessé d'y croire.

*Ils prétendront que Dijon est mort d'une crise cardiaque, sans jamais mentionner la présence du virus. Personne ne viendra me chercher et il y aura d'autres victimes...*

*Non, c'est hors de question*, décida Castro, de plus en plus troublé. *Je n'ai pas le choix. Il faut qu'ils payent.*

Il le devait aux deux enfants. À tous les pauvres de Rio. Sans oublier Sophia, à qui il devait tout.

Il se rendit dans la cuisine et récupéra une fiole dans le réfrigérateur. Il la présenta à la lumière et crut voir flotter les fantômes de Sophia, des enfants, et même de Dijon dans ce qui restait de sang contaminé.

Et chacun de ces fantômes l'encourageait.

# 24 MOIS ET
# 2 SEMAINES PLUS TARD

## DEUXIÈME PARTIE

# LE CONTE DE DEUX CITÉS

# 10

*Jeudi 28 juillet 2016*

À huit jours de la cérémonie d'ouverture des Jeux olympiques, la ville de Rio était fermement décidée à montrer au reste du monde quel sens elle donnait au mot fête.

Les chantiers tournaient vingt-quatre heures sur vingt-quatre afin que tout soit prêt le jour J dans l'ensemble des sites olympiques. Les tentes des sponsors poussaient comme des champignons sur les plages et dans les parcs. La nouvelle ligne de métro reliant le parc olympique à Barra da Tijuca avait été inaugurée en grande pompe une semaine plus tôt.

Les hôtels d'Ipanema et de Copacabana seraient pleins tout au long de la manifestation, les rares appartements encore disponibles se louant vingt-cinq mille dollars la semaine.

Le premier d'une longue série de paquebots de croisière avait pris place dans le port de Rio afin d'accueillir ceux des cinq millions de visiteurs attendus qui n'avaient pas trouvé à se loger ailleurs.

Il n'était question que des Jeux dans les journaux, à la radio comme à la télévision. Même dans les taudis d'Alemão, la favela « allemande » des quartiers nord-ouest de Rio, il régnait une énergie palpable. Une sorte d'impatience que Rayssa n'aurait pas su définir.

Protégée par le muret érigé au sommet de l'une des six collines du bidonville d'Alemão, Rayssa cherchait en vain le mot juste.

Comment qualifier l'excitation qui régnait dans la ville ? D'ailleurs, qu'attendaient exactement les habitants de Rio ? Avaient-ils vraiment conscience que les dés étaient pipés depuis le début ?

*Les imbéciles. Ils n'ont rien compris. Il va falloir leur mettre les points sur les* i.

*C'est l'unique moyen de faire bouger les lignes.*

Tout en remuant ces pensées dans sa tête, accoudée au muret, Rayssa porta à ses yeux les jumelles Zeiss dernier cri qu'elle tenait à la main. Le soleil de cette fin de journée d'hiver brésilien avait déjà disparu derrière les montagnes et la nuit commençait à tomber. De son poste d'observation, Rayssa dominait l'ensemble des collines de la favela, les six arrêts du téléphérique, la plupart des ruelles et des rues, quelques-uns des marchés de quartier, les petits magasins, les fossés servant à évacuer les égouts, le toit du poste de police dans le lointain, ou encore la nouvelle école dont s'enorgueillissait le gouvernement.

Quiconque n'y avait pas grandi aurait trouvé infernal le quotidien à l'intérieur des favelas. Cela n'empêchait pas Rayssa d'adorer les taudis de sa ville, leur vitalité, leur musique et leurs couleurs, l'étroitesse de leur tissu social. Les favelas vibraient de vie et Rayssa aimait jusqu'au moindre battement de leur cœur.

Elle balaya le paysage à l'aide de ses jumelles et s'arrêta sur un groupe de bénévoles étrangers. Dans un semblant de cour d'école, ils distribuaient vêtements et nourriture. Elle observa longuement la file des habitants qui attendaient leur aumône avant de s'intéresser au petit groupe de bonnes âmes qui les servaient.

Elle s'intéressa plus particulièrement à deux jeunes filles à la peau très blanche. Elles ne devaient pas avoir vingt ans et leur malaise faisait peine à voir. Après les avoir longuement dévisagées, Rayssa arrêta ses jumelles sur les deux personnages épais qui surveillaient la scène. Elle les scruta pendant quinze à vingt secondes avant de quitter ses jumelles et de lever les yeux en direction du ciel.

La nuit achevait de s'installer, annonçant l'heure où chassaient les jaguars.

Un adolescent de quatorze ans se planta à côté d'elle.

— Ils sont prêts.

— Apprête-toi à t'évanouir dans la nature, Alou, dit-elle.

— Je me laisserai emporter par le vent, comme la fumée. Les jumelles sont bien?

— Géniales. Tu as bien fait de les voler.

Un sourire étira les lèvres d'Alou.

— Tu peux dire merci à mes doigts de fée.

Rayssa s'empara d'un téléphone portable et composa un texto qu'elle adressa à plusieurs correspondants: *Prêt.*

Elle porta les jumelles à ses yeux. Les premières lumières s'allumaient à travers la favela. Elle scruta le poste de police, à deux kilomètres de là, ainsi que les rues et les ruelles alentour. Pas un uniforme des Forces spéciales en vue. Rien que les habitants de la favela rentrant chez eux au terme d'une journée épuisante.

Elle reposa les jumelles et examina l'école à l'œil nu en attendant le bon moment. Pas question de passer à l'attaque trop tôt, au risque de gâcher l'effet de surprise. Pas question d'intervenir trop tard, afin que la panique ne fasse pas capoter l'opération...

Elle pianota le clavier de son téléphone: *Maintenant.*

Elle avait à peine repris ses jumelles que deux détonations traversaient l'air au-dessus des taudis. Abattus chacun d'une balle en pleine tête, les deux types qui surveillaient les bénévoles s'effondrèrent une fraction de seconde avant qu'une explosion assourdissante troue la nuit à trois kilomètres de là.

Les lumières de la favela s'éteignirent d'un seul coup.

— Vas-y, Alou, murmura Rayssa à l'intention du gamin qui bondit sur ses pieds et partit en courant.

Invisible dans la nuit, Rayssa resta là un long moment, hypnotisée par les cris qui s'élevaient tout autour de l'école, trop loin pour distinguer la moindre parole. Les voix paniquées qui lui parvenaient avaient la couleur rauque des rugissements du jaguar en colère.

# 11

La nuit commençait à tomber sur le port de Botafogo en noyant dans l'obscurité la splendeur du paysage qui s'étendait à nos pieds. Mateus Da Silva, récemment promu au grade de général, s'était chargé de nous obtenir une table au Porcão, un restaurant jouissant d'une vue spectaculaire sur le port et le Pain de Sucre.

La spécialité du Porcão était le *churrasco*. Des serveurs circulaient d'une table à l'autre, porteurs d'énormes brochettes de viande grillée qu'ils découpaient devant les clients. Tavia et moi, repus, avons refusé le morceau de faux-filet que l'on nous proposait. Da Silva s'apprêtait à remplir mon verre quand je l'ai arrêté d'un geste.

— Vous ne croyez même pas à la possibilité d'un attentat terroriste à l'occasion des Jeux? lui ai-je demandé sur un ton incrédule.

Le général, gêné, a resservi du vin à Tavia avant de répondre :

— Je ne passe pas mes nuits à y penser, mon cher ami, et je vais vous expliquer pourquoi.

Je me suis calé sur ma chaise.

— Je vous écoute.

— Pensez-vous réellement qu'une cellule terroriste venue de l'étranger pourrait monter un attentat à Rio sans le moindre appui local?

— Je ne vous suis pas, a réagi Tavia.

— Lors de l'attaque perpétrée par Septembre noir lors des Jeux de Munich, les terroristes, tous palestiniens, ont bénéficié de l'aide de sympathisants allemands. Personne au Brésil n'acceptera jamais d'aider des terroristes étrangers, et comme nous n'avons pas de terroristes chez nous…

— Comment l'expliquez-vous ?

La naïveté de ma question a surpris Da Silva.

— Les Brésiliens, particulièrement les Cariocas, ne possèdent pas la fibre terroriste. Ils sont trop heureux de l'existence qu'ils mènent. Imaginons qu'un terroriste venu du Moyen-Orient débarque au Brésil et déclare à son voisin : « *Senhor* Carioca, je vous propose de fabriquer avec moi une bombe qui changera la face du monde. » Savez-vous ce que lui répondra le *senhor* Carioca ?

J'ai haussé les sourcils. De son côté, Tavia a souri, comme si elle connaissait la réponse.

— Il lui répondra : « Je vous en prie, allez-y, monsieur le terroriste. Je préfère boire une bonne bière bien fraîche et jouer au foot sur la plage en regardant les jolies filles en bikini avec leurs jolis petits *bundas*. Je ne demande rien d'autre, comme tous les Brésiliens. Je me fiche de la terreur et des bombes, monsieur le terroriste. »

Tavia était hilare. Je me suis tourné vers elle.

— Tu es d'accord avec ça ?

— À peu près, a-t-elle pouffé.

— Que penser de ce qui est arrivé à Henri Dijon ?

Da Silva a émis un grognement.

— Arrêtez de vous fixer là-dessus, Jack. Il ne s'agissait pas d'un attentat, on n'a rien pu prouver.

— Parce que l'autopsie a été bâclée.

— Vous reprochez aux médecins de ne pas avoir voulu risquer leur vie alors qu'aucun autre cas ne s'était déclaré ?

— Puis-je vous parler librement ?

— Depuis quand avez-vous besoin de ma permission ?

— Vous avez tout fait pour étouffer la mort de Dijon.

Le visage de Da Silva s'est renfrogné.

— Nous avons voulu éviter un mouvement de panique inutile, et l'histoire nous a donné raison. Dijon et ces deux enfants ont été les seuls à contracter ce virus. Que je sache, ni vous ni Tavia ne l'avez attrapé, non ? Pas plus que l'infirmière du stade. Si ce mystérieux chirurgien plastique était tombé malade, nous l'aurions su. Pas un seul cas ne s'est déclaré depuis la mort de Dijon. Je me trompe ?

— C'est vrai.

— Vous voyez bien. Circulez, il n'y a rien à voir.

Tavia a souhaité intervenir.

— Général, vous ne trouvez tout de même pas étrange que les seules victimes de ce virus aient été deux gamins d'une favela et un ponte français ?

— Pourquoi étrange ? Qui sait où avait traîné Dijon au cours des jours qui ont précédé son décès ? De toute façon, ça n'a plus d'importance. Deux ans se sont écoulés depuis, sans incident.

Le portable de Tavia a sonné.

— Le bureau, a-t-elle annoncé en regardant l'écran.

Elle a quitté la table et s'est éloignée, le téléphone à l'oreille. J'en ai profité pour insister :

— Il n'empêche, je vous recommande de prévoir des équipes de décontamination en renfort sur l'ensemble des sites olympiques.

Le général a froncé les sourcils et haussé les épaules.

— Je fonctionne déjà avec des budgets squelettiques, en partie à cause des factures exorbitantes de Private, mais je vais y réfléchir.

J'allais me défendre contre cette attaque sournoise quand Tavia est revenue à la table, très agitée.

— Désolés de vous quitter, général, mais nous avons un souci avec un autre client.

Da Silva n'a pas cherché à dissimuler son mécontentement.

— Je ne savais pas que Private avait d'autres clients au Brésil pendant les Jeux.

— Pas pendant les Jeux, a rétorqué Tavia. Les clients en question quittent le pays mercredi soir, juste avant la cérémonie d'ouverture.

J'ai battu des paupières, l'estomac noué.

— Un problème avec les jumelles?
Elle a acquiescé d'un air grave.
— Elles ont disparu, Jack. Et Alvarez et Questa sont morts.

# 12

Cinq minutes plus tard, le taxi qui nous emportait empruntait une multitude de tunnels, de ponts et de routes afin de rallier au plus vite Alemão, l'un des bidonvilles les plus étendus de la ville.

— J'aurais préféré passer la soirée autrement, a murmuré Tavia d'un air songeur.

J'ai serré sa main dans la mienne.

— Moi aussi.

— Je peux prévenir les femmes d'Alvarez et de Questa, si tu veux.

— Je m'en chargerai une fois que nous disposerons de tous les détails.

Elle a hoché la tête.

— Je crois que tu as eu raison.

— De ne pas tout raconter à Da Silva ? Je ne sais pas. J'espère ne pas le regretter un jour.

Lorsque le général s'était inquiété de l'identité de nos clients, je lui avais expliqué que Natalie et Alicia Warren, des jumelles de dix-neuf ans originaires de l'Ohio, étaient les filles d'un vieux copain de fac qui m'avait demandé de veiller sur elles pendant la durée de leur mission humanitaire à Rio. C'était un mensonge, mais je n'avais pas le choix. Mon contrat m'interdisait de révéler leur identité à quiconque, sans autorisation de la famille. Je m'en voulais pourtant de raconter des histoires à Da Silva. Il avait toujours soutenu la présence de Private aux JO comme lors de la Coupe du monde, deux ans plus tôt. Il était hors de question de me le mettre à dos. Je comptais bien lui révéler la vérité dès que les parents des jumelles m'y autoriseraient. En attendant, je devais rester discret.

J'ai voulu interroger Tavia sur les circonstances du drame, histoire de ne plus penser à ce dilemme.

— Parle-moi un peu du quartier où a eu lieu l'enlèvement.

— Alemão est l'une des plus anciennes et des plus importantes favelas de Rio. Ses six collines escarpées accueillent près de 400 000 habitants sur une surface totale d'une vingtaine de kilomètres carrés.

— La zone est-elle pacifiée?

— À peu près autant que Rocinha. Les autorités se battent constamment pour y maintenir l'ordre.

— Quelle était la réalité autrefois?

Tavia a haussé les sourcils en faisant la moue.

— Dans les années 1980 et 1990, Alemão était pire que Rocinha. Une zone de non-droit à l'intérieur de la ville. La police ne s'y aventurait jamais. Les trafiquants de drogue y faisaient régner leur propre justice en imposant leurs propres codes d'honneur. Le viol, le cambriolage, le meurtre et la trahison étaient proscrits à l'intérieur des gangs. La peine de mort était appliquée presque systématiquement en cas de dérive.

— Tout a changé avec l'arrivée du BOPE?

Tavia a acquiescé.

— La favela allemande a été l'une des premières que le BOPE a voulu pacifier en annonçant son intention d'en chasser les narcotrafiquants. Ces derniers, armés jusqu'aux dents, attendaient les Forces spéciales de pied ferme. Ils n'ont pas hésité à abattre en vol, à l'aide d'un bazooka, un hélicoptère du BOPE qui survolait la zone.

J'ai ouvert de grands yeux.

— Vraiment?

En dépit de ce qu'on peut voir au cinéma, jamais personne n'a tiré au bazooka sur un hélico de la police à Los Angeles.

— Cette histoire de bazooka a été la goutte d'eau de trop, a repris Tavia. Da Silva a été nommé à la tête du BOPE le lendemain et il n'a pas pris de gants. En moins de huit heures, quinze à vingt gangsters ont été abattus. Les autres se sont réfugiés dans la jungle, mais ils n'ont pas renoncé…

J'ai relevé la tête en constatant qu'elle laissait sa phrase en suspens. Des lumières venaient d'apparaître dans la nuit, qui se précisaient à mesure que nous approchions des collines.

— Bienvenue à Alemão, a annoncé Tavia.

Le chauffeur de taxi a ralenti et s'est arrêté à quelques mètres des voitures de police qui barraient la route, gyrophare allumé.

Le temps de régler la course, nous avons rejoint les agents. Octavia leur a montré son badge de Private avec force paroles, multipliant les grands gestes dans ma direction, sans parvenir à impressionner ses interlocuteurs. Leur comportement a changé du tout au tout lorsqu'elle leur a expliqué que les deux victimes travaillaient pour nous et que nous étions employés par le général Da Silva.

Les flics nous ont conduits jusqu'au téléphérique en nous recommandant de descendre au quatrième arrêt. Lorsque la porte de la cabine s'est refermée et que nous avons entamé notre périple au-dessus de la favela, j'avoue avoir pensé aux tirs de bazooka.

Je me suis senti rassuré en apercevant, à travers la vitre, des unités de police militaire en tenue de combat. Les hommes, armés de fusils automatiques, naviguaient à travers le dédale des ruelles du bidonville, entrecoupées de taudis entassés les uns sur les autres. Une scène apocalyptique à la *Mad Max*.

Deux agents armés jusqu'aux dents nous attendaient au quatrième arrêt. Torche à la main, ils nous ont conduits jusqu'à l'école. Tous les sens agressés, nous avancions au milieu d'odeurs putrides et d'effluves nauséabonds dans un labyrinthe de taudis tenant à peine debout, sur fond de musique criarde, de cris stridents et de hurlements de bébés. À mesure que nous nous enfoncions à l'intérieur de la favela, je sentais monter en moi un sentiment d'étouffement.

Le lieutenant Bruno Acosta, de la police militaire brésilienne, nous attendait à l'entrée de l'école, isolée par un cordon de sécurité. La trentaine, dur comme du granit, Acosta était un garçon particulièrement vif.

Sachant qui nous étions, il nous a fourni l'ensemble des informations dont il disposait. L'attaque s'était produite au crépuscule. Alvarez et Questa avaient été abattus par deux snipers, juste avant que le principal transformateur électrique de la favela ne soit détruit à l'aide d'explosifs de fortune.

— Il y avait beaucoup de monde ici au moment des faits, nous a expliqué Acosta. Les coups de feu et l'explosion ont provoqué un début d'émeute. Un groupe de quatre ou cinq hommes masqués a profité de l'obscurité pour tomber sur le groupe de bénévoles. Équipés de lampes électriques, ils ont identifié les deux sœurs et les ont emmenées. Le tout au milieu des menaces, mais sans un coup de feu.

— Combien de temps a-t-il fallu à la police pour arriver sur place ?

— Neuf minutes, m'a répondu le lieutenant.

— Ce qui a laissé le temps aux ravisseurs d'évacuer les otages, a remarqué Tavia.

— Qui sont ces filles ? a voulu savoir Acosta. Pourquoi ont-elles été enlevées ?

L'accord passé avec les parents des jumelles m'empêchait de lui en dire trop.

— La famille Warren est extrêmement riche.

— Vous pensez qu'on les a enlevées dans l'espoir d'obtenir une rançon ?

— Quel autre mobile ? a demandé Tavia.

Acosta a secoué la tête.

— Les parents sont-ils au courant ?

— Pas encore. Nous autorisez-vous à nous entretenir avec les témoins ?

Le lieutenant a étudié ma requête, sourcils froncés.

— Tout le monde était paniqué et il faisait nuit. Plusieurs jeunes bénévoles ont été conduits à l'hôpital après avoir été à moitié écrasés par la foule, mais le responsable du groupe se trouve encore là.

Nous avons rejoint Carlos Seitz, le type qui pilotait la vingtaine de bénévoles humanitaires. Il était défait.

— Je ne sais vraiment pas quoi dire à leurs parents.

— Nous nous en chargeons, l'a rassuré Tavia. Parlez-nous des jumelles.

— Jusqu'au moment de l'attaque, tout allait bien.

Selon Seitz, les deux sœurs ne ménageaient pas leurs efforts, contrairement à d'autres qui participaient à des missions humanitaires dans le seul but d'enrichir leur CV.

— Vous voyez le genre, a précisé le leader des bénévoles. Les deux mois de bonnes actions obligatoires de leur existence. Ce n'était pas le cas des sœurs Warren. Elles étaient sincères. Des filles intelligentes, des idéalistes passionnées.

— Nous pourrions avoir besoin de rester en contact avec vous.

— J'ai un portable, m'a répondu Seitz. Je vais également vous indiquer l'adresse de l'auberge de jeunesse dans laquelle nous sommes logés jusqu'à notre départ, mercredi prochain.

De notre côté, nous avons laissé nos cartes à Seitz avant de le quitter et de rejoindre Acosta. J'ai proposé à ce dernier les services du laboratoire de Private Rio, ainsi que l'aide de nos équipes de police scientifique, accréditées par le FBI et Interpol. Acosta a refusé mon offre poliment, mais fermement.

— Nous sommes parfaitement capables de gérer nous-mêmes la scène de crime, monsieur Morgan, a-t-il répliqué. En revanche, pouvez-vous demander aux parents de me contacter ?

— Bien sûr.

Notre escorte policière nous a raccompagnés jusqu'au téléphérique. C'est seulement en prenant place dans la cabine que le sentiment d'oppression qui m'étouffait a disparu.

— Je vois au moins un bon point, a remarqué Tavia.

— Lequel ?

— Personne ne semble se douter de leur véritable identité.

— Tout en priant le ciel de te donner raison, je me demande pourquoi ils les ont enlevées, s'ils n'étaient pas au courant.

J'ai sorti mon téléphone et l'ai longuement regardé avant de me tourner vers la responsable de Private Rio.

— Je redoute de passer ces appels.

— Je m'en doute, a répondu Tavia. C'est bien pour cette raison que je t'ai proposé d'appeler les femmes de Questa et d'Alvarez.

— Je te remercie, mais je suis un grand garçon.

— Vraiment ? m'a-t-elle raillé. Je n'avais pas remarqué.

— Et moi qui te prenais pour une enquêtrice de haut vol.

Le temps d'un clin d'œil, j'ai composé un numéro aux États-Unis.

# 13

À Palo Alto, en Californie, le téléphone de mon correspondant a sonné à trois reprises avant de basculer sur le répondeur. Une voix féminine artificielle a répété le numéro en me recommandant de laisser un message après le bip.

— Andrew, Jack Morgan à l'appareil. Désolé de vous appeler sur votre ligne privée, mais il y a urgence. Rappelez-moi, c'est au sujet des filles.

Dix minutes plus tard, sortis du téléphérique, nous redescendions la colline en quête d'un taxi lorsque mon portable a sonné.

— Andrew ?

— Jack, c'est Cherie, m'a répondu la mère des jumelles. Les filles sont malades ? Je les avais bien prévenues de ne pas boire l'eau du…

Je l'ai interrompue.

— Cherie, les filles ont été enlevées par un groupe d'hommes armés en début de soirée. Les deux gardes du corps que je leur avais affectés, Alvarez et Questa, ont été abattus.

— Que…

Sous le choc, elle n'a pu aller plus loin.

Je m'apprêtais à lui expliquer les circonstances de l'enlèvement lorsqu'elle s'est écriée d'une voix stridente :

— Tout le monde prétendait que l'agence Private était la meilleure ! Vous m'avez affirmé vous-même, droit dans les yeux, que vous étiez le meilleur ! Jamais le meilleur n'aurait permis un scandale pareil ! Mes deux petites !

— Vous avez raison, Cherie. Je vous ai dit que nous étions les meilleurs et les événements me donnent tort. Mes hommes ont été pris au piège par des snipers, sans un avertissement. Ils n'ont rien vu venir. Quand j'aurai raccroché, je vais devoir avertir leurs femmes qu'ils ne reviendront pas, contrairement à vos filles. Car je compte bien les récupérer.

— De quelle façon? m'a-t-elle demandé sèchement.

— Je ne sais pas encore, Cherie, mais je vous promets de les retrouver et de vous les ramener.

— Si elles ne sont pas déjà mortes.

— Ne dites pas ça.

Elle s'est mise à pleurer en silence.

— Que veulent-ils? Une rançon?

— J'imagine, bien qu'aucune demande n'ait été formulée jusqu'à présent.

— Vous étiez censé leur fournir une fausse identité.

— Je l'ai fait. Tout le monde ici continue de croire qu'il s'agit des jumelles Warren, de l'Ohio.

— Pas tout le monde, m'a contredit Cherie. Je doute qu'il s'agisse d'une coïncidence.

— Dois-je révéler leur véritable identité?

— Évitez de divulguer leur véritable nom le plus longtemps possible. Je vous laisse, il faut que j'avertisse Andrew. Il m'avait bien prévenue que les envoyer à Rio était une mauvaise idée. J'ai... j'ai refusé de l'écouter.

— Je peux l'appeler, si vous voulez.

— Non. C'est à moi de l'avertir. De toute façon, nous arrivons dès que possible en jet.

Mon front s'est barré d'un pli.

— Franchement, Cherie, je ne suis pas certain que ce soit une bonne idée de...

— Désolée, Jack. Mais, en dehors de l'argent, les filles sont tout ce que nous possédons, Andy et moi.

Un taxi s'est arrêté à notre hauteur à l'instant où je raccrochais. À peine monté à l'arrière à la suite de Tavia, j'ai joint les veuves d'Alvarez et de Questa. Elles étaient effondrées.

La femme de Questa a fait un malaise, sa sœur a repris la communication en m'expliquant qu'elle l'emmenait à l'hôpital. La nuque sur l'appuie-tête, paupières closes, j'ai poussé un gémissement.

— On dirait que tu es passé sous un rouleau compresseur, m'a dit gentiment Tavia.

— Et même deux fois de suite.

— C'est beaucoup de stress.

— *Muito.*

— Je connais un moyen de te relaxer, a-t-elle murmuré.

Je n'ai pu m'empêcher de sourire.

— Ça ne m'étonne pas de toi.

En rouvrant les yeux, j'ai découvert ses lèvres près des miennes. Nous nous sommes embrassés doucement et le monde a repris un semblant de couleurs.

# 14

Lupita Valencia paraissait aussi fragile qu'un oisillon tombé du nid. Son examen achevé, le docteur Castro adressa un sourire rassurant à la mère de la fillette de quatre ans.

— Le plus dur est passé. Elle va s'en sortir. Vous devriez pouvoir la ramener à la maison demain dans la journée.

— Dieu vous bénisse, docteur, répondit la femme, les yeux brillants de larmes. Dieu vous bénisse de l'avoir sauvée.

— Heureux d'avoir pu l'aider, répliqua Castro.

Il tapota la mère sur l'épaule, quitta la chambre et remonta le couloir bondé de l'hôpital Geral, dans le Centro de Rio.

Les hôpitaux brésiliens relèvent de deux catégories : les établissements publics destinés aux pauvres, et les cliniques privées, réservées aux riches. Geral était un excellent hôpital, malgré son statut public, et Castro était heureux d'y avoir trouvé un poste.

— Patient suivant ? demanda-t-il à l'infirmière chargée de trier les patients qui se pressaient dans le couloir.

— Personne pour vous, docteur Castro, lui répondit l'infirmière sur un ton réprobateur. Je vous rappelle que vous avez travaillé trente-six heures d'affilée. Vous devriez aller dormir.

Pour une fois, Castro ne songea pas à la contredire.

— Alors à bientôt. Je donne des cours à l'université demain.

— Reposez-vous, lui enjoignit l'infirmière en le poussant dehors.

Le médecin changea de tenue et quitta l'hôpital, inquiet de voir les patients se présenter toujours plus nombreux chaque jour, puis il héla un taxi. Il allait donner son adresse au chauffeur quand il se ravisa.

Lorsque l'auto s'arrêta enfin dans une zone semi-industrielle des faubourgs ouest de Rio, Castro dormait. Il régla la course et s'éloigna à la lumière crue des réverbères en direction d'un bâtiment de tôle massif dont la porte était protégée par une batterie de verrous. Une pancarte bon marché, fixée au mur, indiquait :

CENTRE DE RECHERCHE AV3

Castro sortit un trousseau de clés de sa poche, déverrouilla la porte et pénétra dans le bâtiment. Il bascula un interrupteur, et un flot de lumière éclaira une pièce vide. La porte d'entrée soigneusement refermée à clé, il ouvrit la suivante et s'enfonça dans un immense entrepôt qu'occupait une vaste tente rectangulaire en toile cirée. Une myriade de tuyaux et de conduits s'échappaient du toit de la tente.

Imperméable à l'ingéniosité d'un édifice qu'il avait lui-même mis au point, Castro écarta un pan de toile et entra dans une sorte d'antichambre. Il enfila une combinaison stérile dont il colmata les ouvertures avec du gros scotch, puis il s'avança dans une douche de décontamination. Quelques instants plus tard, il pénétrait à l'intérieur d'une salle stérile après avoir franchi un sas étanche.

En dépit des trente-six heures passées à l'hôpital, Castro sentit monter en lui une bouffée d'énergie en retrouvant son laboratoire secret. Aider les malades et donner des cours lui plaisaient, mais ce lieu était sa véritable raison de vivre.

Il s'approcha d'une rangée de cinq cuves de verre. Chacune d'elles, identifiée par un code alphanumérique, était pourvue d'une petite caméra reliée à une tablette Samsung.

Castro se pencha successivement sur les cinq cuves afin d'étudier le comportement des rats de laboratoire qu'elles contenaient.

Les animaux des quatre premières se déplaçaient encore, mais tous étaient mal en point et plusieurs d'entre eux titubaient, comme privés de leurs capacités motrices.

Le rat de la cinquième cuve était mort. Couvert de plaies étranges, il portait des traces de sang séché au niveau des yeux, du nez et du museau.

*Intéressant*, pensa Castro. *Je serais curieux de savoir quand c'est arrivé.*

Il se pencha sur la vidéo de la tablette concernée. Un chronomètre défilait au bas de l'écran. Castro remonta en arrière jusqu'aux dernières convulsions du rat. Le chronomètre indiquait que la mort était intervenue 1 heure, 48 minutes et 16 secondes après que le médecin avait quitté le laboratoire.

1 heure, 48 minutes et 16 secondes.

Castro regarda fixement le décompte figé sur l'écran. S'il n'avait pas été aussi épuisé, il aurait volontiers dansé de joie.

1 heure, 48 minutes et 16 secondes !

C'était la découverte qu'il attendait, celle à laquelle il avait consacré deux longues années, et voilà qu'il n'avait même plus la force de fêter dignement l'événement.

De toute façon, il était encore trop tôt. Il lui fallait commencer par reproduire l'expérience. Il devait être sûr avant de se réjouir.

Le médecin prit note du code qui s'affichait au-dessus du rat mort et se dirigea vers une cuve en inox dont il ouvrit la trappe après avoir enfilé des gants spéciaux. Un nuage s'échappa de la cuve remplie d'azote liquide. Il s'empara d'un support de tubes à essai et préleva le flacon dont le numéro correspondait à celui de la cuve de verre.

Il attendit un quart d'heure avant de passer la fiole sous l'eau afin d'en remonter progressivement la température. L'opération terminée, il saisit une seringue, préleva quelques gouttes de sang qu'il injecta aux rats encore vivants, et retourna à la cuve réfrigérée. Avant d'y remiser le flacon, il l'agita et regarda le sang se figer. Si la chance lui souriait, il avait enfin obtenu la mutation de l'Hydre dont il rêvait. Celle qui frappait comme la foudre sans laisser la moindre chance à ses victimes. Celle qui produisait des cellules à neuf têtes.

1 heure, 48 minutes et 16 secondes.

Castro leva les yeux sur la pendule, fit un rapide calcul de tête, et frissonna d'excitation.

# 15

*Vendredi 29 juillet 2016*
*Une semaine avant la cérémonie d'ouverture des Jeux olympiques*

Je dormais par intermittence, assailli par des cauchemars, lorsque je me suis réveillé en sursaut, trempé de sueur, le souffle court, vers 3 heures du matin.

— Chuuuut, m'a calmé Tavia en me caressant la joue dans l'obscurité. Ce n'était qu'un mauvais rêve.

— Si seulement je pouvais en avoir des bons, de temps en temps.

— Tu n'as qu'à rêver de moi, a suggéré Tavia en posant sa tête sur ma poitrine.

Quelques minutes plus tard, elle respirait doucement. J'ai respiré ses cheveux, encore humides de la douche, le temps de me rendormir en repensant à l'instant précis où j'avais pris conscience de tomber amoureux d'elle.

— Allons, Jack, m'avait-elle encouragé. Pour apprécier pleinement Rio, il faut découvrir la ville depuis la mer.

Nous nous trouvions sur la marina de Botafogo et elle me poussait vers la vedette qu'elle venait de louer, au terme d'un vol interminable depuis Los Angeles, suivi d'une longue journée de travail. Notre rencontre datait du matin même.

J'étais venu à Rio interviewer Tavia, à la recherche d'une personne capable de monter et diriger l'antenne de Private que je souhaitais créer à Rio, en prévision de la Coupe du monde et des JO. Je l'avais immédiatement trouvée formidable. Moins d'une heure après avoir fait sa connaissance, je savais que ce boulot était fait pour elle. Cela n'avait pas empêché Tavia d'organiser à mon intention une visite rapide de Rio afin que je puisse prendre la mesure des difficultés qui m'attendaient. Nous avions visité plusieurs sites et le décalage horaire m'embrumait la tête lorsque nous avons largué les amarres et pris la direction du Pain de Sucre à la sortie du port. Nous avons fait halte à moins de deux kilomètres de Copacabana où nous attendait une vue spectaculaire de la côte sud de Rio, entre Leblon et les collines recouvertes de jungle qui encadrent cette cité en perpétuelle expansion.

— Quel endroit extraordinaire !

Tavia a éclaté de rire en écartant les bras d'un geste maternel.

— Dieu avait envie de s'amuser quand il a créé Rio de Janeiro, a-t-elle ri de plus belle. L'endroit est si beau qu'il est impossible d'y être malheureux. J'adore cette ville. Je ne la quitterai jamais. À ma mort, je voudrais qu'on disperse mes cendres ici pour que je puisse continuer de l'admirer, l'aimer, et la nourrir.

Elle m'a souri avant de balayer le paysage du regard, emportée par cette vision de paradis.

C'est à cet instant précis que j'ai su que je pourrais tomber amoureux de Tavia. Un instant dont je continuais de rêver lorsqu'elle m'a tiré de mes songes dorés en posant sa bouche sur la mienne.

— Quelle heure est-il ?

— Cinq heures moins le quart, a-t-elle répondu en se levant. Le mieux est de rejoindre Alemão avant que tout le monde soit parti travailler.

Je me suis frotté les yeux en grommelant :

— Je vais demander à la réception de nous monter du café.

— Je l'ai déjà fait hier soir, a-t-elle répliqué de la salle de bains. Petit-déjeuner dans un quart d'heure.

— Tu es une femme exceptionnelle. Je l'ai vu au premier coup d'œil.

Tavia, qui prenait place dans la douche au moment où je poussais la porte, m'a adressé un sourire endormi.

— Tu as mis du temps à me l'avouer, en tout cas.

Je l'ai rejointe dans la douche.

— La vie n'est pas toujours simple.

J'avais pourtant juré de ne jamais plus sortir avec l'une de mes employées, après avoir eu une longue histoire avec Justine Smith, une psychologue de mon bureau de Los Angeles. J'aimais toujours Justine, et je crois que le sentiment était réciproque, mais nous savions l'un comme l'autre que ça ne marcherait jamais entre nous, pour diverses raisons. Quoi qu'il en soit, j'avais juré de ne jamais plus mêler amour et boulot à la suite de notre rupture.

De ce fait, il m'a fallu longtemps avant de franchir le pas avec Tavia. L'alchimie entre nous était pourtant excellente, nous étions constamment sur la même longueur d'onde. Et puis la Coupe du monde et les Jeux olympiques nous ont conduits à nous voir très souvent.

La suite était inéluctable. Tavia était intelligente, drôle, compétente et coriace. À l'instar de l'immense majorité des Brésiliens, elle aimait la vie. De nombreuses études ont prouvé que les Brésiliens, et plus particulièrement les Cariocas, figurent parmi les êtres humains les plus heureux de la planète.

C'était le cas de Tavia, en tout cas. Malgré les obstacles auxquels elle avait été confrontée à ses débuts, d'abord comme orpheline, puis au sein de la police, elle abordait chaque jour comme un nouveau miracle.

Le mois de janvier précédent, à l'occasion d'une réunion de sécurité en prévision des JO, j'avais été le premier surpris de la retrouver à l'aéroport avec autant de bonheur. Autour d'un dîner et d'une bouteille de vin, nous avons ri et discuté boulot après deux mois de séparation. Tavia était ravissante ce soir-là.

Je m'étais rendu compte au cours du repas que non seulement j'étais amoureux, mais qu'elle faisait partie de ces vrais amis auxquels on se confie sans peine.

Une personne pleine de sagesse m'a expliqué un jour que pour trouver l'amour il faut le chercher. Alors j'ai renoncé à ma règle d'or et je lui ai avoué, entre deux verres de malbec, que j'adorais travailler avec elle. Et être avec elle tout court.

Elle a penché la tête de côté.

— Qu'êtes-vous en train de me dire, Jack?

— J'ai beau savoir que c'est mal pour toutes sortes de raisons, j'éprouve le besoin irrépressible de vous dire qu'être loin de vous est un supplice.

Tavia a marqué une hésitation, et c'est avec des yeux brillants qu'elle m'a répondu :

— Dans ce cas, ne me quittez plus.

Aujourd'hui, en la regardant se laver sous la douche à côté de moi, je me sentais heureux, prêt à relever les défis les plus audacieux. Rien ne m'arrêterait tant que j'aurais cette femme à mes côtés.

Tavia s'est rincée, puis s'est tournée vers moi en souriant.

— Tu as l'air bien joyeux.

— Vraiment?

— Oui. À quoi pensais-tu?

— À l'amour.

J'ai conclu ma réponse par un baiser.

# 16

Nous avons rejoint le quartier d'Alemão à pied plutôt que d'emprunter le téléphérique. Le jour commençait tout juste à se lever et la favela bruissait déjà de vie. Des parents partaient travailler, d'autres faisaient leur lessive dans des seaux, lorsqu'ils n'étaient pas assis sur le pas de leur porte, une cigarette aux lèvres, en observant le ballet des enfants en train de jouer avec les poules dans le dédale des ruelles.

Après l'avoir survolée la veille au soir de façon irréelle, je me trouvais soudain au cœur de la favela en plein jour. C'est vrai, l'endroit était sordide, mais la population semblait s'en contenter. Beaucoup souriaient en affichant un bonheur si naturel que je peinais à me souvenir du danger, dans une zone capable d'avaler tout cru deux jeunes filles innocentes.

Tous ceux que nous arrêtions pour les interroger nous demandaient d'un air soupçonneux si nous étions des flics. Tavia leur répondait sans relâche que nous avions été engagés par les parents des deux disparues. Aucune des personnes à qui nous montrions les photos des jumelles ne les reconnaissait. Il est vrai que nous étions à plus d'un kilomètre à l'ouest de la cour d'école où s'étaient déroulés l'enlèvement et le meurtre de mes hommes.

— Les gens n'ont pas l'air de porter la police dans leur cœur.

La réflexion m'est venue naturellement, alors que notre huitième ou neuvième interlocuteur s'inquiétait de notre fonction exacte.

— Les habitants des favelas savent à quel point la police locale est corrompue, du fait de leurs salaires de misère. Il ne fait pas bon être flic à Rio, la mort est souvent au rendez-vous. Les relations entre la police et les favelas vont de l'admiration réciproque à la guerre, en passant par la méfiance. C'est l'une des raisons qui m'ont poussée à entrer chez Private.

— Je ne m'en plaindrai pas.

— Moi non plus, a souri Tavia d'un air taquin.

Tout en discutant, nous poursuivions notre chemin en direction du lieu de l'enlèvement tout en interrogeant les passants. Sans résultat. Il devait y avoir un moyen plus efficace de s'y prendre.

— En qui ont-ils confiance, puisqu'ils se méfient des flics? Qui est au courant de ce qui se passe ici? Les curés?

— Peut-être, mais je ne sais pas comment on pourrait... Attends!

— Quoi?

— Je connais quelqu'un qui pourrait peut-être nous aider. Ce n'est pas un curé, mais une vieille connaissance qui vit à Alemão. Comment n'y ai-je pas pensé plus tôt?

Vingt minutes plus tard, nous pénétrions dans le hall d'un dispensaire bondé. Tavia a indiqué son nom en demandant à voir Mariana.

L'employée de l'accueil s'est éclipsée avant de revenir presque aussitôt en nous ouvrant la porte en grand. Le couloir débordait de fournitures médicales et de civières occupées par des malades entre lesquels nous nous sommes faufilés.

— J'aurais mieux fait d'apporter un masque de protection.

La femme qui se tenait au bout du couloir m'a entendu.

— Et vous auriez bien fait, a-t-elle déclaré en m'en tendant un.

La soixantaine, l'air d'une grand-mère ordinaire avec sa natte grise et sa tenue de mère nourricière.

— Je te présente Mariana Lopez, s'est écriée Tavia en se jetant au cou de la femme qui l'a prise à son tour dans ses bras. Ça fait longtemps!

Elle m'a expliqué que Mariana était une sorte de sainte dans les favelas, ce qui a fait rougir l'intéressée. J'ai appris par la suite qu'en plus de ses interventions dans les dispensaires elle dirigeait un orphelinat et donnait des cours de soutien aux gamins du cru, le tout avec des moyens quasi inexistants.

— Mariana croise beaucoup de monde, a poursuivi Tavia. Elle entend notamment parler entre eux les gamins, qui remarquent tout ce que les adultes voient, ou ne veulent pas voir.

— Puisque tu le dis, ma chérie, l'a coupée Mariana. En quoi puis-je vous aider, tous les deux?

Tavia lui a relaté les événements de la veille.

— J'ai entendu dire qu'il y avait eu des coups de feu, a reconnu Mariana. Sans autre détail. Il faut généralement plusieurs jours pour que les rumeurs parviennent jusqu'à moi.

Une infirmière s'est approchée de la sexagénaire qui l'a écoutée attentivement en fronçant les sourcils.

Elle a levé un doigt.

— Désolée, une urgence. En attendant, tu sais à qui tu devrais t'adresser, Tavia?

— Non.

— À l'Ours. Tu te souviens de lui?

# 17

Tavia se souvenait fort bien de l'Ours tout en s'étonnant qu'il soit encore en vie.

— Il ne vit plus à Alemão, j'imagine?

— Non, il habite à L'Esprit, lui a confirmé Mariana Lopes. Mais ce n'est pas très loin.

Le temps que Mariana lui explique où dénicher l'Ours, nous avons rejoint une autre favela, plus misérable encore, de l'autre côté des voies ferrées.

Nous nous sommes enfoncés dans le labyrinthe des escaliers qui partaient à l'assaut du quartier de L'Esprit, sous le regard des ados adossés aux entrées des taudis, des hommes agglutinés dans des bars minuscules où des écrans de télévision hurlaient les dernières nouvelles en provenance de la planète foot. La musique, omniprésente, se faisait de plus en plus criarde au fur et à mesure de notre ascension, en direction de la jungle, des bambouseraies et des champs de vigne vierge que personne n'avait encore troublés pour y aménager des taudis.

Trempé de sueur, je me suis retourné afin d'admirer le spectacle de la baie à nos pieds. La silhouette du Christ Rédempteur se détachait dans un ciel d'un bleu limpide, la partie basse de Rio s'étalait jusqu'aux plages de sable bordant l'océan turquoise.

— Rio est la seule ville au monde où les pauvres ont droit à la plus belle vue.

— C'est vrai, a reconnu Tavia. Mais c'est en train de changer.

— Pourquoi? Les promoteurs auraient-ils l'intention d'acheter les favelas afin d'y construire des immeubles?

— C'est monnaie courante. Alors ceux qui sont trop pauvres pour accéder aux nouveaux immeubles se réfugient plus haut dans les collines avant d'en envahir les flancs…

Tavia s'est interrompue soudainement.

— Là ! Urso ! L'Ours !

Urso m'a immédiatement fait penser aux chefs de gang que j'ai pu croiser dans les rues de Los Angeles depuis des années. Un géant basané, proche de la trentaine, tatoué de partout, avec des fûts de canon à la place des bras, un tonneau en guise de torse, et deux marteaux-pilons à l'emplacement des jambes. Ses cheveux lisses étaient du même noir que ses lunettes de soleil enveloppantes.

En le voyant, j'ai su que l'Ours n'était pas ce qu'il paraissait en constatant qu'il tenait un bébé dans un bras tout en tendant une liasse de billets à une inconnue. Celle-ci, très émue, lui a exprimé sa reconnaissance d'un hochement de tête.

Urso a embrassé le bébé sur la joue et l'a rendu à sa mère qui a salué le géant une nouvelle fois avant de s'éloigner sans un regard pour les quatre gangsters adossés au mur de béton séparant la favela de la jungle.

L'Ours a affiché un large sourire, révélant quatre dents en or : deux incisives supérieures, ainsi que les canines inférieures. Il a pris un air grave en voyant s'approcher Tavia.

— *Oi, Urso.*

Il a baissé ses lunettes afin de la dévisager.

— Octavia Reynaldo. Qu'est-ce que tu deviens, ma grande? l'a-t-il interrogée en anglais.

Tavia a fait un doigt d'honneur aux autres gangsters en remarquant qu'ils la déshabillaient du regard.

— J'ai changé de boulot. Tu n'étais pas au courant?

— Eh non. Présente-moi plutôt le champion de surf qui t'accompagne.

— C'est mon patron. Jack Morgan, le dirigeant de la société Private de Los Angeles.

Le fait d'être originaire de L.A. a impressionné l'Ours qui a aussitôt exhibé ses dents en or en me tendant son énorme poing tatoué.

— Où tu crèches exactement, mec? m'a-t-il demandé.

— Tu connais Pacific Palisades?

— À côté de Malibu.

— Tu connais L.A.?

— J'y ai vécu quatre ans, à la limite de South Central et de Compton.

— Pas vraiment un lieu de tout repos.

— C'est rien à côté d'ici. En comparaison avec L'Esprit, South Central est un petit paradis.

— Pourquoi avoir quitté L.A.?

L'Ours a haussé les épaules.

— Tu sais ce que c'est. On n'est jamais à l'abri des emmerdes. Même au paradis.

— Aurais-tu entendu parler de la fusillade et de l'émeute qui ont eu lieu pendant une distribution de nourriture à Alemão? s'est interposée Tavia.

— Je n'ai plus le droit de remettre les pieds à Alemão, a répondu Urso.

— Ça ne t'empêche pas d'y garder des amis. Je me trompe?

Urso a embrassé d'un geste les quatre gangsters.

— Tous mes amis sont ici. Le dos à la jungle, à défendre notre territoire.

— Ni tes amis ni toi n'avez entendu parler de cette fusillade?

Urso a montré une brève hésitation, puis il s'est adressé à ses hommes en portugais.

Les quatre gangsters ont secoué la tête.

— Ils ne sont au courant de rien. Moi non plus.

— J'ai du mal à croire que l'Ours ne soit pas averti d'une fusillade sur son ancien terrain de chasse, s'est étonnée Tavia.

Urso a affiché un air meurtri.

— En quoi ça te concerne, Reynaldo, si tu n'es plus flic?

— Les types assassinés travaillaient pour nous. Ils avaient tous les deux une femme et des gosses.

— Ah oui ? Je serais curieux de savoir ce que fichaient des gardes du corps employés par Private dans une favela.

— Ils protégeaient des humanitaires à la suite de menaces.

— Tu vois ? m'a apostrophé l'Ours. Ici, on assassine même les bonnes âmes. C'est bien pour ça que j'évite de me montrer trop gentil.

Il a traduit sa réponse aux gangsters qui se sont esclaffés en lui tapant le poing.

— Deux jeunes Américaines ont disparu à la suite de la fusillade. Des jumelles.

Il a paru surpris.

— C'est vrai ? Je n'étais pas au courant.

Tavia lui a montré la photo d'Alicia et de Natalie. L'Ours a laissé échapper un petit sifflement en tendant la photo à ses copains qui ont manifesté à leur tour leur admiration.

— On se souviendrait de ces deux *lindíssimas*, a déclaré Urso. On ne voit pas beaucoup de belles *Americanas* dans les rues de l'Alemão ou de L'Esprit.

— Tu peux te renseigner ? Il y a pas mal d'argent à la clé si tu nous fournis des informations utiles, a précisé Tavia.

— Ouais ? Combien ?

— Il y a cinquante mille *reais* pour toi si tu nous mets sur leur piste.

Urso a ricané.

— Je ne bosse pas pour des cacahuètes. Cinquante mille dollars et je suis ton homme.

Tavia m'a adressé un coup d'œil et j'ai acquiescé.

— C'est bon, L.A., m'a dit Urso en exhibant son sourire doré tout en tapant son poing contre le mien en signe d'amitié. L'Ours est sur le coup, je suis prêt à retrouver ces filles, mais il me faut une avance pour moi et mes potes.

Je me suis tourné vers Tavia.

— Donne-lui cinq mille.

— Dix, a contré Urso.

— Sept.

L'Ours m'a envoyé un clin d'œil accompagné d'un vague sourire, aussi satisfait que s'il s'était gratté le dos contre l'écorce d'un tronc.

# 18

À 15 h 15 cet après-midi-là, nous nous trouvions à l'entrée de l'une des pistes privées de l'aéroport de Rio, en bordure d'océan. Une grosse Mercedes blindée de couleur blanche nous attendait à l'écart et quatre hommes armés de pistolets mitrailleurs HK montaient la garde derrière nous.

J'ai tendu le dos en voyant le Gulfstream entamer sa descente à contre-jour.

— Comment sont ces gens ? a demandé Tavia. Dans le privé, je veux dire.

— La mère des filles, Cherie, est une idéaliste qui n'a pas toujours les pieds sur terre. Quant à Andy, c'est une tête. Un type aussi brillant qu'introverti, pas très loin de l'autisme.

Le Gulfstream, marqué d'un sigle WE, a atterri avant de remonter la piste et de s'arrêter à quelques mètres de nous. Sur un signe de Tavia, les gardes du corps se sont postés de part et d'autre de l'échelle de coupée.

Cherie Wise, une rousse à la peau blanche d'une quarantaine d'années, a émergé de l'habitacle, vêtue d'un pantalon corsaire rouge et d'un sweat aux armes du Hamilton College, les pieds chaussés de sandales, un chapeau de paille sur la tête, le visage mangé par d'immenses lunettes de soleil. Andy Wise, longiligne avec sa calvitie naissante et ses lunettes rondes cerclées de métal, est sorti de l'appareil à sa suite. Un iPad sous le bras, il portait un jean, un polo vert orné d'un logo WE au niveau de la poitrine, et des baskets.

Diplômé en génie civil de l'université Stanford, Andy avait engrangé des milliards à la tête de sa boîte, Wise Enterprises, en réalisant des projets immobiliers un peu partout dans le monde : des hôtels à Dubaï, des tunnels en Chine, des barrages hydroélectriques en Afrique australe, des réseaux téléphoniques dans les pays émergents. Au Brésil, WE avait participé à la construction des stades de la Coupe du monde et de plusieurs sites olympiques.

Sa femme n'était pas de reste. Diplômée de littérature anglaise, ancienne volontaire au sein du Peace Corps, c'était une habile gestionnaire formée à la Wharton School. Elle dirigeait WE Help, la fondation associée à l'empire Wise qui déboursait plusieurs dizaines de millions de dollars chaque année en soutien de causes diverses.

— Expliquez-moi pourquoi je ne devrais pas vous renvoyer, Jack ? m'a apostrophé Cherie.

Je m'attendais à un tel accueil.

— En dépit de notre échec, nous restons les meilleurs. Sans l'aide de Private, vous aurez toutes les peines du monde à retrouver et libérer vos filles.

Andy Wise, qui m'examinait d'un air profondément déçu, a pris le relais de sa femme.

— Où en est votre enquête ?

— Tous nos agents de Rio sont sur l'affaire, a répondu Tavia avant de se présenter.

— J'ai également mobilisé une équipe autour de mes collaborateurs les plus sûrs. Ils quittent Los Angeles dans moins d'une heure.

— Si je comprends bien, vous en êtes au stade de l'organisation, a réagi Wise, les yeux perdus dans le vague.

— Et nous réunissons un maximum d'éléments. Tavia a recruté un informateur à l'intérieur de la favela. Le type en question a lancé une équipe sur les traces de vos filles. Cela dit, je serais plus rassuré si nous montions dans la voiture.

— Pourquoi ? Nous ne sommes donc pas en sécurité ici ? s'est étonnée Cherie en observant les alentours.

— Je préfère éviter les risques inutiles tant que nous ne saurons pas pourquoi vos filles ont été enlevées. Je vous propose de nous rendre à votre hôtel. Nous aurons le temps de discuter en chemin.

Nous sommes montés tous les quatre à bord de la limousine. Tavia et moi nous sommes installés face à la banquette arrière où avaient pris place les Wise.

Les portières solidement verrouillées, Wise a pris la parole d'une voix détachée en agitant lentement la tête :

— La raison de leur enlèvement ne fait aucun doute, Jack. Les demandes de rançon sont un sport national en Amérique latine. Il suffit de vous adresser aux gens de Global Rescue pour en avoir la confirmation.

— Andy, s'il te plaît, l'a arrêté Cherie. Je suis persuadée…

— J'ai lu les statistiques, l'a coupée Wise. Je sais très exactement quelles sont nos chances de revoir nos filles vivantes et…

— Arrête ! s'est écriée Cherie. Il ne s'agit pas de statistiques, mais de nos filles, pour l'amour du ciel !

— Fais preuve de sentimentalisme si ça t'amuse, a réagi Wise, mais les chiffres ne mentent jamais. D'où mon refus qu'elles participent à cette mission. Je savais quels risques elles encouraient et je t'en ai fait part, mais tu n'as pas voulu m'écouter. Tu te fichais bien des statistiques, tant que ça pouvait enrichir leur CV.

— Pas du tout, s'est défendue Cherie. Je voulais qu'elles découvrent le monde tel qu'il est. Je voulais qu'elles prennent conscience des problèmes réels des gens avec leurs tripes, loin de toutes tes vacheries de statistiques.

— Je te laisse juge du résultat.

Le téléphone de Tavia a interrompu leur querelle. Elle a décroché et a écouté son correspondant avant de répondre :

— Très bien, nous arrivons tout de suite.

Elle a rangé son portable et s'est retournée afin de frapper au carreau qui nous séparait du chauffeur. La vitre s'est abaissée.

— Changement de programme. Nous allons dans les locaux de Private Rio.

— Pourquoi? s'est inquiétée Cherie. Je voudrais prendre une douche, me changer et...

— Les ravisseurs viennent de nous contacter, madame Wise, l'a interrompue Tavia. Ils nous ont fait parvenir une vidéo des filles.

# 19

— Maman ? Papa ? pleurnichait Natalie Wise. Aidez-nous.

— Je vous en prie, gémissait Alicia. On veut rentrer à la maison.

— Mon Dieu, a craqué Cherie Wise en enfouissant son visage dans la poitrine de son mari.

Installés dans le local technique de Private Rio, nous visionnions sur un écran géant la vidéo envoyée par les ravisseurs. Le milliardaire a caressé machinalement le dos de sa femme tout en continuant de regarder les images sans rien laisser paraître de ses sentiments, comme s'il s'agissait d'un assemblage aléatoire de pixels et d'algorithmes.

De mon côté, je m'efforçais de décrypter le moindre détail. Les jumelles étaient ficelées sur des chaises avec des lanières de cuir, à une trentaine de centimètres l'une de l'autre. Derrière elles, un rideau noir écarté laissait deviner un tableau représentant des enfants à genoux, en train de prier.

Natalie et Alicia, terrorisées, étaient d'une saleté repoussante. Elles avaient visiblement été malmenées. Natalie, rousse comme sa mère, avait une joue tuméfiée. Alicia, blonde et menue, avait la lèvre éclatée et les yeux battus de quelqu'un qui n'a pas dormi depuis plusieurs jours.

Deux silhouettes masquées sont apparues à l'écran. Un homme et une femme, habillés de noir. Le masque de l'homme était couvert de plumes et de paillettes vertes. Celui de la femme, plus rudimentaire, dessinait un visage grossièrement taillé avec une bouche en losange et des yeux de chat peints.

L'homme s'exprimait en anglais avec un fort accent.

— Nous savons qui sont ces filles. Dites aux Wise que nous voulons cinquante millions de dollars, sinon on les exécute. Vous avez quarante-huit heures. Attendez nos instructions.

L'écran a viré au noir.

— Versez-leur la rançon, s'est écriée Cherie Wise, incapable de retenir ses larmes. Dites-leur tout de suite que nous sommes prêts à payer.

— Attends, l'a tempérée son mari. J'aimerais savoir...

— Quel choix nous avons? a terminé Cherie à sa place, d'un air incrédule. Nous n'avons pas le choix, Andy. On verse la rançon, on récupère nos filles, et la vie reprend comme avant.

Il a battu des paupières.

— Faut-il avertir la police? Leur parler de la demande de rançon?

— C'est à vous de décider, lui a répondu Tavia.

— Pourquoi le cacherait-on à la police? a réagi Cherie. Il faut organiser une chasse à l'homme.

Il était temps d'intervenir.

— Non. Une chasse à l'homme les pousserait à s'enfuir. S'ils disparaissent dans la nature, ils peuvent à tout moment estimer que vos filles sont un bagage inutile et décider qu'il est plus facile de s'en débarrasser. Nous devons impérativement garder le contrôle des opérations.

Cherie a baissé la tête.

— Tout indique que cet enlèvement a été exécuté par des gens très bien entraînés, a renchéri Tavia.

— Au Mexique, certains enlèvements sont le fait de la police, a approuvé Wise. Est-ce également le cas ici?

Tavia le lui a confirmé d'un hochement de tête.

— Il y a sept ou huit ans, un homme d'affaires brésilien très en vue a été enlevé de la même façon. La police a pris l'affaire en main. Ils ont retrouvé la rançon et abattu les ravisseurs, mais ils ont gardé l'argent en prétendant que les kidnappeurs leur avaient échappé et qu'ils exigeaient une nouvelle rançon. La victime a été retrouvée morte au fond d'un puits.

— Je déteste ce pays, a grondé Cherie en essuyant ses pleurs.

Wise a longuement regardé sa femme avant de se tourner vers moi.

— Jack, trouvez mes filles et libérez-les avant la fin de l'ultimatum et je vous donne vingt pour cent de la rançon. Dix millions de dollars en liquide.

# 20

L'écran s'est brouillé, l'image s'est scindée en deux et le visage de hippie vieillissant du docteur Seymour « Sci » Kloppenberg est apparu à gauche de la vidéo des ravisseurs.

— Tu es là, Jack? s'est enquis Sci, à bord du jet de Private.

— Oui, Sci. Tu as pu regarder la vidéo?

— Oui, mais accorde-moi une petite seconde. On a quelques soucis avec le Wi-Fi à bord de l'avion et je voudrais que Mo-bot participe à la conversation.

Il avait tout juste achevé sa phrase que l'écran virait au noir.

— Qui est-ce? a demandé Cherie Wise. On aurait dit un transfuge de l'université de Berkeley.

— Vous n'êtes pas loin du compte. Sci enseignait autrefois à Berkeley, il travaille à présent pour moi.

Je leur ai expliqué que Kloppenberg, un esprit particulièrement brillant, dirigeait le laboratoire de science criminelle de Private à Los Angeles et supervisait l'ensemble des activités scientifiques de l'entreprise à travers le monde. Grâce à Sci, nos recherches n'avaient rien à envier à celles du FBI, de Scotland Yard, ou d'Interpol.

— Kloppenberg est un original, c'est surtout le seul véritable génie qu'il m'a été donné de croiser dans mon existence.

Cette affirmation a froissé les Wise qui auraient volontiers revendiqué leur place au sein d'une telle élite.

— Qui est ce Mo-bot?

— Il s'agit d'une femme, Maureen Roth de son vrai nom. Elle travaille aux côtés de Sci en qualité d'assistante technique polyvalente. C'est également l'une des personnes les plus cultivées que je connaisse.

L'image s'est animée et l'écran s'est divisé cette fois en trois. La tête de Sci à gauche et le visage souriant de Mo-bot à droite encadraient la vidéo des jumelles.

— C'est bon, on vous reçoit. Vous nous voyez?

— Oui, Jack, a répliqué Mo-bot. Tout fonctionne à présent.

— Toutes mes excuses, a enchaîné Sci. Nous avons tous les deux visionné les images tournées par les ravisseurs et nous disposons de quelques informations intéressantes.

La vidéo avait été expédiée sur la boîte e-mail de Private Rio depuis un cybercafé de Kuala Lumpur, en transitant par un serveur basé au Pakistan.

— Vous connaissez-vous des ennemis dans ces deux pays, monsieur Wise? s'est enquis Mo-bot.

Wise a pris le temps de réfléchir avant de répondre:

— Pas à ma connaissance.

— Avez-vous déjà travaillé au Pakistan ou en Malaisie?

— Oui, dans les deux cas.

— Je trouve édifiant que cette vidéo ait été envoyée à Private Rio, et non aux Wise, a noté Sci.

— Excellente remarque, a approuvé Tavia. Les ravisseurs savaient donc que les jumelles étaient placées sous notre protection. D'où leur décision d'envoyer la vidéo directement ici.

— Comment les ravisseurs pouvaient-ils savoir que ces hommes travaillaient pour le compte de Private? a voulu savoir Mo-bot. J'imagine qu'ils étaient en civil.

— Oui, a approuvé Tavia.

— Dans ce cas, a conclu Wise, soit quelqu'un de Private Rio a parlé, soit ce sont les filles.

— Les filles? s'est étranglée sa femme. C'est absurde. Elles savaient très bien les risques qu'elles encouraient. Pourquoi auraient-elles vendu la mèche?

Wise l'a regardée droit dans les yeux.

— Il suffit que Natalie soit tombée amoureuse une nouvelle fois. Ou bien qu'Alicia ait voulu impressionner quelqu'un. Tu sais à quel point elles sont naïves. Elles offrent leur amitié au premier venu et se rallient à toutes les grandes causes sans prendre le temps de se renseigner. Exactement comme…

— Comme moi, c'est ça? a réagi sèchement Cherie. Pourquoi ne vas-tu pas jusqu'au bout de ta pensée?

Andy Wise a papilloté des paupières et a retiré ses lunettes.

— C'est pourtant la vérité.

— Andy, je me demande vraiment ce que tu fais avec moi.

Wise a froncé les sourcils sous l'effet de la surprise.

— Je ne vois pas le rapport.

Sci ne leur a pas laissé l'occasion de se chamailler plus longtemps.

— Nous avons réalisé des agrandissements des images de la vidéo, Jack.

Celles-ci ont défilé sur l'écran l'une après l'autre : les jumelles ligotées à leurs chaises, le tableau des enfants en train de prier, les masques des ravisseurs.

— Vous avez peut-être remarqué que ce tableau n'était pas encadré, a commenté Mo-bot. On devine d'autres silhouettes à côté de celles des enfants. Il s'agit en fait d'une fresque.

— Pourquoi l'avoir dissimulée en partie? a demandé Cherie.

— Pour qu'on ne puisse pas la reconnaître, a suggéré Tavia.

— Dans ce cas, pourquoi ne pas la cacher entièrement? s'est récrié Wise.

La réponse était simple.

— Ils jouent avec nos nerfs en montrant ces enfants en train de prier derrière vos jumelles. Que nous disent ces masques?

— Le masque pailleté à plumes est un masque traditionnel de samba, a précisé Tavia. On en trouve un peu partout à Rio. Ce n'est pas le cas de l'autre masque.

— On dirait une sculpture animiste, a proposé Sci.

— Il existe un culte animiste à Rio? s'est étonnée Cherie.

— Oui, la macumba, a affirmé Tavia. Une tradition importée par les esclaves capturés sur les côtes d'Afrique par les

Portugais qui les utilisaient dans les plantations de caoutchouc. La macumba se pratique essentiellement à Bahia, sur la côte nord-est du Brésil, mais elle a également des adeptes à Rio, en particulier dans les favelas.

J'ai acquiescé.

— Il faudra essayer de déterminer l'origine précise de ce masque. Quel autre enseignement peut-on tirer de la vidéo?

— En analysant les sons, nous avons découvert trois bruits différents, a expliqué Mo-bot avant de nous les faire découvrir.

Des aboiements: un gros chien auquel répondait un plus petit. Puis nous avons reconnu un sifflement de train, suivi par un léger tintement.

— De quoi s'agit-il? a demandé Cherie.

— Un carillon se balançant au gré du vent, l'a éclairée Mo-bot.

# 21

*Le vent*, s'interrogea le docteur Castro. *Dans quel sens soufflera-t-il ?*

Le médecin, penché sur l'écran d'un ordinateur portable dans son minuscule bureau de la faculté de médecine de l'université de Rio, étudiait les données météorologiques de Rio. Dédaignant la température et la pression atmosphérique, il ne s'intéressait qu'à la force et à la direction du vent.

Il gribouilla quelques notes sur une feuille et les relut attentivement. Seule une expérience permettrait de valider son hypothèse.

Le médecin éteignit son ordinateur d'un air songeur. Il remisa l'appareil dans un sac à dos et ramassa la besace de toile renforcée de cuir posée à ses pieds.

Dehors l'attendait une journée d'hiver plutôt clémente pour Rio, une vingtaine de degrés et une brise de nord-est en provenance de l'équateur. Tout en marchant, Castro se demanda si le vent continuerait à apporter de la douceur, ou bien s'il virerait au sud, ainsi que le suggéraient les prévisions les plus récentes.

— Docteur Castro ? Professeur ?

Lui qui espérait quitter le campus rapidement. Il se retourna et vit s'approcher un jeune homme tout essoufflé d'avoir couru à sa poursuite.

— Désolé de vous déranger, professeur. J'aurais une question à vous poser au sujet de votre cours de la semaine dernière sur les rétrovirus.

Castro était pressé, mais il avait le plus grand respect pour ses étudiants, à commencer par ce Ricardo Fauvea. Castro se reconnaissait en lui au même âge. Comme lui, Ricardo s'était battu pour échapper à l'extrême pauvreté du milieu dans lequel il avait grandi, au cœur d'une des favelas de Rio. Bien qu'éduqué dans un établissement public, Ricardo avait gagné son ticket d'entrée dans le système universitaire brésilien avant de réussir l'exploit d'être admis à la fac de médecine, tout comme Castro.

— Vous n'avez qu'à m'accompagner, suggéra le médecin.

— Que transportez-vous dans cette besace? l'interrogea Ricardo.

Castro rougit d'un air gêné.

— Une nouvelle marotte.

Ricardo lui adressa un regard interrogateur.

— Quel genre de marotte?

— Venez avec moi, je vais vous montrer, proposa Castro en hélant un taxi. En attendant, comment allez-vous?

Le jeune protégé de Castro profita de la course qui les conduisait à Urca, une localité riveraine du Pain de Sucre, pour raconter sa vie. Quelques minutes plus tard, les deux hommes descendaient de voiture et gagnaient une anse sablonneuse.

— Voilà, vous savez tout, conclut Ricardo. Et vous, professeur?

— Je me porte bien, répondit Castro en s'avançant sur la grève déserte. Dites-moi, que désirez-vous savoir au sujet des rétrovirus?

— C'est vrai, j'oubliais. Eh bien, j'aurais aimé comprendre pour quelle raison la transcriptase inverse ne produit pas systématiquement des copies exactes des virus concernés.

— Par définition, les rétrovirus sont imprévisibles, contrairement à ma nouvelle marotte.

Le médecin écarta le rabat de sa besace, dévoilant les éléments d'une fusée Estes miniature.

— Ce jouet est à la fois ingénieux et prévisible. Je sais d'avance que, à condition d'en assembler correctement les éléments, il volera sans difficulté.

Tout en parlant, Castro fixa un moteur sur la fusée qu'il relia à un lanceur équipé d'une pile.

— Certains virus sont à l'image de ce jouet, à la fois stable et prévisible. Ils se reproduisent donc de façon attendue, poursuivit-il en installant la fusée sur sa base de lancement. À l'inverse, les rétrovirus sont connus pour leur capacité à muter en permanence. Ce sont les plus dangereux, tout simplement parce que le temps de mettre au point un vaccin, ils ont déjà évolué.

Ricardo acquiesça sans enthousiasme.

— Pourriez-vous me donner un exemple?

— Prenons le virus du rhume ordinaire. On sait qu'il change en permanence, d'où l'incapacité des chercheurs à mettre au point un traitement efficace sur la durée. Vous êtes prêt? À vous l'honneur, déclara Castro en tendant le boîtier de mise à feu au jeune étudiant.

Ricardo s'en empara avec un sourire.

— Ce n'est pas dangereux, au moins?

— Pas du tout. Mais c'est amusant.

L'étudiant tourna la clé et bascula le commutateur. Une flamme jaillit de la tuyère de la petite fusée qui s'éleva dans le ciel en laissant dans son sillage une traînée blanche. Parvenu à deux cents mètres de hauteur, l'engin laissa échapper un parachute et retomba mollement, porté par la brise de mer.

*Encore un vent de nord-est*, se dit Castro.

Le parachute faseya soudain et changea de direction en entraînant la petite fusée dans les eaux du port.

— Vous l'avez perdue, regretta Ricardo.

— Aucune importance, c'était amusant, sourit Castro. Vous ne trouvez pas?

— Si, opina le jeune étudiant. Le décollage était super, en tout cas.

La remarque fit sourire Castro.

— J'adore voir voler ces fusées, se confia-t-il.

— Pour quelle raison?

— Je ne sais pas, répliqua le médecin. Quand j'étais gamin, ce genre de jouet était un luxe auquel je n'avais pas accès. Faire voler des fusées me ramène à l'enfance que je n'ai jamais eue, je suppose.

# 22

Tavia et moi avons laissé les Wise s'installer au Marriott de Copacabana sous un nom d'emprunt pendant que nous nous rendions dans l'auberge de jeunesse où logeaient les membres du groupe humanitaire des jumelles. Nous avons emprunté le tout nouveau tram reliant le Centro à Santa Teresa, en passant par le viaduc Carioca. Santa Teresa est le quartier le plus pittoresque et le plus européen de Rio, on y trouve toutes sortes de bars et de restaurants branchés.

Nous sommes descendus au pied du mont Alegre afin de rejoindre l'auberge de jeunesse, située rue Laurinda. Carlos Seitz, le responsable de la mission, nous attendait en compagnie de huit de ses bénévoles. Tous ont exprimé leur inquiétude pour Natalie et Alicia. Depuis l'attaque, ils hésitaient à retourner dans les favelas. L'une des filles nous a avoué avoir été tentée de rentrer chez elle, mais ses parents avaient refusé.

Tous nous ont confirmé que les jumelles étaient très dévouées, en dépit d'une certaine réserve. Aucun de ceux que nous avons interrogés n'avait vraiment sympathisé avec Natalie ou Alicia, alors qu'ils voyageaient ensemble depuis trois semaines.

— Vos actions sont-elles concentrées exclusivement sur Alemão?

Seitz m'a répondu par la négative en nous expliquant qu'ils étaient intervenus sur trois sites différents. Le groupe avait récemment travaillé pour le compte de Shirt Off My Back, une

ONG qui distribuait des vêtements et de la nourriture aux plus démunis. Auparavant, ils avaient contribué à un projet d'action sanitaire à Campo Grande, après avoir apporté leur aide aux responsables d'un orphelinat de Bangu.

— L'orphelinat de Mariana Lopes ? a demandé Tavia.

— En effet, lui a répliqué Seitz.

J'ai haussé les sourcils.

— C'est curieux. Elle ne nous a pas dit qu'elle connaissait les jumelles.

— Nous n'avons jamais prononcé leur nom, m'a rappelé Tavia.

Seitz nous a fourni les coordonnées des trois institutions auprès desquelles ils étaient intervenus et nous l'avons quitté en lui promettant de le tenir au courant.

Nous avons ensuite emprunté un taxi jusqu'au téléphérique d'Alemão. La nuit était tombée lorsque nous sommes arrivés à destination. Nous avons attendu que s'ouvrent les portes d'une cabine rouge.

Nous souhaitions retourner sur le lieu de l'attaque de façon à reconnaître les lieux à la nuit tombée, dans l'espoir de croiser un témoin qui aurait échappé à la police.

Les portes allaient se refermer sur nous lorsque deux individus sont montés précipitamment. Ils se sont installés en face de nous et se sont plongés dans l'examen de leurs téléphones.

La cabine a entamé son ascension au-dessus des lumières de la favela. Nous discutions de l'enquête à voix basse en anglais lorsque notre attention a été attirée par un claquement.

*Clic. Clic.*

Du coin de l'œil, j'ai vu jaillir deux lames. Sans un mot, les deux inconnus qui nous faisaient face se sont rués sur nous, couteaux en avant.

# 23

J'ai basculé le poing droit afin de contrer le mouvement de la lame qui allait s'enfoncer entre mes côtes, au niveau du poumon. Le choc a dévié la lame qui a tremblé dans le poing de mon agresseur.

De son côté, Tavia avait envoyé un coup de pied dans le genou de son agresseur en le voyant se précipiter sur elle. Il a titubé en arrière en laissant échapper un cri. Au même moment, je faisais une manchette à mon adversaire en tentant de lui balancer mon poing gauche en pleine figure.

Il a évité le coup, vif comme l'éclair. J'ai aussitôt bondi sur mes pieds avec l'intention de le désarmer.

Il m'a devancé en enfonçant son épaule dans mon plexus solaire et je me suis écrasé contre la porte de la cabine. Sans attendre, je lui ai envoyé mon poing au niveau de l'articulation du bras. Son couteau est tombé par terre avec un bruit sec.

J'aurais voulu lui éclater le visage d'un coup de genou, mais il a paré le coup en m'agrippant par la ceinture. L'instant suivant, il me faisait valser contre Tavia qui a perdu l'équilibre sous le choc. Mon adversaire, ramassé sur lui-même, a tenté de me frapper à l'entrejambe. Mû par un réflexe, j'ai pivoté sur moi-même et son poing s'est écrasé contre ma cuisse.

Il en a profité pour récupérer son arme et m'a lacéré le flanc droit, en haut des côtes. J'ai saisi ses avant-bras au vol et je l'ai collé brutalement contre la vitre. Il tenait toujours le couteau dans sa main droite, à la façon d'un pic à glace. Sa force démesurée me confirmait qu'il était sous l'empire d'une drogue quelconque, je ne pourrais pas l'immobiliser très longtemps.

La pointe de la lame s'approchait inexorablement de mon œil gauche. En arrière-plan, une pancarte en portugais me narguait. J'ai voulu me dégager en assenant un coup de tête à mon agresseur. Il a esquivé le coup, et mon front s'est écrasé contre sa pommette. Le voyant légèrement sonné, j'ai pris le risque de lui lâcher le bras gauche, le temps d'abaisser le levier de secours sous la pancarte en portugais. La porte a coulissé derrière lui. Il a vainement cherché à préserver son équilibre avant de basculer dans la nuit en battant des mains, sa chute accompagnée par un long hurlement.

Je me suis retourné en entendant un grognement dans mon dos. Tavia se relevait à bout de souffle, les cheveux en bataille, l'avant-bras entaillé en deux endroits. Son agresseur gisait à ses pieds, le cran d'arrêt planté dans l'estomac. Il ouvrait et fermait la bouche en silence à la façon d'un poisson privé d'eau. Le battement, de plus en plus lent, a fini par s'arrêter.

— Qu'en fait-on ? m'a demandé Tavia.

Deux cents mètres nous séparaient encore de l'arrêt le plus proche et nous survolions une zone inhabitée, particulièrement escarpée. Le temps de fouiller les poches du voyou sans rien y découvrir, nous avons balancé son corps dans le vide.

Le chemisier de Tavia était taché de sang, tout comme son avant-bras blessé. Nous avons épongé grossièrement le sang qui maculait le sol et les sièges, je lui ai passé ma veste autour des épaules, et nous sommes descendus à l'arrêt suivant comme si de rien n'était avant de nous évanouir dans l'obscurité.

Nous avons rejoint le dispensaire où nous avions rencontré Mariana Lopes la veille. En son absence, une infirmière s'est chargée de nettoyer, de recoudre et de panser les plaies de Tavia sans lui poser de question.

J'ai attendu d'avoir retrouvé la rue pour m'inquiéter de son état.

— Comment te sens-tu ?

— Ça pourrait aller mieux.

— Est-ce la première fois que tu es obligée de tuer quelqu'un?

— Non, mais ça secoue quand même.

— Comme si son fantôme refusait de te quitter.

Elle a hoché la tête, parcourue d'un frisson. Je l'ai prise dans mes bras en l'embrassant sur les tempes.

— Tu n'avais pas le choix. Pas plus que moi.

— Je n'ai pas eu le temps de sortir mon arme.

— Tout est allé trop vite.

— Ces types-là n'étaient pas là pour nous voler.

— Ils étaient décidés à nous tuer.

Le visage de Tavia s'est rembruni.

— Il s'agissait donc de tueurs à gages.

Nous avons rapidement gagné les hauteurs de la favela de L'Esprit, à la limite de la jungle. Urso, fidèle à son mur, mangeait et buvait avec quatre ou cinq de ses copains. Tavia s'est approchée de lui, son calibre .45 au poing, en dévoilant son avant-bras blessé.

— On avait passé un accord, Urso. Ta parole n'a donc plus aucune valeur?

Urso a levé les bras au ciel.

— Va te faire foutre, Reynaldo! Qu'est-ce que tu me chantes? L'Ours n'a qu'une parole.

— On vient d'être attaqués dans le téléphérique d'Alemão. Des racailles armées de couteaux qui nous cherchaient.

— J'ai rien à voir avec ça, s'est défendu Urso. Je vois pas comment je pourrais empêcher des indépendants de venir à Alemão. C'est le boulot du BOPE, pas le mien.

Tania, furieuse, a laissé percer son scepticisme.

— Tu es en train de me dire que ces clowns n'étaient pas tes hommes?

— Tu déconnes ou quoi? Je te rappelle qu'on avait un marché, tous les deux.

Je me suis interposé.

— Alors explique-moi pourquoi tu traînes ici au lieu de te mettre en chasse.

— J'ai passé la journée à chercher, L.A., m'a répondu l'Ours. Tu en auras pour ton fric.

— Tu as des nouvelles des filles?

— Des témoins ont vu leurs ravisseurs les entraîner vers une camionnette grise en contrebas de l'endroit où s'est déroulée la fusillade. La bagnole n'avait pas de plaque d'immatriculation, alors on n'en sait pas plus, mais on continue à chercher.

— Je dispose d'éléments qui pourraient faciliter tes recherches, a réagi Tavia en évoquant les aboiements, le sifflement du train et le carillon.

— Un train, tu dis? Ça peut m'aider, mais pas le carillon. Tout le monde a un putain de carillon chez lui. Pareil pour les chiens.

— On peut t'envoyer un fichier numérique avec les bruits exacts.

Urso m'a gratifié d'un clin d'œil reconnaissant.

— Super. Après le dîner, on ira se balader du côté des voies ferrées avec mes gars, en faisant gaffe aux carillons et aux chiens. Ça vous va?

Tavia l'a longuement dévisagé d'un air dubitatif avant de répondre :

— Oui, l'Ours. Ça nous va.

# 24

Belle à croquer avec ses hauts talons, sa jupe de cuir moulante et son chemisier de soie noir qui mettait en valeur sa silhouette généreuse, sa crinière noire et son teint caramel, Luna Santos arborait fièrement la trentaine. Le cœur battant d'excitation, elle descendit de taxi au pied des Arches de Lapa, un aqueduc de pierres blanches situé au cœur de ce quartier vivant du Centro.

À l'ombre des arches, des clients faisaient la queue à l'entrée d'un immense club en plein air. La place qui s'étendait de l'autre côté de l'ouvrage d'art était noire de monde. À une semaine des Jeux olympiques, la ville débordait de touristes venus célébrer l'événement. Luna était fermement décidée à se joindre à eux.

Elle acheta une *caipirinha*, le cocktail national du Brésil, puis elle se glissa au milieu de la foule en se laissant porter par le rhum parfumé à la menthe, feignant d'ignorer les regards masculins qui se posaient sur elle avec insistance. La réputation sulfureuse de Lapa ne faisait qu'accentuer son émoi.

*Ce soir*, décida-t-elle intérieurement, *j'ai envie de frissons. J'ai envie de passion et de transpiration.*

Elle se plaisait à imaginer les plaisirs interdits que lui réservait la nuit, tout émoustillée par…

La sonnerie de son téléphone la ramena à la réalité. Elle s'immobilisa sur le trottoir bondé, pêcha le portable au fond de son petit sac et sentit retomber la tension en découvrant le numéro qui s'affichait à l'écran.

— Antonio? dit-elle en protégeant sa bouche de la main.

— Désolée, ma chérie, lui répondit la voix de son mari. Je vais devoir rester travailler tard.

— Je m'en doutais, répliqua-t-elle. Tu comptes dormir au bureau?

— Plus que quelques jours, Luna, se défendit son mari, et je serai...

— Et tu seras débordé pendant seize jours.

Antonio ne chercha pas à masquer son exaspération.

— Tu sais bien que j'ai des fonctions importantes.

— Désolé, je vais devoir te laisser. Mon film va commencer.

Luna raccrocha d'un doigt et éteignit le portable.

*Ce soir, je me fiche royalement d'Antonio et de sa foutue carrière*, songea-t-elle. *Ce soir, je me fiche des JO et je ne pense qu'à Luna Santos.*

Sa décision prise, elle se dirigea vers l'entrée du Rio Scenarium, un célèbre club de samba, se demandant quelle surprise lui réservait son amant. Il avait promis de l'emmener dans un endroit *gostosa* après avoir consacré la soirée à boire et danser.

Luna rêvait de passer la nuit dans un motel pour amoureux. Rio ne manquait pas d'établissements destinés aux couples en quête d'un refuge discret. Les plus spectaculaires valaient largement les suites des meilleurs hôtels de Copacabana et d'Ipanema. À ceci près qu'on les louait à l'heure.

L'année précédente, un autre amant avait emmené Luna dans un hôtel équipé d'une piscine, d'un sauna et de toutes sortes de gadgets qui l'avaient... euh, rassasiée.

Le videur du Scenarium lui adressa un sourire concupiscent en la laissant passer, sans qu'elle éprouve l'envie de l'encourager. Jamais elle n'aurait trompé Antonio avec un type pareil.

Luna plaçait la barre très haut avec ses amants. Elle les voulait bien éduqués, intelligents et de son âge, à une dizaine d'années près. Elle les aimait musclés et doués au lit, si possible avec l'esprit coquin.

Son nouvel amant répondait à tous ces impératifs, et même davantage. Il se montrait particulièrement habile dans l'intimité. Elle en avait des frissons rien que d'y penser. Le rythme de la samba traversait l'air, au milieu des rais de lumière qui balayaient la piste de danse. Le club s'étageait sur deux niveaux, le supérieur étant essentiellement un balcon réservé à ceux qui préféraient discuter entre eux, un verre à la main, des mérites des danseurs à leurs pieds.

L'odeur de transpiration et de phéromones qui imprégnait l'air contribuait à l'excitation de Luna. Elle regarda autour d'elle, cherchant son homme des yeux, remarquant à peine les armures médiévales qui ornaient l'un des murs de la salle, la collection des pendules accrochées sur le mur adjacent, les miroirs et les tableaux exposés sur le suivant.

Elle commanda une double *caipirinha* qu'elle sirota lentement, transportée par la caresse du délicieux mélange de menthe, de glace, de sucre et de rhum au fond de sa gorge. Elle s'approcha de la piste. À la lueur hachée des stroboscopes, la masse des danseurs ne formait plus qu'une immense créature sensuelle...

Luna sursauta en sentant deux mains puissantes se poser sur ses hanches et le corps d'un homme se presser contre son *bunda* en lui faisant clairement sentir son désir. Elle roucoula de plaisir, leva les bras et lui prit la tête entre les mains, comblée par les baisers qu'il lui déposait sur la nuque.

Affolée par son étreinte appuyée, elle se retourna afin de frotter ses seins et ses hanches contre lui.

— Docteur, minauda-t-elle. Je commençais à me demander si vous viendriez ce soir.

Lucas Castro, le regard vague, l'embrassa passionnément.

— Comment pourrais-je négliger une femme telle que toi, ma petite Orchidée?

# 25

Luna frissonna entre ses bras tandis que le rythme de la samba s'accélérait au son des haut-parleurs. Son docteur adoré était passé maître dans l'art de danser la samba. Il s'offrait et se refusait tour à tour, se glissait contre elle, moite de sueur, jusqu'à l'enivrement, avant d'exacerber son désir en s'éloignant brusquement.

L'aura de mystère qui entourait le médecin le rendait d'autant plus attirant aux yeux de Luna. Elle ne connaissait pas même son nom, se contentant de l'appeler Docteur quand il la surnommait Orchidée. Ils s'étaient rencontrés deux semaines plus tôt dans un autre club. L'attirance physique, si spontanée, leur avait épargné le besoin d'entrer dans les détails personnels.

À la samba succéda une bossa lente qui donna à Luna l'envie de se coller contre son compagnon, alors que celui-ci veillait soigneusement à la maintenir à distance, lui effleurant tantôt les hanches, tantôt les épaules.

— Tu as la tête ailleurs, docteur, lui reprocha-t-elle. Je le lis dans tes yeux. Tu penses à une autre?

— Il n'y en a pas d'autre, la rassura-t-il.

— Tu n'es pas marié?

— Je l'étais. Ma femme est morte.

— Je suis désolé pour toi, mais pas pour moi. Où comptes-tu m'emmener ensuite?

— C'est une surprise. Un dernier verre avant d'y aller?

Luna s'en serait volontiers passée, mais il commanda du vin dans des gobelets en plastique qu'ils emportèrent en quittant le club, imitant l'exemple de tous les fêtards qui se pressaient dans les rues alentour.

— Au plaisir, la salua le médecin en trinquant avec elle.

— À la liberté, répliqua Luna sur un ton impertinent en vidant son gobelet.

À peine installée dans la voiture de son compagnon, elle entreprit de lui caresser le torse.

— J'ai tellement envie d'être seule avec toi.

Castro l'embrassa.

— Ma petite Orchidée ne tardera pas à s'épanouir.

Luna, gentiment ivre, avait oublié jusqu'à l'existence de son mari pour ne plus penser qu'au docteur, au plaisir qu'il lui avait donné lors de leur première rencontre. Elle priait le ciel que cette nuit soit plus enivrante encore.

— Où va-t-on? s'enquit-elle en constatant qu'il s'engageait sur l'autoroute. Ce ne sont pas les motels pour amoureux qui manquent à Lapa.

— Celui-ci est différent, promit-il en lui caressant la cuisse.

Luna ronronna de plaisir, plus soûle qu'elle ne l'avait cru. Pas soûle à en être malade, mais soûle à se sentir totalement libre.

*Libre de faire ce que je veux.*

Elle tortilla des hanches en signe de protestation en constatant qu'il éloignait sa main.

— Tu as décidé de me torturer, c'est ça?

— Tu sais, la frontière est parfois ténue entre la souffrance et l'extase.

L'extase. Ce n'était pas Antonio qui aurait usé d'un terme pareil. *Je devrais peut-être quitter Antonio avant de commettre une bêtise. Du genre tomber enceinte. Peut-être que... je...*

Luna voyait trouble à présent, mais cela ne l'empêchait pas de s'apercevoir qu'ils traversaient une zone industrielle inconnue.

— Où m'emmènes-tu, doc? bredouilla-t-elle d'une voix pâteuse.

Ses paupières s'abaissèrent. Elle avait l'impression étrange de tomber lentement d'une falaise en planant, tel un oiseau porté par les courants ascensionnels.

Loin, très loin de la falaise qui l'entraînait vers un gouffre sans fond, elle entendit la voix du médecin murmurer :

— Je t'emmène dans mon laboratoire, Luna.

# 26

Sci et Mo-bot sont arrivés à Rio vers 23 heures. Nous étions passés les prendre avec Tavia, nous les avons aussitôt conduits au Marriott où nous attendaient Andy et Cherie Wise dans leur suite. Nous avons commencé par leur communiquer nos dernières découvertes avant de leur exposer notre plan de bataille.

Maureen Roth a pianoté sur son iPad, relié par Bluetooth à la télévision de la chambre. Une image par satellite de Rio est apparue à l'écran. Mo-bot s'est escrimée de plus belle sur le clavier virtuel et six épingles, trois rouges et trois jaunes, ont clignoté sur la carte.

— Les trois points rouges correspondent aux trois associations caritatives pour lesquelles les jumelles ont travaillé au cours de ces trois dernières semaines, a précisé Maureen. Les points jaunes sont les auberges de jeunesse où elles ont séjourné. À présent, je vais éliminer les zones situées à plus de trois kilomètres d'une ligne de métro ou d'une voie ferrée…

Des pans entiers de la photo aérienne se sont effacés, Rio prenait brusquement des allures de puzzle incomplet. On remarquait pourtant que les associations et les auberges de jeunesse se trouvaient toutes dans la zone de recherche, de même que les favelas d'Alemão et de L'Esprit.

J'ai pris la parole :

— Mes équipes ont commencé à écumer les quartiers traversés par une ligne de chemin de fer près du lieu de l'enlèvement. Ils s'en éloignent progressivement, ils arriveront demain matin au niveau des points rouges et jaunes.

— À quoi bon? est intervenue Cherie. Il y a plusieurs millions de personnes dans ces seuls quartiers.

— C'est exact, a reconnu Tavia, mais vos filles ont nécessairement attiré l'attention des ravisseurs à un endroit ou à un autre, madame Wise. Sans doute dans l'une de ces auberges de jeunesse, ou bien dans les locaux de l'une des associations. Si nous parvenons à déterminer l'endroit exact où elles ont été repérées, nous pourrons en déduire l'identité de leurs ravisseurs.

— Vous comptez vous limiter à ces recherches, Jack? s'est inquiété Wise.

— C'est la méthode la plus prometteuse pour l'instant.

— Vous disposez de moins de quarante-huit heures, m'a-t-il rappelé. Je me suis arrangé pour disposer dimanche de trente millions de dollars en *reais.*

— Je te rappelle qu'ils réclament cinquante millions, l'a corrigé Cherie.

— Je n'ai pas les moyens de me procurer l'intégralité de la somme. De toute façon, ils n'y verront que du feu. Ils découvriront de grosses liasses de billets entourées de bandeaux et ça leur suffira. Nous glisserons des liasses de papier journal au fond du sac, ils n'auront pas le temps de compter la somme au moment de l'échange. L'argent contre les filles, ou rien du tout.

Sa femme a hoché la tête d'un air dubitatif.

— Une telle somme prendra de la place, a remarqué Sci.

— Les billets brésiliens font à peu près le même poids que les dollars. En calculant un gramme par billet de cinquante *reais*, ça fait une demi-tonne.

— Ils auraient mieux fait d'exiger des lingots, a fait Sci. Au cours de ce matin, ça pèse quatre cent vingt-huit kilos.

Wise lui adressa un regard admiratif.

— Toi et ta gymnastique mentale, Andy, réagit Cherie d'un air dégoûté. Tu es donc incapable d'exprimer des émotions?

— Ce ne sont pas mes émotions qui nous rendront Alicia et Natalie. Le seul moyen de les récupérer est de mettre au point un plan savamment pensé.

— Et si ça ne marche pas? rétorqua Cherie, en larmes, en tendant une main en direction de l'écran. Et s'ils prennent l'argent et tuent les filles?

— Ce ne sera pas le cas.

Elle s'essuya les yeux et se tourna vers nous.

— Je vous l'avais bien dit. Malgré notre fortune, je n'ai que mes filles dans la vie.

# 27

Rayssa braqua le rayon d'une puissante torche sur le visage apeuré de ses prisonnières.

Les jumelles Wise, poignets et chevilles entravés, étaient en position assise sur des matelas crasseux, adossées contre le mur de béton.

— Vous tenez vraiment à nous bâillonner et à nous bander les yeux? implora Alicia. On ne criera pas.

— Vous pouvez avoir confiance, ajouta Natalie. Personne ne peut nous entendre, de toute façon.

Rayssa réfléchit à la proposition.

— D'accord. Plus de bâillons et de bandeaux. Au moindre cri, au moindre mouvement, je les remets.

— Et nos parents? s'enquit Alicia.

— À l'heure qu'il est, ils ont sûrement visionné la vidéo.

— Maman doit être paniquée, déclara Alicia.

— Ils verseront la rançon, ajouta Natalie, histoire de se convaincre elle-même.

— C'est sûr, insista Alicia. Ce n'est pas l'argent qui les arrêtera, ils sont…

— Milliardaires, je sais, conclut Rayssa avant de quitter la pièce en donnant un tour de clé.

Elle fit demi-tour et remonta le long couloir voûté en s'éclairant à l'aide de la lampe. Elle suivit l'odeur de tabac jusqu'à un étroit escalier, remonta les marches, s'arrêta devant un lourd battant de bois et éteignit la torche.

Elle actionna le verrou, poussa la porte et se retrouva dans une pièce haute de plafond. Les rais de lumière filtrant à travers les planches clouées aux fenêtres suffisaient à peine à percer la pénombre. Des débris de verre crissèrent sous ses semelles tandis qu'elle se frayait un chemin entre de vieux meubles en bois. Le temps que ses yeux s'habituent à l'obscurité, elle avait rejoint un nouvel escalier au pied duquel elle s'immobilisa, l'oreille tendue.

Le vent s'était remis à souffler, agitant les tubes métalliques d'un carillon. La rumeur sourde d'un train monta jusqu'à elle.

Elle crut distinguer un autre bruit.

Quelqu'un?

Les chiens, qui jappaient jusque-là, lancèrent des aboiements furieux.

Rayssa chercha des doigts le petit calibre .38 dissimulé dans le creux de ses reins, sous son pull, puis elle retira ses chaussures et monta les marches en silence.

De retour dans le bureau abandonné où elle dormait, elle évita soigneusement d'allumer la lumière, s'approcha de la fenêtre, et coula un regard entre les lattes des volets. À l'exception du cône de lumière que projetait la lampe de l'entrepôt voisin, elle ne distingua rien d'anormal. Le vent fit tinter le carillon et un train hulula dans le lointain.

Rayssa attendit longtemps à la fenêtre en fouillant du regard les ombres du dehors. Soudain, elle eut la confirmation de ses soupçons en repérant une silhouette basanée derrière le cône de lumière. Un inconnu tatoué se détacha de l'ombre, dont elle distingua les traits lorsqu'il releva la tête en entendant le carillon.

Rayssa serra la crosse du pistolet entre ses doigts en reconnaissant l'Ours.

# 28

*Samedi 30 juillet*
*3 heures du matin*

Luna Santos écarta péniblement les paupières, consciente d'être nue dans un lit. Rien d'anormal. Elle avait dû passer un bon moment avec…

Elle battit des paupières en entendant un léger bruissement. Les tempes bourdonnantes, elle découvrit une pièce d'un blanc immaculé. Une chambre d'hôpital. La potence d'une perfusion se dressait près du lit, dont s'échappait un tuyau qui disparaissait sous ses draps.

Perdue, elle voulut s'assurer qu'elle était reliée à la perfusion en soulevant le bras, et trouva ses poignets attachés aux montants du lit. En voulant remuer les jambes, elle comprit que ses chevilles étaient entravées, elles aussi. Un tuyau souple remontait entre ses jambes.

Elle tourna la tête au prix d'une douleur fulgurante et appela :

— Au secours. Où suis-je?

Sa langue était si lourde et sa bouche si sèche que les mots sortirent en une bouillie indescriptible. Malgré son mal de crâne, elle s'obligea à relever la tête, balaya la pièce des yeux et distingua une silhouette vêtue d'une combinaison stérile blanche telle qu'en portaient les médecins lors de l'épidémie de fièvre Ebola.

La silhouette s'approcha, l'inconnu l'observa quelques instants avant de s'adresser à elle, par le biais d'un petit haut-parleur fixé à la combinaison, d'une voix artificielle de cosmonaute.

— Tu es revenue à toi, fit le docteur Castro.

— Où suis-je, doc? s'enquit-elle.

— Dans mon laboratoire.

— Que m'est-il arrivé? insista-t-elle, complètement perdue. Je suis malade?

— Les effets secondaires ne tarderont pas à se dissiper.

*Des effets secondaires?* pensa Luna. *Des effets secondaires de quoi?*

Castro anticipa sa question.

— Détends-toi. Je t'ai choisie pour toutes sortes de raisons. Et tu es là, Luna, comme je le voulais.

— Comment? réagit-elle, vaguement consciente qu'il l'avait appelée par son vrai nom. Je ne... Choisie pour quoi?

Le médecin lui recommanda le silence d'un doigt ganté et s'éloigna.

Luna tourna péniblement la tête et le vit rejoindre une série de quatre cuves transparentes, à l'autre extrémité du laboratoire. Un rat blanc s'agitait dans la première, aucun mouvement ne s'échappait des trois autres.

Le docteur tendit le bras et récupéra dans les cuves deux rats morts qu'il brandit dans sa direction.

— C'est ainsi que progresse la virologie. Il faut multiplier les expériences sur des dizaines, parfois des centaines ou des milliers de cobayes, avant de trouver la solution.

Linda battit des paupières.

— De quel virus étaient-ils atteints?

Le visage du docteur s'éclaira.

— Je l'ai baptisé Hydre-9.

Le brouillard qui embrumait le cerveau de Luna se déchira. Elle comprit soudain qu'elle courait un danger. Comment y échapper? Ses membres entravés l'empêchaient de se lever.

*Un virus. Choisie.*

Elle tenta de repousser la panique qui l'envahissait.

— Pourquoi m'as-tu attachée? À quoi sert ce tuyau entre mes jambes?

Castro déposa les rats morts dans une cuve réfrigérée avant de répondre:

— Je t'ai attachée pour que tu ne te blesses pas. Quant au tuyau, il s'agit d'un cathéter.

*Un cathéter?!!*

— Détache-moi, lui ordonna-t-elle, au comble de l'humiliation.

— Impossible, répliqua le docteur en penchant la tête.

— Détache-moi! hurla-t-elle. Je suis assez grande pour me soulager toute seule.

— Il ne s'agit pas de ça, Luna. Souviens-toi, je t'ai *choisie.*

Une vague d'angoisse la saisit et elle se débattit contre ses liens.

— Au secours! Au secours!

— Inutile de crier. Personne ne peut t'entendre, lui répondit Castro en agitant un index ganté. Cet endroit est parfaitement isolé.

Il ouvrit la porte d'un réfrigérateur dans lequel il préleva un tube en inox d'une vingtaine de centimètres, relié à un embout muni d'une réserve et d'un manomètre.

— Qu'est-ce que c'est? s'inquiéta-t-elle en se recroquevillant sur elle-même tandis qu'il s'approchait.

— C'est un aérographe modifié par mes soins. Le tube principal contient un agent propulseur, et celui-ci, ajouta-t-il en désignant la réserve, contient du sang de rat infecté par l'Hydre-9. J'ai modifié l'aérographe de façon que l'agent propulseur envoie le sang à travers une série de fins grillages à l'intérieur de l'embout. Sous l'effet de la pression, le sang sort sous forme d'aérosol. Une sorte de brouillard viral.

Luna, horrifiée, écarquilla les yeux.

— Tu n'as pas le droit! hurla-t-elle.

— Je n'ai pas le choix, rétorqua Castro en procédant aux ultimes réglages.

— Je t'en supplie ! Ce n'est pas juste !

— Il y a tant d'injustices dans la vie, Luna. Antonio te le confirmera.

— Tu connais mon mari ? s'étouffa-t-elle.

— Je ne l'ai jamais rencontré, mais je connais son travail.

Le médecin saisit Luna par les cheveux. Elle hurla, tenta de se débattre, en vain. Il posa l'embout de l'aérographe sur son visage et appuya sur la détente.

L'appareil émit un ronronnement et une fine pluie rosée s'échappa de l'embout, recouvrant le nez, la bouche et les yeux de la jeune femme.

— Non ! hurla Luna en se débattant. Non !!!

# 29

Une heure et trente-sept minutes après avoir été infectée, Luna se trouvait dans un état critique. Fiévreuse, elle transpirait abondamment, au bord du délire.

Le docteur Castro avait pris la précaution de prélever des échantillons de son sang tous les quarts d'heure depuis le début de l'expérience. L'Hydre-9 poursuivait implacablement son œuvre de mort.

Chaque nouveau prélèvement sanguin apportait à Castro la preuve que le virus se répandait comme la foudre à travers le corps et les organes de Luna, laissant dans son sillage des hordes de monstres à neuf têtes qui se reproduisaient à l'infini. Le virus envahissait les cellules en tissant au cœur de chacune des cocons qui lâchaient à leur tour des rejetons prêts à infecter d'autres cellules.

Cette attaque exponentielle provoquait des effets en cascade chez leur hôte, détruisant et condamnant les principaux organes vitaux, l'un après l'autre. En commençant par les reins.

La température de Luna, stabilisée autour de 38,8°, grimpait à nouveau. 39,5°. 39,7°. 40°.

Les yeux de la jeune femme étaient devenus vitreux. Elle éclata d'un rire dément en voyant le rat survivant se débattre dans sa prison de verre.

— Tu as décidé de me sauver. Dis-moi que tu m'as choisie pour me sauver.

— Ce serait contre-productif, Luna, lui répondit Castro. Je ne sais toujours pas comment réagit Hydre-9 en cas d'infection humaine.

— Tu es complètement fou, siffla-t-elle d'une voix faible.

— Bien au contraire, se justifia-t-il.

La fièvre emportait la jeune femme. 40,2°. 40,4°. Luna, prise de tremblements et de convulsions, serra les paupières.

— Pourquoi fais-tu ça ? hoqueta-t-elle.

— J'agis au nom de la science.

— Pourquoi m'as-tu parlé d'Antonio ?

Castro marqua une pause, puis il opina.

— Au-delà des motivations scientifiques qui m'animent, ton mari a joué un rôle important dans ma décision. Avec d'autres, il m'a tout volé.

— Antonio ? Il ne ferait pas de mal à une mouche.

— Tu te trompes.

— Que t'a-t-il pris ?

— Ma dignité. Et ma femme.

Luna ouvrit grand ses yeux injectés de sang. Couverte de sueur, secouée par la fièvre, elle regardait fixement Castro comme s'il s'agissait d'un point de lumière évanescent, au fond d'un tunnel obscur. Elle remua les lèvres, incapable de parler. Tétanisée par une convulsion qui l'arc-bouta dans son lit de douleur, les yeux exorbités, elle retomba brutalement, telle une outre crevée, tandis que du sang s'échappait de son nez et de ses yeux. Elle était morte.

Castro sentit poindre en lui une ombre de remords, mais il ne regrettait rien. La mort de Luna n'était que justice. Elle lui permettait de rétablir la balance, tout en servant une cause infiniment plus noble. Il jeta un coup d'œil à la pendule, oubliant déjà ses regrets. 1 heure, 52 minutes et 20 secondes s'étaient écoulées entre le moment où il lui avait fait respirer le virus et celui où elle était morte.

— Parfait, murmura-t-il.

# 30

*Samedi 30 juillet 2016*
*4 h 20*

Tavia a rétrogradé au volant de sa BMW et s'est faufilée entre les véhicules qui traversaient le tunnel reliant Copacabana à Botafogo. La brume qui flottait dans ma tête lorsque nous avions reçu le coup de fil chez Tavia s'était dissipée depuis longtemps.

Elle s'est élancée dans la nuit à toute allure en direction des favelas, à la sortie du tunnel, tout en criant dans son téléphone portable.

— Urso pense avoir localisé les filles. Préviens immédiatement le groupe d'intervention. Je t'envoie les coordonnées par SMS dès mon arrivée sur place.

Elle a raccroché, sans cesser de zigzaguer entre les voitures.

— Tu crois qu'il faut avertir les Wise ? m'a-t-elle demandé.

— Inutile tant que nous ne sommes sûrs de rien.

— L'Ours paraissait très sûr de lui. Il a identifié le carillon et les chiens, le train passe juste à côté. L'un de ses gars affirme que les fenêtres du bâtiment ont récemment été barricadées.

— Je préfère contacter les Wise une fois que nous aurons récupéré les jumelles. Autrement, ils sont capables de remettre en cause nos décisions à tout bout de champ.

— Je te laisse juge, a-t-elle répliqué en s'engageant sur une bretelle au nord-ouest d'Alemão, dans un quartier peuplé de bicoques aux toits de tôle ondulée : des ateliers de carrosserie, d'usinages de pièces, de tapissiers, des entrepôts, des usines abandonnées.

Elle a stoppé la voiture.

— Nous ne sommes plus très loin. Mieux vaut poursuivre à pied, a-t-elle décidé.

Nous sommes descendus, et Tavia a sorti du coffre deux gilets pare-balles, deux paires de jumelles de vision nocturne, un fusil d'assaut Mossberg de calibre .12, ainsi qu'un 9 mm Beretta équipé d'un silencieux.

Elle m'a tendu le Beretta avant d'envelopper le Mossberg dans une couverture.

— Inutile de choquer les gens qu'on pourrait croiser, m'a-t-elle expliqué. On le sortira uniquement en cas de besoin.

Tavia m'a entraîné dans un dédale de vieux bâtiments. Je marchais dans ses pas lorsqu'un sifflement de locomotive a troué la nuit. Nous avons bifurqué dans une ruelle, et Urso est sorti de l'ombre.

— Rien n'a bougé ? lui a demandé Tavia, essoufflée.

— *Nada*, a répondu l'Ours. Mes gars ont bouclé toute la zone. Vous voulez y aller tout de suite ?

Tavia m'a interrogé des yeux.

— Les types de l'unité d'intervention seront là dans un quart d'heure.

Je me suis tourné vers Urso.

— Où sont-elles ?

Il a désigné une bâtisse en pierre d'un étage un peu plus loin.

— Quand j'étais gamin, c'était une fabrique de cigares.

Des chiens ont aboyé, tout près.

— Des pitbulls, nous a prévenus Urso. Ils sont enfermés dans un entrepôt de bois, de l'autre côté de la fabrique de cigares.

— Tu as remarqué du mouvement à l'intérieur de la fabrique ?

— Pas vu, mais entendu. Au rez-de-chaussée et à l'étage, il y a deux heures de ça.

J'ai consulté ma montre. 4h45. Encore une bonne heure avant l'aube. J'avais appris chez les Marines que le meilleur moment d'attaquer était juste avant l'aube.

Je me suis tourné vers Tavia.

— Nous y allons tous les deux. Urso, place tes hommes à toutes les issues au cas où notre arrivée ferait fuir les ravisseurs.

— J'ai déjà fait le tour, a répliqué l'Ours en sortant un pied-de-biche. J'ai repéré les points d'entrée et de sortie.

Tavia a déroulé la couverture dans laquelle elle dissimulait le fusil. Elle a fait monter une cartouche dans la chambre et nous nous sommes mis en route. Urso nous a conduits jusqu'à une fenêtre barricadée au-dessus d'une ruelle, sur l'arrière de la fabrique. Un peu plus loin, un spot solitaire éclairait l'entrepôt voisin.

L'Ours a glissé le pied-de-biche sous les planches qu'il a dégagées sans bruit l'une après l'autre, découvrant une ouverture béante, dépourvue de vitre.

# 31

J'ai sorti le Beretta et enfilé mes jumelles à infrarouge. Le paysage nocturne a viré au vert. La fenêtre donnait sur un couloir au plancher constellé de détritus et de débris divers. La voie était libre, j'ai franchi le rebord d'un bond.

Des relents de tabac séché couvraient les odeurs de poussière.

Tavia m'a suivi après avoir ajusté ses jumelles. Nous avancions baissés l'un derrière l'autre, évitant les obstacles afin de ne pas briser le silence. Tavia inscrivait ses pas dans les miens, le fusil à l'épaule, à l'affût du moindre mouvement.

Nous sommes arrivés devant une porte. Je l'ai poussée, elle a grincé sur ses gonds rouillés en me faisant grimacer intérieurement. J'ai reculé, les nerfs tenus à craquer, m'attendant à être accueilli par une rafale. Rien.

J'ai compté jusqu'à trente, ouvert la porte entièrement, et reculé à nouveau. J'ai à nouveau compté jusqu'à trente. Toujours rien.

Courbé en deux, je me suis introduit dans un immense espace qui sentait le tabac. Des tables et des chaises cassées. Des placards à moitié arrachés des murs. Pas un mouvement, même dans les recoins les plus sombres.

— La pièce est vide, m'a glissé Tavia à l'oreille.

Je lui ai désigné l'escalier qui s'ouvrait à l'autre extrémité. Elle a hoché la tête. Urso nous avait précisé que le carillon pendait de l'une des fenêtres de l'étage.

Nous avons entamé l'ascension des marches dans un silence absolu. Quand nous sommes arrivés en haut de l'escalier, face à une porte, Tavia s'est agenouillée sur les dernières marches, juste derrière moi, en braquant le canon de son fusil sur le battant. J'ai saisi la poignée en priant le ciel que la porte ne soit pas piégée.

J'ai actionné la clenche en me jetant en arrière. Rien.

Tavia s'est relevée, la joue collée à la crosse du fusil. Le Beretta au poing, j'ai fait le tour de ce qui avait dû être un bureau meublé d'un matelas crasseux et d'une étagère en miettes. Le carillon qui pendait à la fenêtre ouverte a tinté sous l'effet du vent.

— C'est le bon carillon, a chuchoté Tavia.

J'ai acquiescé avant de balayer une nouvelle fois la pièce des yeux. Une forme biscornue dépassait de la vieille étagère. Je me suis accroupi afin de voir de quoi il s'agissait. Une plume. En la saisissant, j'ai constaté qu'elle était collée au masque de samba de la vidéo.

# 32

C'était à la fois un soulagement de constater que nous étions au bon endroit, et une source d'angoisse. Les jumelles se trouvaient bien là, dans cette ancienne fabrique de cigares. Les ravisseurs aussi.

— Quoi qu'il arrive, attention de ne pas tirer sur les filles, ai-je murmuré à l'intention de Tavia.

Nous avons redescendu l'escalier aussi discrètement que nous l'avions monté, abandonnant le masque derrière nous. À deux reprises, nous avons fait craquer des lames de plancher en traversant l'ancienne salle à rouler les cigares, nous immobilisant chaque fois pendant une bonne minute.

Les filles et leurs ravisseurs se trouvaient forcément à la cave.

Le moindre bruit pouvait alerter les gangsters et mettre en danger la vie des jumelles.

Nous avons rejoint une seconde porte. Dans l'entrepôt de bois voisin, les pitbulls étaient devenus fous. Après une hésitation, j'ai fait signe à Tavia de me couvrir pendant que je cherchais la poignée des doigts. La porte s'est ouverte sans bruit, parfaitement huilée. J'ai attendu quelques instants, tous les sens aux aguets, avant de repousser le battant avec deux doigts.

Une forme a jailli de l'obscurité. J'allais tirer, persuadé qu'il s'agissait d'un pitbull, lorsque j'ai compris que c'était un gros chat noir. L'animal nous a filé entre les jambes avant de s'évanouir dans les profondeurs du bâtiment.

Le temps d'aspirer quelques longues bouffées d'air, j'ai glissé un œil à travers la porte. Un vieil escalier aux degrés très raides conduisait à ce qui devait être une cave. Mon instinct m'avertissait de la possibilité d'un piège, ce qui ne m'a pas empêché d'avancer, après avoir fait signe à Tavia de me suivre. Nous avons descendu les marches l'un derrière l'autre en posant le pied aux endroits les moins fragiles. Plusieurs marches ont craqué sous notre poids, mais nous sommes arrivés en bas de l'escalier sans incident. L'air était plus frais et plus sec qu'à l'étage. L'obscurité était si dense que mes jumelles à infrarouge me renvoyaient l'image verdâtre et floue d'un couloir rythmé de portes des deux côtés.

J'ai approché ma bouche de l'oreille de Tavia.

— Enlève tes jumelles. On allume les torches.

— Tu es sûr?

— J'aime mieux être pris pour cible que de risquer une bavure.

Elle a tiré de sa poche une Mini Mag-Lite. Je me suis débarrassé des jumelles en les posant au sol, puis j'ai sorti ma propre torche que j'ai glissée sous le canon du Beretta avant de l'allumer.

Le faisceau a dissipé les ténèbres jusqu'au bout du couloir. Nous avons essayé les portes l'une après l'autre. Toutes déverrouillées, elles s'ouvraient sur des pièces vides qui avaient dû servir autrefois au stockage des feuilles de tabac.

Le couloir se terminait en T, un lourd battant fermant chaque extrémité des deux bras du tunnel. Celui de droite était muni d'un cadenas, alors que celui de gauche était entrouvert. Une légère brise l'agitait lentement sur ses gonds.

Une voix a résonné. Une voix féminine apeurée. Des cris derrière la porte cadenassée. J'ai instantanément bouché avec la main le rayon de ma torche, imité par Tavia, laissant filtrer à travers mes doigts tout juste assez de lumière pour nous diriger.

Nous nous sommes avancés à pas feutrés. Une voix de femme s'est fait entendre, puissante et autoritaire, sans que l'on puisse comprendre ce qu'elle disait. Tavia s'est collée contre le mur à cinquante centimètres de la porte, fusil à la verticale.

Je regardais ma montre lorsque la première voix féminine a laissé échapper un hurlement.

Sans hésiter, j'ai visé le cadenas.

# 33

La balle a sectionné l'anneau du cadenas.

J'ai ouvert la porte d'un coup d'épaule et découvert une pièce au sol cimenté dont une fresque ornait l'un des murs. On y voyait une petite ville en pleine récolte du tabac. Au centre de la fresque, j'ai reconnu les deux jeunes enfants priant à genoux devant une église.

Les jumelles Wise avaient disparu. La pièce était vide.

Il n'y avait là que deux matelas, un foulard jaune d'une saleté repoussante, un bracelet de ficelle, quelques bouteilles d'eau vides, des papiers d'emballage gras et, posée sur un tabouret, une tablette numérique sur laquelle défilaient en boucle les images d'une vidéo de deux minutes.

On y reconnaissait Natalie prostrée sur une chaise, évanouie, le foulard jaune autour du cou. La caméra se déplaçait et révélait la silhouette d'Alicia priant à genoux, comme les enfants de la fresque, le bracelet de ficelle au poignet. Elle suppliait ses parents de verser la rançon et de ne plus rien tenter.

La femme au masque primitif est apparue à l'écran.

D'un coup de matraque, elle a fait taire Alicia qui s'est affalée par terre, le crâne en sang. Elle s'est alors adressée à la caméra :

— Nous vous contacterons demain pour le versement de la somme, *senhor* Wise. Pas de flics. Personne de chez Private. Uniquement l'argent pour procéder à un échange rapide. Si vous vous entêtez à vouloir nous baiser, on vous rendra leurs corps.

Tavia a glissé dans son sac la tablette, le foulard de Natalie et le bracelet d'Alicia avant de remonter chercher le masque de samba. J'en ai profité pour examiner l'autre porte, celle qu'agitait un courant d'air. Elle s'ouvrait sur une galerie conduisant à un escalier fermé par une porte.

À peine l'avais-je ouvert que les pitbulls se ruaient sur moi à la vitesse de l'éclair. J'ai tout juste eu le temps de tirer le battant à moi, les chiens s'y sont écrasés en hurlant, griffant le bois de toutes leurs forces. Tout était clair à présent : les ravisseurs avaient évacué les filles en passant par l'entrepôt.

L'aube commençait à poindre lorsque nous avons quitté la fabrique en passant par la fenêtre sans vitre.

Urso s'est détaché de l'ombre.

— Elles sont là ?

— Elles s'y trouvaient avant que tu te fasses repérer.

— N'importe quoi, m'a répondu Urso. Personne ne voit l'Ours quand il ne veut pas qu'on le voie.

— Dans ce cas, ils ont vu l'un de tes potes. Ils se sont échappés en empruntant le tunnel souterrain qui mène à la cabane de l'entrepôt de bois. Tu n'as rien remarqué de ce côté-là ? Pas de camionnette grise ?

L'Ours a pris un air perplexe.

— Sais pas. On surveillait la fabrique.

— Tu y as pénétré en reconnaissance? a demandé Tavia. Histoire de jeter un coup d'œil?

— Tu me prends pour qui, Reynaldo? s'est énervé Urso. J'ai entendu le carillon, j'ai calculé la distance jusqu'à la voie ferrée, et j'ai laissé mes gars en position en attendant votre arrivée.

— Combien de temps t'es-tu absenté lorsque tu es allé chercher tes hommes?

Il a haussé les épaules.

— Dans les dix minutes. Je suis allé jusqu'au coin de la rue pour passer mon coup de fil sans être entendu.

— Quoi qu'il en soit, ils ont pris peur, a résumé Tavia.

— En attendant, j'attends mon fric puisque je les ai trouvées, a grommelé Urso.

J'ai coupé court à l'hésitation de Tavia.

— Il a rempli sa mission. Donne-lui son argent.

J'ai été interrompu par la sonnerie de mon portable. Le général Da Silva.

— Général? ai-je décroché en étouffant un bâillement. Vous êtes bien matinal.

— Je me lève toujours très tôt, m'a répondu le responsable de la sécurité des JO.

— Sans doute est-ce le secret de votre réussite.

— Pas ce matin, m'a-t-il contredit. Nous avons un meurtre sur les bras, Jack. Je vous attends sur la scène de crime avec Octavia.

# 34

Les premiers embouteillages commençaient à se former et il nous a fallu près d'une heure pour rejoindre Barra da Tijuca, un nouveau quartier de Rio au sud de Leblon. Des centres commerciaux, des zones artisanales, des pavillons coiffés de tuiles rouges... Une réplique du comté d'Orange, en Californie, plaqué sur la côte brésilienne.

Da Silva nous avait donné rendez-vous dans une rue résidentielle plantée sur la colline, en surplomb de la plage et de l'océan. Il nous attendait en compagnie du lieutenant Bruno Acosta, derrière les barrières de police. Un camion de pompiers était garé un peu plus loin, ses occupants œuvrant à ranger leurs lances. Une odeur âcre de fumée flottait dans l'air.

— Les médias ne sont pas au courant? s'est étonnée Tavia.

— Pas encore, a grommelé Da Silva d'un air bougon.

— Heureux de vous revoir, m'a accueilli le lieutenant Acosta. Vous avez retrouvé ces filles qui ont été enlevées?

— Non.

— Une demande de rançon?

— Non, s'est empressée de répondre Tavia de façon maladroite. Pas à notre connaissance, en tout cas.

— Si vous le voulez bien, nous a interrompus le général, j'aimerais qu'on s'intéresse à l'affaire qui nous préoccupe.

Acosta nous a dévisagés avec Tavia, puis il nous a fait signe de franchir la barrière et de lui emboîter le pas. L'odeur de brûlé devenait insoutenable à mesure que nous approchions d'un pavillon familial protégé par une haie luxuriante.

L'obstacle franchi, nous avons découvert un jardin tropical entourant une ravissante maison à étage de style méditerranéen. Les restes calcinés d'une voiture venaient troubler ce tableau idyllique. Une forme humaine réduite à l'état de cendres occupait le siège du conducteur. Des flaques d'eau entouraient le véhicule.

— Dommage, a remarqué Tavia. L'eau aura effacé les traces de…

— Laissez-moi passer ! a crié une voix dans notre dos.

En tournant la tête, j'ai vu un trentenaire d'allure sportive en costume, sans cravate, se précipiter vers la maison.

— Que se passe-t-il ?

— *Senhor* Santos, a voulu l'arrêter Da Silva. Autant vous épargner ce spectacle.

— Quel spectacle ? s'est écrié Antonio Santos en contournant son interlocuteur.

Il s'est immobilisé devant les restes de la voiture, bouche bée, le regard incrédule.

Sa lèvre inférieure s'est mise à trembler et il est tombé à genoux.

— Luna ! a-t-il hurlé. Mon Dieu, oh, mon Dieu…

Il a vomi et s'est effondré, recroquevillé en position fœtale.

Nous avons attendu que ses tremblements se calment avant de l'aider à se relever.

— Nous autorisez-vous à vous poser quelques questions à l'intérieur ? s'est enquis Da Silva.

Santos a acquiescé machinalement. Il a coulé un regard en direction de la voiture brûlée.

— Est-ce qu'ils ont… est-elle morte… brûlée vive ?

Le médecin légiste, un individu bedonnant nommé Cardoso, s'est approché. Le général l'a interrogé du regard. Cardoso a secoué la tête.

— Elle a reçu une balle dans la nuque. Elle est morte sur le coup, bien avant que l'incendie se déclare.

Santos a étouffé un sanglot en détournant les yeux et s'est dirigé d'un pas d'automate vers l'entrée de la maison. Il s'est empêtré dans ses clés qu'il a laissées tomber. Tavia les a ramassées et l'a aidé à ouvrir la porte.

L'intérieur, d'une propreté méticuleuse, était aussi plaisant que l'extérieur. On sentait Antonio Santos complètement perdu. Da Silva lui a fait signe de s'asseoir dans le salon et il a pu confirmer les quelques informations dont nous disposions déjà.

Le mari de la victime faisait partie du comité d'organisation des Jeux olympiques, en qualité d'intermédiaire entre la Ville de Rio et l'État brésilien. La mission de Santos consistait à simplifier les lourdeurs administratives et à s'assurer que tout était prêt dans les temps, ainsi qu'il l'avait fait deux ans plus tôt, à l'occasion de la Coupe du monde.

Santos nous a expliqué qu'il avait des horaires impossibles depuis deux mois, ce qui l'empêchait quasiment de voir sa femme. À l'exception d'un dîner en fin de soirée l'avant-veille avec Luna, il n'avait pas mis les pieds chez lui de la semaine et dormait sur un canapé dans son bureau.

— Connaissiez-vous des ennemis à votre femme ? l'a interrogé Tavia.

— Luna ? Jamais de la vie. Elle aimait tout le monde et tout le monde l'aimait.

J'ai pris le relais.

— Et *vous* ? Vous connaissez-vous des ennemis ?

— Vous souhaitez savoir si quelqu'un me détesterait au point de tuer Luna ? Non. Je ne crois pas.

— Où vous trouviez-vous cette nuit ? est intervenu Da Silva.

— J'ai travaillé jusqu'à 2 heures du matin avant de tomber sur le canapé de mon bureau.

— Des personnes peuvent-elles en témoigner ?

— Les registres de la sécurité devraient pouvoir confirmer que je n'ai pas quitté le bâtiment.

— Quand avez-vous parlé avec votre femme pour la dernière fois ?

— Hier soir, m'a répondu Santos. Aux alentours de 21 heures. Je l'ai appelée pour lui dire que je ne pourrais pas rentrer, une fois de plus. Elle m'a dit qu'elle allait au cinéma.

— Quel film allait-elle voir ?

— Je ne sais pas.

— Comment vous a-t-elle paru ? Plutôt heureuse ? Plutôt triste ?

— Pas heureuse, en tout cas. Elle était furieuse contre moi…

Santos s'est effondré.

— Elle serait encore en vie si j'étais rentré.

# 35

Tavia a attendu que Santos se reprenne pour lui tendre un verre d'eau.

— Vous dites que Luna était furieuse, a-t-elle insisté.

— Elle m'en voulait depuis un bon moment, a acquiescé Santos. Elle me reprochait d'être marié à mon boulot et de ne pas m'occuper d'elle. La Coupe du monde et les Jeux olympiques resteront les deux plus grands moments de l'histoire du Brésil de mon vivant. Je ne voulais en aucun cas rater ça, et voilà… je l'ai perdue à cause de…

— Avait-elle un amant ? s'est enquise Tavia.

Santos a haussé les épaules.

— Toutes les femmes de Rio ont un amant. Elle avait besoin d'assouvir certains désirs, et comme… comme je n'étais pas là. Oui, j'imagine qu'elle devait en avoir un.

— Auriez-vous une idée de son identité ?

Il s'est tourné vers moi en secouant la tête, l'air amer.

— Je n'ai jamais cherché à savoir.

— Et vous, Antonio ? a enchaîné le général. Entretenez-vous des relations extraconjugales ?

Santos a été pris d'une hésitation avant de répondre :

— Ça m'est arrivé pendant quelques mois il y a un an, avec une journaliste américaine.

— Cette femme est-elle du genre jalouse ? a demandé Tavia.

— Non. Elle est du genre distante.

J'ai enchaîné :

— Luna avait-elle un portable sur elle, en règle générale ?

— Elle ne s'en séparait jamais. Il était greffé dans sa main.

— Nous ne l'avons pas retrouvé, s'est interposé le lieutenant Acosta. Connaissez-vous son mot de passe, et savez-vous quel type de messagerie SMS elle utilisait ?

— Non, mais il est facile de regarder dans son bureau.

— Pouvez-vous nous y conduire ? a insisté Tavia.

Santos s'est levé et nous a entraînés d'un pas lourd vers la pièce qui servait de bureau à sa femme. Luna dirigeait avec succès une entreprise de location de résidences haut de gamme à Rio. Son espace de travail était entouré de clichés d'appartements d'un luxe tapageur donnant sur la page d'Ipanema. Toutes les photos étaient porteuses d'un Post-it précisant le prix de location pendant les Jeux olympiques. Huit, neuf, dix mille *reais* la nuit.

J'ai montré d'un geste les clichés.

— Qui sont ses clients ? Des Russes ? Des Arabes ?

— Et des Chinois, a ajouté Santos. Ce sont les seuls capables de payer de telles sommes. Les rares clients de New York et de Londres avec lesquels elle a été en contact recherchaient des endroits moins... je ne sais pas.

— Moins tape-à-l'œil ? a suggéré Tavia.

Santos lui a répondu par un haussement d'épaules et s'est dirigé vers un classeur dont il a tiré un dossier. Avec la permission de Da Silva et Santos, Tavia a pris place devant l'ordinateur de la victime, à la recherche de ses relevés de SMS et d'appels téléphoniques.

Une vingtaine de textos attendaient Luna Santos. Sans se donner la peine de les ouvrir, Tavia a effectué un rapide calcul : la femme de Santos envoyait en moyenne quatre-vingt-dix SMS par jour. Au cours de l'année écoulée, elle en avait expédié plus de trente-sept mille.

— J'enverrai ses mots de passe à nos analystes afin qu'ils puissent les décrypter, a proposé Tavia en s'adressant à Santos. Avec votre consentement, bien évidemment.

— Volontiers, si ça peut vous aider.

Sans attendre, Tavia a envoyé un e-mail contenant l'ensemble des informations nécessaires aux techniciens de Private Rio, puis elle s'est penchée sur les relevés du téléphone de Luna.

— Y a-t-il moyen de localiser son portable ? s'est enquis le lieutenant Acosta.

— Probablement, a répondu Tavia en pianotant sur le clavier.

Sur l'écran est apparu un plan de Rio. Une épingle jaune s'affichait à l'adresse du comité d'organisation des JO à Barra, et une seconde à Lapa.

Santos s'est décomposé en découvrant la carte.

— Vous connaissez cette adresse ? lui a demandé Acosta. Votre femme s'y trouvait-elle lorsqu'elle vous a appelé ?

Santos a acquiescé d'un air morose.

— C'est à deux pas de son club de samba préféré.

— Pensez-vous qu'elle y avait rendez-vous avec son amant ? est intervenu Da Silva. Celui qui est peut-être son assassin ?

Le mari de Luna a hoché la tête avant de fondre en larmes.

# 36

Le docteur Castro n'avait quasiment rien perdu de la scène depuis la colline boisée sur laquelle il était tapi, armé de jumelles, en surplomb de la maison des Santos. Il avait incendié la voiture de Luna à 4h45 ce matin-là. Les flammes s'étaient chargées de détruire toutes les preuves dont il souhaitait se débarrasser.

Le brasier s'était allumé instantanément sous l'effet de l'essence et de l'alcool dénaturé dont il avait arrosé les sièges. Le médecin s'était à peine éloigné en direction de la colline que les flammes envahissaient le véhicule. Il se trouvait déjà loin lorsque le réservoir avait explosé, projetant dans le ciel une boule de feu.

Dix minutes ne s'étaient pas écoulées lorsque les pompiers étaient arrivés sur place, suivis de la police. Une heure après, le responsable de la sécurité des JO en personne, le général Da Silva, avait rejoint la scène de crime. Castro l'avait immédiatement reconnu pour l'avoir vu à plusieurs reprises à la télévision. Vingt minutes plus tard, les agents de la société Private croisés au Copacabana Palace la veille de la finale de la Coupe du monde avaient franchi les barrières de sécurité.

Jack Morgan et Octavia Reynaldo. Il avait pris la précaution de se renseigner sur eux à l'époque.

Castro s'inquiéta brusquement, sachant que les employés de Private faisaient partie des meilleurs enquêteurs au monde.

Le médecin en arrivait à se demander s'il n'avait pas été trop téméraire en s'en prenant à Luna. Elle lui avait fourni un cobaye de premier choix pour son expérience tout en lui permettant d'assouvir sa vengeance, mais peut-être avait-il eu tort de ne pas choisir une victime anonyme. Un SDF, par exemple ? Quelqu'un dont personne n'aurait jamais remarqué la disparition ?

L'arrivée d'Antonio Santos l'avait tiré de ses pensées. Il l'avait vu remonter la rue en courant, s'arrêter net en découvrant la voiture calcinée, et s'effondrer sous l'effet du chagrin. La scène avait suffi à convaincre Castro que le risque en valait la chandelle. La vengeance est un plat qui se mange froid.

Antonio savait à présent ce qu'il en coûtait de perdre la femme qu'il aimait. Tant mieux.

Le médecin continuait de savourer sa victoire lorsqu'il vit Da Silva, Morgan et Reynaldo pénétrer dans la maison, tandis que débarquaient les équipes de l'identité judiciaire. Il n'avait aucune intention de s'en aller, en dépit de la chaleur et des insectes qui le harcelaient sans pitié.

Une heure s'écoula, puis une autre. Les infirmiers emportèrent le corps et protégèrent la carcasse de la voiture sous une bâche. *Ils ne tarderont pas à procéder à l'autopsie*, pensa Castro. Il savait les services de médecine légale de Rio débordés. Avec une balle dans la nuque et un corps calciné, à quoi bon perdre du temps ?

Quatre nouvelles camionnettes avaient rejoint les premiers véhicules. Les journalistes étaient à pied d'œuvre. Castro, ravi, vit s'ouvrir la porte de la maison et sortir Da Silva, un autre flic, les deux enquêteurs de Private, ainsi qu'Antonio Santos.

Les yeux collés aux jumelles, il constata les effets brutaux de la mort de Luna sur son mari : le visage hagard, les épaules tombantes, l'incompréhension, le chagrin. Autant de symptômes que Castro ne connaissait que trop bien.

Castro ne put réprimer un sourire.

Il lui restait à espérer que le désespoir d'Antonio ne s'apaise jamais.

# 37

*Samedi 30 juillet 2016*
*23 h 02*

Les rues bondées de Lapa débordaient de rythmes joyeux. Des milliers de passants, toutes générations confondues, arpentaient les trottoirs du quartier. Tous étaient venus là se déguiser, s'encanailler, s'amuser. Beaucoup chantaient et dansaient, encouragés par leurs compagnons. Derrière leurs masques, tous arboraient un large sourire, emportés par le tourbillon de fête qui emportait Rio en cette veille de Jeux olympiques.

Tous, à l'exception des Wise, qui avançaient d'un pas décidé au milieu des passants en liesse, sans masque, quelques mètres devant Tavia et moi. La foule s'écoulait tel un fleuve, compliquant notre mission.

Andy Wise avait reçu un texto aux alentours de 21 heures, lui donnant rendez-vous à Lapa deux heures plus tard. Son correspondant anonyme lui demandait d'emprunter un trajet bien précis en attendant de recevoir les instructions relatives à la rançon.

Cherie avait tenu à accompagner son mari. Le bras passé dans le sien, son sac à main en bandoulière à l'épaule droite, elle ne le quittait pas d'une semelle. Les Wise dominaient la foule d'une tête, ce qui limitait le risque de les perdre de vue. Restait à savoir où se trouvaient les ravisseurs, perdus au milieu de tous ces fêtards masqués.

Andy s'est arrêté à un croisement de rue.

— Prenez à gauche, lui a recommandé Tavia dans le micro épinglé à son col.

Sa voix m'est parvenue dans mon oreillette. Wise lui a confirmé avoir bien reçu le message.

Ils nous précédaient d'une trentaine de mètres lorsqu'ils ont bifurqué dans l'une des rues les plus animées de ce quartier débridé, peuplé de noceurs qui buvaient, chantaient et hurlaient à la lune.

J'ai approché ma bouche de mon micro miniature en me tournant de biais de façon à mieux fendre la foule, dans l'espoir de les rattraper.

— Pressons un peu le pas.

Nous allions tourner le coin de la rue lorsqu'une douzaine de gamins, tous masqués, se sont mis à hurler en agitant des bâtons sous le nez des touristes qui ont reflué précipitamment.

Si vous vous êtes déjà trouvé au milieu d'une foule en panique, vous savez de quoi je parle. Nous avons été bousculés vers la gauche. Les tables et les chaises qui se trouvaient sur le trottoir se sont renversées et les gens se sont mis à hurler sous l'effet de la colère et de la peur.

Repoussant le flot humain du mieux que je le pouvais, je franchissais tout juste le coin de la rue lorsque j'ai vu les Wise tourner sur une artère plus large. Une trentaine de mètres nous séparaient toujours, mais la foule se faisait moins pressante et plusieurs des gamins armés de bâtons en ont profité pour se faufiler habilement entre les gens.

— À quoi rime tout ça, Tavia ? Qui sont ces mômes ?

— Ce sont des pickpockets.

Au même moment, l'un des gamins a accéléré en lâchant son bâton. Il est passé à toute allure à côté de Cherie Wise en la bousculant avant de disparaître.

Cherie s'est retournée d'un bloc en brandissant la lanière de son sac à main !

— Mon sac ! Il a arraché mon sac !

Wise s'est rué à la poursuite du gamin qui s'enfuyait, mais j'étais mieux placé que lui et je me suis élancé, Tavia sur les talons.

Le gamin courait comme un dératé, il multipliait les feintes en bousculant les passants surpris tandis que je fonçais dans le tas. Il m'a entraîné dans un dédale de ruelles que j'aurais été bien incapable d'identifier quand bien même on m'aurait fourni un plan, zigzaguant entre les passants à la façon d'un skieur entre les portes d'un slalom.

Petit, la peau foncée, il était bâti comme l'un de ces coureurs de fond éthiopiens dont il possédait la fluidité, la rapidité et la précision. Il m'a fallu rassembler toutes mes forces et mon souffle pour ne pas le perdre de vue au milieu de la foule qui se faisait plus clairsemée.

Il lançait un regard dans son dos à chaque coin de rue, dans l'espoir de m'avoir semé, mais je m'accrochais, couvert de transpiration. Il s'est élancé à droite sur un escalier de carrelage rouge qui débouchait sur un deuxième, puis un troisième, avant de partir à l'assaut de la colline en direction de Santa Teresa.

Cette fois, je savais où je me trouvais. L'escalier Selarón est l'un des monuments les plus célèbres de Rio, une montée entièrement carrelée, bordée de murs et de portes. Certaines faïences sont relativement simples, d'autres richement décorées, l'ensemble forme un collage magnifique constitué d'une myriade de tableaux miniatures. À la lueur des lampions qui leur servaient d'éclairage, le gamin bondissait de marche en marche entre les touristes et les couples d'amoureux enlacés, le sac de Cherie à la main, comme un lapin Duracell fou.

J'ai fini par découvrir son point faible. Il avait beau franchir chaque palier comme l'éclair, je le sentais moins à l'aise dès qu'il reprenait l'escalade des marches, de sorte que je gagnais du terrain. Il approchait du sommet lorsqu'il s'est retourné. Surpris de me voir si près, il m'a jeté à la figure le sac de Cherie, puis il m'a couvert d'injures en portugais avant de franchir les dernières marches en quelques bonds et de disparaître sur le chemin de Santa Teresa. À ce stade, je m'en fichais. Plié en deux, les poumons en feu, je m'estimais heureux d'avoir récupéré le sac.

J'ai croisé Tavia au bas de l'escalier Selarón. Je lui ai résumé la situation en lui montrant fièrement ma prise. Un quart d'heure plus tard, je rendais le sac à sa propriétaire.

— Oh, merci, Jack, s'est-elle écriée en le serrant contre sa poitrine. C'est l'un de mes préférés. Les jumelles me l'ont fabriqué elles-mêmes quand elles étaient plus jeunes…

Elle s'est arrêtée, au bord de l'épuisement, avant de reprendre :

— J'ai besoin d'aller dormir. J'ai la tête qui tourne.

— Assure-toi qu'il ne t'a rien pris et retournons à l'hôtel, a décidé Wise avant d'enchaîner en s'adressant à moi : Avec toute cette histoire, personne ne nous a contactés.

J'ai observé les alentours en me demandant si je devais les pousser à effectuer un dernier tour de Lapa.

Cherie, qui ouvrait son sac au même moment, a laissé échapper un petit cri.

— Que se passe-t-il ? lui a demandé Tavia.

Elle nous a tendu le sac. Au-dessus de ses affaires se trouvait un CD-Rom sans aucune indication, dans un vieux boîtier cristal.

— Ce truc ne m'appartient pas ! s'est-elle exclamée.

— Encore heureux, a grincé son mari. Les CD-Rom ont disparu en même temps que les dinosaures.

# 38

*Dimanche 31 juillet 2016*
*8h30*

Nous nous sommes tous accordé six ou sept heures de sommeil en rentrant de notre équipée à Lapa, si bien que nous étions en meilleure forme quand nous nous sommes retrouvés dans les locaux de Private Rio le lendemain matin.

Ce n'était pas le cas de Seymour Kloppenberg et de Maureen Roth, épuisés par une longue nuit de travail.

— Avez-vous réussi à ouvrir ce CD ?

— Oui, mais il était crypté, m'a répondu Sci en remontant ses lunettes sur son nez.

Il s'est installé devant son ordinateur.

L'écran géant installé au-dessus de sa tête s'est allumé en affichant des instructions en caractères bâtonnet mal tracés.

METTRE L'ARGENT DANS FOURGONNETTE FORD BLANCHE BANALISÉE SANS VITRES ARRIÈRE.

ANDREW WISE AU VOLANT, EN BLEU DE TRAVAIL, NI CHAPEAU NI LUNETTES.

PAS DE PÈRE ? LES FILLES MEURENT.

PERSONNE D'AUTRE DANS LA FOURGONNETTE OU LES FILLES MEURENT.

PAS DE POLICE OU LES FILLES MEURENT.

PAS DE PRIVATE OU LES FILLES MEURENT.

PAS DE MOUCHARD ÉLECTRONIQUE OU LES FILLES MEURENT.

ÉCHANGE DANS UN ENDROIT PUBLIC EN PLEIN AIR BIEN ÉCLAIRÉ DE NOTRE CHOIX.

VOUS AVEZ JUSQUE LUNDI 1er AOÛT MINUIT POUR VOUS PRÉPARER.

— Peut-on au moins se procurer ce type de fourgonnette à Rio ? a voulu savoir Cherie.

— Sûrement, l'a rassurée Tavia. Quand pensez-vous réunir les trente millions ?

— La somme nous attend à la Banque du Brésil, a répondu Wise.

— Ils ont demandé cinquante millions, s'est énervée sa femme.

— Je refuse de leur verser cinquante millions.

Le visage de Cherie est devenu cramoisi.

— Ils tueront les filles.

— Pas du tout, a rétorqué son mari. Je te l'ai déjà expliqué. Ils verront des piles de billets à l'arrière de cette fourgonnette sans deviner qu'il n'y a que trente millions au lieu de cinquante.

— Mais…

— Jack ? m'a apostrophé Wise sur un ton sec. Quelles sont les chances de voir les ravisseurs compter la somme lors de l'échange ?

— Dans un lieu public bien éclairé ? Quasiment aucune. Ils s'attendront à voir beaucoup d'argent, mais ils ne procéderont au comptage qu'une fois évanouis dans la nature.

— Tu vois ? a triomphé Wise en regardant sa femme. Les filles s'en porteront aussi bien que si nous avions dépensé vingt millions de plus pour les récupérer. Dans le business, on appelle ça une affaire.

— Dans la vraie vie, on appelle ça mettre en danger la vie de ses propres enfants pour réaliser des économies, a répliqué Cherie.

Wise, feignant de n'avoir rien entendu, est revenu vers moi.

— Arrangez-vous pour trouver une de ces fourgonnettes et équipez-la du mouchard le plus sophistiqué et le plus sûr du marché. Vous le cacherez au milieu de l'argent. C'est possible ?

J'ai adressé un regard interrogateur à Mo-bot, la spécialiste maison. Elle a hoché la tête.

— Attendez une seconde ! a explosé Cherie. C'est quoi, cette histoire ? Vous plaisantez, j'espère ? Le message dit clairement que Natalie et Alicia mourront si on essaye de les pister avec un mouchard.

— Pas si nous attendons d'avoir récupéré les filles avant de brancher le mouchard à distance, a répondu son mari. Nous gagnons sur tous les tableaux. On retrouve nos filles chéries, on rentre en possession de la rançon, et les ravisseurs se retrouvent en prison.

# 39

*Lundi 1er août 2016*
*23 h 10*

Même à une époque telle que la nôtre où les milliardaires courent les rues, ce n'est pas un spectacle banal de voir trente millions de dollars en petites coupures entassés sur une palette. Une demi-tonne d'argent liquide. Si la somme vous tombait dessus, elle vous réduirait à l'état de galette. Je vous assure, c'est très impressionnant.

Pourtant, Wise n'avait pas l'air plus impressionné que ça lorsqu'un chariot élévateur a déposé cette montagne d'argent à l'arrière de la fourgonnette. Il a verrouillé la porte arrière, puis serré la main du représentant de la Banque du Brésil qui avait tenu à garder l'anonymat.

Nous avons sauté de la plate-forme de chargement située à l'arrière de la banque et la porte basculante de l'entrepôt s'est refermée derrière nous.

Il fallait décidément avoir beaucoup d'argent et de contacts pour débloquer une telle somme aussi rapidement dans un pays étranger. Wise n'était peut-être pas aussi éthéré que je le croyais. Derrière sa façade d'autiste, il possédait l'un des esprits les plus vifs qu'il m'avait été donné de connaître. Il était également capable de conserver un calme olympien lorsqu'il s'agissait de prendre des décisions difficiles. Je suis convaincu qu'il n'a pas ressenti l'ombre d'un pincement au cœur en décidant de mettre trente millions de dollars dans cette fourgonnette au lieu des cinquante exigés.

Ce type-là était l'assurance incarnée, restait à savoir s'il remporterait la partie.

J'ai tenu à lui poser la question une dernière fois :

— Vous êtes certain de vouloir conduire vous-même ?

— Ils ont insisté sur ce point, alors je me plie à leur volonté. La suite ?

— Vous prenez place au volant de la fourgonnette, je monte dans cette voiture avec Tavia et votre femme, et nous attendons leurs instructions.

— Sans même savoir de quelle façon elles vont nous parvenir.

— Nous avons tout prévu.

C'était vrai. Le concierge du Marriott avait reçu l'ordre de nous appeler immédiatement s'il recevait quoi que ce soit au nom des Wise. Sci et Mo-bot, de leur côté, surveillaient l'ensemble des boîtes e-mail et des SMS d'Andy et Cherie, tandis que Tavia et moi étions branchés sur leurs portables. Aucun message des ravisseurs ne pouvait nous échapper.

J'en arrivais à me persuader que nous n'avions rien laissé au hasard. Quoi qu'il advienne, nous serions en mesure de pister l'argent et la fourgonnette.

Mo-bot avait collé à la super-glu des mouchards en forme de boulons au niveau des passages de roue avant d'en glisser d'autres, aussi fins que des hosties, au milieu des liasses de billets. Nous avions utilisé des émetteurs intermittents. Au lieu d'envoyer un signal permanent que les ravisseurs auraient aisément détecté, ils étaient conçus pour se laisser localiser à intervalles réguliers. Mo-bot les avait réglés sur des fréquences de 32 et de 40 secondes, sachant qu'elle ne les activerait qu'au moment de la transaction.

Il ne nous manquait plus que le point de rendez-vous.

Wise s'est installé au volant de la Ford pendant que je rejoignais le X5 BMW garé un peu plus loin. Je me suis assis à la place du mort, à côté de Tavia. Cherie a pris place à l'arrière.

— Le beeper de mon mari fonctionne-t-il ? a-t-elle demandé.

— Sci ?

— Le signal nous parvient cinq sur cinq.

— Je vous l'ai dit, nous avons tout prévu. Nous avons même équipé ce 4 X 4 d'un mouchard.

Cherie a regardé sa montre.

— Combien de temps reste-t-il avant qu'ils nous contactent ?

— Tout dépend de leur impatience à toucher la rançon.

— Je ne serais pas surprise qu'ils nous laissent mariner un peu, a remarqué Tavia. Histoire de nous user et de nous désorienter davantage.

La suite lui a donné raison. Nous sommes restés en plan dans la ruelle derrière la banque, les paupières lourdes, jusqu'à 3 heures du matin. Cherie commençait à s'impatienter en nous disant qu'elle préférait encore attendre dans son lit au Marriott quand son téléphone a vibré, lui annonçant l'arrivée d'un SMS.

Elle a fondu en larmes en le lisant.

— C'est un message d'Alicia. De son portable, en tout cas.

J'ai aussitôt contacté le QG de Private Rio.

— Le portable d'Alicia Wise est surveillé ?

— Le SMS vient de nous parvenir, m'a répondu Mo-bot.

— Et alors ? s'est impatientée Tavia.

— Apparemment, il s'agit d'une adresse à Leblon.

— Donnez-la-moi.

Je me suis empressé de la transmettre à Wise à l'aide de mon micro.

— Très bien, a-t-il réagi en démarrant. Allons chercher les filles.

# 40

La livraison de la rançon s'est initialement déroulée comme prévu. Les ravisseurs ont envoyé Andy Wise à une première adresse, puis à une autre dans le Centro. Faute de circulation à une heure aussi tardive, le 4 X 4 BMW et les deux autres véhicules des équipes de Private restaient le plus loin possible de la fourgonnette dont nous pouvions repérer les mouvements sur les écrans de nos iPad tout en restant en contact permanent par radio et téléphone.

Au lieu de suivre la Ford, nous roulions sur des artères parallèles, à quatre ou cinq rues de distance, ne débranchant les mouchards qu'au moment d'arriver à l'adresse indiquée. Wise venait de s'arrêter devant la troisième destination de la soirée. Près de cinq minutes se sont écoulées sans nouveau SMS.

Mon portable s'est mis en branle. Le jumelage entre mon portable et celui de Wise fonctionnait parfaitement. Un message de Natalie à son père s'est affiché sur mon écran.

*C'est très simple. Vous suivez nos instructions, vous récupérez vos filles. Dans quelques minutes, nous vous indiquerons où garer la fourgonnette. Vous apercevrez vos filles de loin et vous vous éloignerez de la fourgonnette. Quelqu'un viendra vous chercher. Si vous faites tout ce qu'on vous dit, vous récupérez vos filles et c'est tout. Très simple. D'accord?*

*D'accord,* a répondu Wise dans la foulée.

*Rendez-vous au carrefour de la Rua Frei Caneca et de Março Park, côté nord-est. Attendez.*

— Le carrefour de Frei Caneca et de Março, côté nord-est, a répété Tavia en exécutant un demi-tour. Ça doit être…

Elle a enfoncé la pédale d'accélérateur du X5 tout en donnant des instructions dans son micro.

— Andy, vous allez vous garer à côté du Sambadrome. C'est là que se déroulent les grands concours de samba en période de carnaval.

— Je n'y suis jamais allé, mais j'en ai entendu parler, a répliqué Wise. Décrivez-moi les lieux, s'il vous plaît.

Tavia a réfléchi quelques instants avant de répondre :

— Pensez aux tribunes le jour du défilé de Macy's à Thanksgiving, imaginez-les vingt fois plus vastes, et disposez-les des deux côtés de la 5e Avenue sur un kilomètre. Vous ne trouverez qu'une immense avenue déserte à cette heure. Garez-vous de façon à voir toute l'enfilade en vous exposant le moins possible. C'est clair ?

— Ça le sera quand j'arriverai sur place, a riposté Wise.

Cherie a détaché sa ceinture et s'est avancée vers l'avant du 4 X 4 en s'accoudant sur les dossiers de nos sièges. Les yeux rivés sur le pare-brise, elle se frottait lentement les mains, comme si elle les lavait.

— Ça va marcher, a-t-elle murmuré d'une voix chevrotante. Je les prendrai bientôt dans mes bras.

— C'est le but.

— Vous nous conduirez à notre jet dans la foulée, a-t-elle poursuivi. Je me fiche éperdument des JO. Nous ne restons pas une minute de plus dans cette ville. Je suis sûre que les filles comprendront. Quant à Andy, eh bien… certains combats sont perdus d'avance.

Nos regards se sont croisés avec Tavia. À force de pratiquer ce métier, j'ai appris que les gens ont des réactions bizarres lorsque des vies humaines sont en jeu.

L'icône figurant la fourgonnette est réapparue sur l'écran de l'iPad.

— Vous n'êtes plus très loin, Andy.

— J'y arrive, m'a confirmé la voix de Wise dans mon oreillette.

— Nous désactivons les mouchards dans cent mètres, nous a avertis Mo-bot par radio. Mettez en route la caméra lorsque vous vous serez garé. Vous allez devoir la régler de façon qu'on puisse suivre vos mouvements.

Elle avait confié à Wise une minuscule caméra haute définition tenant dans le creux de la main.

L'icône de la Ford s'est effacée de l'écran.

— Je me gare, a annoncé Wise.

Tavia a stoppé le X5 sur l'avenue Valadares, à six cents mètres de là.

Cherie a tendu le cou en direction de l'iPad alors qu'apparaissaient les images de la caméra de Wise, posée sur le tableau de bord. Il s'était garé en épi, face au Sambadrome. L'objectif de la caméra a dévoilé, de l'autre côté du pare-brise, la chaîne de sécurité bloquant la route le long de laquelle s'étageaient les gradins. L'endroit ne s'animait que quelques jours par an, au moment du carnaval. Cette nuit-là, il était sinistre. Un lieu isolé au cœur de la ville, idéal pour un échange d'otages en contrepartie d'une rançon.

Des lumières aveuglantes ont troué la nuit sur l'écran de l'iPad. Des phares de voiture.

— Une fourgonnette blanche vient à ma rencontre, a commenté Wise.

— Stabilisez la caméra pour que je puisse zoomer sur elle, lui a demandé Mo-bot.

La fourgonnette s'est rangée de travers à une centaine de mètres de la Ford.

Au même moment, Wise recevait un SMS en provenance du portable d'Alicia. « Descendez de la fourgonnette et prenez De Março vers le sud. »

« Pas avant d'avoir vu les filles descendre de votre véhicule », a répondu Wise.

Pas de réponse. Le temps a semblé s'arrêter. Soudain, la porte latérale de la fourgonnette des ravisseurs a coulissé. Les jumelles sont descendues, attachées l'une à l'autre par le poignet, les yeux bandés, poussées par deux silhouettes masquées en bleu de travail qui les tenaient en respect avec des fusils à poignée pistolet.

Cherie a poussé un hoquet de joie en voyant les ravisseurs retirer les bandeaux de ses filles.

— Ce sont bien elles ! Dieu soit loué, elles sont saines et sauves.

Wise recevait au même instant un SMS envoyé du portable d'Alicia. « Descendez de la Ford et éloignez-vous, ou alors nous les abattons sous vos yeux. »

— Descends, Andy ! a hurlé Cherie.

*Pas avant de les voir s'éloigner libres.*

Au terme d'une longue hésitation, les hommes armés ont poussé les jumelles qui se sont éloignées de leurs ravisseurs, en direction des gradins.

L'image de la caméra, déformée par la courbure du pare-brise, nous a montré les filles en train d'escalader les gradins. Nous avons entendu Wise descendre de la Ford et refermer sa portière.

— Je me dirige vers le sud, a-t-il annoncé.

— Voiture 2, récupérez les filles, procédez à une évaluation de leur état et conduisez-les chez le médecin, a ordonné Tavia. Voiture 1, vous prenez en charge M. Wise.

— Où va-t-on ? a demandé Cherie.

— Nous suivons l'argent.

Tavia a enclenché une vitesse et a démarré à vive allure. Un personnage masqué en bleu de travail est apparu sur l'écran de l'iPad, filmé par la caméra posée sur le tableau de bord de la Ford. Armé d'une pince coupe-boulon, il a sectionné la chaîne de sécurité fermant l'extrémité sud du Sambadrome. Un complice est monté à bord de la fourgonnette, côté passager. Nous avons entendu claquer la portière du conducteur et la Ford a démarré sur les chapeaux de roue en longeant les gradins en direction de l'autre fourgonnette, occupée à exécuter un demi-tour.

Nous n'avons pu en voir davantage. L'un des occupants de la Ford a arraché la caméra en jurant, l'image a effectué un tourbillon, nous avons aperçu brièvement le plafond de l'habitacle, un torse masculin dans un bleu de travail. La fenêtre s'est ouverte et la caméra a fait un vol plané, nous offrant au passage une vision fugace des jumelles Wise escaladant furieusement les gradins.

# 41

Le X5 s'est élancé à cent cinquante à l'heure sur l'avenue Valadares. Tavia a rétrogradé au croisement de De Março et nous avons aperçu Andy Wise, le temps d'un éclair. Il nous a salués, le pouce levé, en signe d'encouragement.

— Ne laissez pas filer mon argent, a-t-il glissé au passage dans mon oreillette.

Tavia a rétrogradé en troisième tout en appuyant sur la pédale de frein et le 4 X 4 a franchi l'entrée sud du Sambadrome en dérapage contrôlé. Le temps qu'elle redresse, la Ford contenant l'argent disparaissait. Tavia a enfoncé la pédale d'accélérateur.

Les gradins se sont mis à défiler à toute allure de l'autre côté de la vitre, à mesure que la BMW prenait de la vitesse et gagnait du terrain. La Ford a viré sur l'avenue Salvador en direction de Central. Tavia a freiné en changeant de vitesse.

— Les filles ! s'est écriée Cherie. Arrêtez-moi !

Tavia m'a adressé un coup d'œil.

J'ai hoché la tête.

Elle a pesé de toutes ses forces sur le frein, et le 4 X 4 s'est arrêté dans un long dérapage. Cherie Wise a sauté à terre.

Une Toyota noire nous a dépassés en trombe.

— La voiture 1, a commenté Tavia. Accroche-toi.

D'une manœuvre habile, elle a redressé et redémarré. La Ford avait disparu. Je me suis penché sur l'écran de l'iPad au centre duquel clignotait l'icône de la fourgonnette.

— Prends l'avenue Trinta à gauche. Ils se dirigent vers le nord.

— On les tient, a réagi Tavia. Ils n'ont aucune chance face à cette machine.

Trois cents mètres. Deux cents. Cent cinquante. La Ford ne pouvait plus nous échapper, surtout avec les mouchards qui...

L'icône s'est effacée de l'écran.

— Merde, a juré Mo-bot dans mon oreillette. Ou bien les mouchards ont tous rendu l'âme en même temps, ou bien ils brouillent nos signaux.

— Aucune importance. On les tient dans notre ligne de...

Une autre fourgonnette Ford de couleur blanche a débouché d'une rue adjacente, tandis qu'une troisième sortait de la suivante. Leurs deux conducteurs se sont insérés entre nous et la Ford transportant l'argent. Celle-ci s'est engagée sur une bretelle de sortie.

Tavia a suivi le mouvement, et la poursuite a continué sur l'avenue Presidente Vargas, une quatre-voies filant plein est vers le port. Les deux fourgonnettes ont ralenti en multipliant les zigzags de façon à nous empêcher de pourchasser la Ford de la rançon qui prenait de la vitesse.

— Nous avons récupéré les filles et la mère, Octavia, a nasillé une voix féminine sur le haut-parleur de la radio. Nous nous rendons à l'hôpital. Les jumelles sont secouées, mais rien de grave.

— Nous avons récupéré Wise de notre côté, a enchaîné une voix d'homme.

Tavia, toujours coincée derrière les deux fourgonnettes blanches, a profité d'une ouverture dans le muret de séparation pour s'engager sur les files d'en face, à contresens. Une voiture circulant en sens inverse fonçait sur nous. Tavia a fait un appel de phares au conducteur qui s'est écarté de justesse.

À peine Tavia avait-elle dépassé la première fourgonnette qu'elle profitait de l'ouverture suivante pour retrouver sa place sur l'avenue d'un coup de volant sec.

— Nous avons grillé la première, a-t-elle déclaré. Encore une.

Nous avons croisé la rue Camerino. Le port se rapprochait. La seconde fourgonnette nous bloquait la route en continuant de zigzaguer, c'est tout juste si l'on apercevait encore les feux arrière de la Ford contenant l'argent, à deux cents mètres de là.

Tavia s'est collée au pare-chocs de la fourgonnette, qu'elle a feint de vouloir dépasser par la gauche avant de donner un coup de volant à droite. La porte arrière de la Ford blanche s'est ouverte à la volée. Un type en bleu de travail, agenouillé à l'arrière, nous a mis en joue avec un fusil d'assaut.

Il a ouvert le feu.

Tavia a freiné désespérément en tournant le volant, mais une pluie de balles s'est abattue sur le capot et le pare-brise du X5 s'est étoilé, nous empêchant de rien distinguer. Tavia s'est vue contrainte de ralentir tout en continuant de conduire, la tête par la fenêtre.

Trop tard. Les fourgonnettes avaient bifurqué à gauche vers le nord sous notre barbe. Le temps de faire demi-tour, elles s'étaient évanouies dans la nuit.

Nous avons poursuivi notre route au hasard. Nous passions à côté du quai Mauá lorsque j'ai aperçu une Ford blanche, sans doute celle transportant la rançon, sur le pont arrière d'un remorqueur qui s'éloignait de toute la puissance de ses moteurs à travers la baie de Guanabara.

— Reynaldo ! a hurlé la voix masculine de tout à l'heure sur la radio. On nous tire dessus, je répète, on nous…

La voix s'est tue.

— C'était Samuels, m'a expliqué Tavia. C'est lui qui a récupéré Wise, avec Branco.

Je me suis emparé du micro.

— Andy ?

Pas de réponse.

— Mo-bot, tu reçois toujours le signal de Wise ?

— Oui. Il se trouve actuellement à un kilomètre au sud du Sambadrome.

— On y va, a répliqué Tavia.

Lorsque nous avons rejoint l'endroit que nous signalait Mo-bot, un terrain vague, nous avons découvert Samuels et Branco vivants, mais inconscients. La portière arrière de leur véhicule était grande ouverte et Wise avait disparu. Une torche à la main, j'ai senti mes intestins se nouer en découvrant par terre un bleu de travail couvert de sang. Je l'ai ramassé à l'aide d'un morceau de bois. Il avait été découpé directement sur le milliardaire à l'aide d'un couteau tranchant ou d'une lame de rasoir.

# 42

*Mardi 2 août 2016*
*4h30*

En rejoignant la clinique privée de Leblon où nous attendaient Cherie et les jumelles, j'ai mesuré à quel point nous avions été joués. Les ravisseurs, des criminels de haut vol, tenaient dorénavant en otage l'un des hommes les plus riches de la planète.

Son enlèvement avait été soigneusement mis au point. Il avait suffi aux kidnappeurs d'ordonner à Wise de s'éloigner pour n'avoir plus qu'à le cueillir, loin du Sambadrome, au moment où tout le monde croyait la partie jouée. À mon nez et à ma barbe. J'avais échoué lamentablement. Ma nullité prenait soudain des proportions épiques.

C'était clairement l'opinion de Cherie Wise, qui me l'avait répété au moins vingt fois depuis mon arrivée à la clinique où étaient soignés Samuels et Branco. J'étais le premier surpris qu'elle ne m'ait pas renvoyé dans mes foyers.

— Vous pensez qu'ils exigeront également une rançon pour Andy? m'a-t-elle demandé dans le couloir, devant la chambre de ses filles.

— J'imagine.

— Je doute qu'ils soient ravis en s'apercevant qu'on les a escroqués de vingt millions de dollars, a poursuivi Cherie. C'est sa faute, après tout. Quel imbécile radin.

Sa dureté apparente dissimulait mal son angoisse.

— Commençons par penser aux filles, a suggéré Tavia. Elles ont traversé une épreuve difficile. Elles ont besoin que vous soyez forte.

Cherie a étouffé un reniflement.

— Ne vous faites pas de bile pour moi. Je peux jouer les Jackie Kennedy en cas de besoin.

Deux médecins sont sortis de la chambre. Ils nous ont expliqué qu'Alicia avait reçu deux coups de matraque au niveau de la tempe droite, au point qu'il avait fallu lui poser quatorze points de suture. Victime d'une commotion cérébrale, elle ne souffrait heureusement d'aucune fracture, pas même d'un œdème. Si elle semblait perdue par moments, elle savait qui elle était et se souvenait des événements.

Natalie souffrait quant à elle de deux fractures faciales : la première au niveau de la pommette droite, la seconde à l'arcade sourcilière. Elle avait également deux osselets brisés à la main gauche. Il avait été nécessaire de la placer sous sédatif et de lui mettre une attelle à la main. L'un des médecins a conseillé à Cherie de consulter l'un des spécialistes de chirurgie esthétique dont Rio a le secret afin de l'examiner.

— M'autorisez-vous à retourner les voir ? a demandé Cherie.

— Je vous en prie. Elles vous ont réclamée.

Tavia et moi sommes entrés à la suite de Cherie. Les filles, installées dans une chambre luxueuse, somnolaient dans des lits jumeaux au milieu d'une forêt d'appareils de monitoring. Le visage d'Alicia disparaissait sous les pansements, celui de Natalie était monstrueusement enflé.

Cette dernière a ouvert son œil encore valide.

— Maman ?

— Je suis là, ma poupée, a répliqué Cherie en l'embrassant délicatement sur le front. Je suis là.

— Maman, que s'est-il passé ? a demandé Alicia.

Sa mère l'a embrassée à son tour.

— Tu ne te souviens pas ? Vous avez été kidnappées.

Alicia a ouvert de grands yeux en humectant ses lèvres sèches.

— C'est vrai.

— Je passe mon temps à le lui répéter, maman, est intervenue Natalie.

— Où est papa ? s'est émue Alicia.

Cherie, paralysée par la question, a mis quelques secondes à répondre.

— Il sera bientôt là.

Natalie, en dépit du brouillard dans lequel la plongeaient les antalgiques, a perçu son désarroi.

— Maman ? Que se passe-t-il ?

Cherie, désemparée, a fondu en larmes.

— Nous pensons qu'il a été enlevé par les personnes qui vous ont kidnappées, lui a expliqué Tavia.

Alicia semblait plus perdue que jamais.

— Quoi ?!!

C'est moi qui lui ai répondu.

— C'est malheureusement la vérité. Nous allons avoir besoin de votre aide. Tout ce que vous pourrez nous dire au sujet de vos ravisseurs nous aidera à délivrer votre père. Les noms qu'ils ont pu prononcer, les bruits que vous avez entendus, le plus petit détail peut se révéler utile.

— Ils se sont jetés sur nous juste après les coups de feu et nous ont bandé les yeux avant de nous entraîner. On s'est retrouvées à l'arrière d'une camionnette, et puis ils nous ont conduites dans un endroit qui sentait le tabac.

Alicia a opiné.

— Je m'en souviens. Nous avons été nourries par cette femme qui s'appelait Rayssa.

— Avez-vous pu voir son visage ? a demandé Tavia.

— Elle avait un masque chaque fois qu'elle nous enlevait nos bandeaux, a répliqué Natalie.

— Vous n'avez pas entendu d'autres voix ?

— Si, a répondu Alicia. Celles de deux hommes différents.

— Oui, les deux fois où l'on nous a changées de prison, a approuvé Natalie.

— J'imagine qu'ils savaient qui vous étiez ? a insisté Tavia.

— Oui, ils étaient au courant de tout, a fait Natalie.

— Vous ont-ils expliqué comment?

Avant que Natalie ait pu répondre, la porte de la chambre s'est ouverte et le lieutenant Bruno Acosta, furieux, s'est rué à l'intérieur de la pièce.

— Vous êtes en état d'arrestation, a-t-il déclaré en nous montrant du doigt, avec Tavia.

# 43

— Sous quel chef d'inculpation? lui a demandé Tavia.

— Entrave à une enquête fédérale, entrave à la justice, non-dénonciation de crimes, a aboyé le lieutenant Acosta. Et mensonges aggravés à un enquêteur fédéral.

Je me suis avancé.

— Nous ne vous avons pas menti.

— Ah oui? a tonné Acosta. Et la véritable identité de ces jeunes filles? Et la demande de rançon? Vous nous avez volontairement tenus à l'écart!

— C'est la faute de mon mari et de moi-même, est intervenue Cherie. Nous avons interdit à M. Morgan, à Mme Reynaldo et à tous les employés de Private de se rapprocher de la police. Si vous devez reprocher à quelqu'un de vous avoir tenus à l'écart, c'est à moi, et j'en suis désolée. Votre aide sera désormais la bienvenue.

Cherie ne s'était pas vantée. Elle était effectivement capable de jouer les Jackie Kennedy le moment venu. Sa manière de s'adresser à Bruno Acosta en toute franchise, de façon respectueuse, a refroidi les ardeurs du lieutenant, impressionné par sa dignité. Il n'en gardait pas moins une dent contre moi.

— Votre statut de citoyen étranger, monsieur Morgan, ne vous affranchit pas de nos lois. Je compte bien réclamer votre expulsion.

— Lieutenant, l'a tempéré Tavia, puis-je vous rappeler que M. Morgan travaille directement sous les ordres du général Da Silva ? Le général est le seul à pouvoir exiger son expulsion.

Voyant Acosta près d'exploser, j'ai souhaité calmer le jeu.

— Essayons plutôt de travailler ensemble en oubliant le passé.

Je lui ai tendu la main, mais le lieutenant hésitait encore.

— Nous sommes tout disposés à partager avec vous l'ensemble des informations que nous possédons. Vous pouvez compter sur notre soutien en cas de besoin.

Acosta a réfléchi un instant avant de saisir ma main.

— Dans ces conditions, j'accepte.

Nous l'avons immédiatement informé des derniers développements. Le lieutenant, très attentif, nous interrompait uniquement pour poser des questions pertinentes. Il n'a pas caché son mécontentement lorsque nous lui avons parlé de la remise de la rançon, de la libération des jumelles, de l'enlèvement d'Andy Wise, et de la fusillade sur Central. Il nous a confirmé que les coups de feu n'étaient pas passés inaperçus. Les journalistes étrangers logés dans les nouveaux hôtels du quartier commençaient à poser des questions.

— À la veille des JO, Rio se passerait volontiers de ce genre de règlement de comptes digne du Far West, a grimacé Acosta.

Tavia a levé les bras au ciel.

— Ce sont eux qui nous ont tiré dessus, Bruno. Nous n'avons pas fait usage de nos armes. Les portes arrière de la fourgonnette se sont ouvertes et un type équipé d'un fusil d'assaut s'est mis à tirer.

— Personne n'a vu son visage? s'est étonné le lieutenant. Vous n'avez pas pu relever leur plaque d'immatriculation?

— La fourgonnette n'en avait pas et les types étaient masqués.

J'ai enfoncé le clou.

— Ils ont même brouillé nos mouchards. Ces types-là avaient tout prévu.

— En attendant, ils ont récupéré un très gros poisson, a réagi Acosta. Il faut s'attendre à ce qu'ils exigent une énorme rançon.

— C'est bien ce que nous craignons.

Je me suis tourné vers Cherie.

— Disposez-vous d'une procuration ?

Elle a hoché la tête.

— Vous permet-elle de réunir d'importantes sommes d'argent ?

La femme de Wise a froncé les sourcils.

— J'aurai besoin de la signature de l'un des administrateurs, mais la réponse est oui. Combien, à votre avis ?

— Beaucoup plus que la première fois. Je vous conseille de prévenir les administrateurs que vous pourriez avoir besoin de lever cent millions de dollars au cours des prochaines vingt-quatre heures.

Cherie a posé les yeux sur le lieutenant Acosta.

— J'ai bien conscience que le sujet est sensible, mais pensez-vous qu'il soit possible d'étouffer l'affaire ? Notamment vis-à-vis de la presse ?

Voyant que le policier hésitait, j'ai pris la parole.

— Le Brésil en général et Rio, en particulier, n'auront sûrement aucune envie de crier sur les toits que l'un des principaux acteurs des JO s'est fait enlever à la veille de la cérémonie d'ouverture.

Acosta a acquiescé tout en affichant sa frustration.

— Nous agirons au mieux, madame Wise.

Mon portable a sonné. Da Silva.

— Oui, mon général ?

— L'autopsie du corps de Luna Santos sera pratiquée à 8 heures précises dans les locaux de l'hôpital Geral. Merci de m'y retrouver avec Tavia et le lieutenant Acosta.

J'ai constaté avec surprise qu'il était déjà 7 heures en regardant ma montre. Je n'avais pas fermé l'œil depuis plus de trente heures.

— À tout de suite, mon général.

# 44

Les arches de la façade coloniale de l'hôpital Geral, sur la rue Santa Luzia, débouchaient sur une vaste colonnade où les patients attendaient patiemment leur tour.

Le docteur Lucas Castro, sa garde achevée, traversa la cour en bâillant. Il avait décidé de s'acheter un smoothie d'açaï à la guarana et aux herbes afin de rester éveillé. Il risquait d'en avoir besoin au cours des…

Il s'immobilisa en apercevant sous la colonnade plusieurs personnes qu'il aurait aimé oublier. *Mon Dieu, comment ont-ils pu… Comment sont-ils parvenus à…*

Castro fit volte-face et s'éloigna lentement en direction du bâtiment. D'un coup d'œil par-dessus son épaule, il constata que Jack Morgan, Octavia Reynaldo, le général Da Silva, le lieutenant Acosta, Antonio Santos et un grand personnage à la tignasse ébouriffée vêtu d'une chemise en batik traversaient la cour, en grande discussion, sans se soucier de lui.

Le médecin n'en éprouva pas moins un certain malaise.

Ils étaient forcément là pour lui. Comment expliquer autrement leur présence? Castro s'engouffra précipitamment dans le bâtiment où se trouvait son bureau, bifurqua à gauche et se réfugia dans les toilettes dont il laissa la porte entrouverte afin de surveiller le hall d'entrée.

*S'ils viennent de ce côté, tout est fichu*, pensa-t-il, le souffle court. *Le mieux est encore de m'échapper par la fenêtre, de passer prendre quelques affaires chez moi et de m'enfuir dans…*

Le petit groupe prit le couloir de droite, à l'opposé de son bureau. Castro poussa un ouf de soulagement et s'obligea à demeurer caché quelques minutes de plus avant de quitter l'hôpital.

Leur présence l'intriguait pourtant. Que fabriquaient-ils dans le coin s'ils n'étaient pas venus l'interroger? Où allaient-ils?

Oubliant toute précaution, il sortit des toilettes et leur emboîta le pas en veillant à rester dissimulé au milieu des infirmières et des patients. Le petit groupe tourna à gauche, puis à droite en direction des ascenseurs. Le signal lumineux indiqua à Castro qu'ils se rendaient au sous-sol et il les imita en empruntant l'escalier.

Arrivé au pied des marches, il écarta prudemment la porte de la cage d'escalier, les vit sortir de l'ascenseur, et les suivit de loin.

Castro comprit soudain en les voyant se diriger vers le service de pathologie. Tout devenait clair. Le corps de Luna Santos devait se trouver là, en attente d'une autopsie. Il prit longuement sa respiration. Il avait veillé à ce que le corps soit entièrement calciné. Ils ne découvriraient rien.

Il aurait aimé pouvoir assister à l'autopsie afin d'écouter ces imbéciles s'acharner à comprendre ce qui était arrivé à Luna Santos. Il aurait pu feindre d'entrer là par hasard…

Il préféra renoncer, conscient qu'une tâche autrement plus importante l'attendait ailleurs.

Il ne lui restait plus que trois jours, pas question d'en perdre un seul instant.

# 45

*Mardi 2 août 2016*
*8 heures*
*Quatre-vingt-trois heures avant la cérémonie d'ouverture des Jeux olympiques*

Le docteur Emilio Cardoso a calé sa panse dans le pantalon de sa tenue stérile et enfoncé un scalpel dans les restes carbonisés de Luna Santos, juste au-dessus de l'oreille droite. Il a cherché l'os du crâne et entaillé le scalp d'une oreille à l'autre, dans une pluie de lambeaux de peau et de muscle.

J'observais la scène de l'autre côté de la vitre de la pièce voisine où je me trouvais en compagnie du général et d'Acosta. Un interphone nous permettait de rester en contact avec Cardoso. Le mari de la victime avait demandé l'autorisation d'assister à l'autopsie, mais il s'était senti mal à l'instant où le médecin légiste retira le drap recouvrant le corps. Tavia l'avait emmené avaler un verre d'eau.

— La victime a été soumise à une chaleur intense, a commenté Sci qui assistait le légiste à la demande du général Da Silva.

Cardoso, qui ne goûtait guère la présence de Kloppenberg à ses côtés, a hoché la tête.

— Le crâne s'en trouve grandement fragilisé, a-t-il ajouté.

— Commençons par retirer les chairs restantes, a suggéré Sci.

Kloppenberg et Cardoso ont nettoyé la zone à l'aide de forceps et de scalpels, mettant au jour un petit trou au niveau de la base postérieure gauche du crâne, ainsi qu'une autre ouverture juste au-dessus de l'arcade sourcilière droite.

— La balle a été tirée à un ou deux mètres de distance, a noté Cardoso.

Sci a opiné.

— Le tireur a visé en diagonale, à peu près à la hauteur du crâne de la victime.

— Un projectile de calibre .38, a poursuivi Cardoso. Nous tenons la cause du décès.

Une question m'intriguait.

— Pourquoi l'avoir brûlée?

Le légiste et Sci ont posé sur moi un regard surpris, imités par Da Silva et Acosta.

— Je ne comprends pas, Jack, a réagi Sci.

— Puisqu'elle était déjà morte d'une balle dans la nuque, pourquoi avoir brûlé le corps devant la maison de Santos? Le tueur possédait forcément une bonne raison de vouloir la déposer là. Calciner le corps n'est pas non plus innocent.

— Je ne sais pas, a répondu Cardoso. Mon travail consiste à effectuer un examen, pas à en tirer des conclusions.

— Ce qui n'est pas mon cas. Le cadavre de Luna n'a pas été dissimulé dans un endroit quelconque. Il a été déposé devant chez elle de façon à traumatiser Antonio. J'en déduis qu'il s'agit probablement d'une vengeance.

— Le corps aurait été brûlé en guise de représailles? m'a demandé le lieutenant.

— En général, les assassins brûlent le corps de leurs victimes afin de dissimuler des preuves.

— Les preuves en question se seraient trouvées dans sa voiture? s'est enquis le général Da Silva.

— Elles étaient peut-être sur elle. En tout cas, il ne s'agissait pas de dissimuler la cause réelle du décès, à moins d'avoir pensé qu'il ne resterait rien d'elle après l'incendie.

Le docteur Cardoso se désintéressait manifestement du débat, ce qui n'était pas le cas de Sci. Il avait compris où je souhaitais en venir.

— Il nous faut donc chercher des indices sur elle.

J'ai hoché la tête.

— À moins que le feu ne se soit chargé de les détruire.

Kloppenberg et Cardoso se sont remis à l'ouvrage. Ils ont ouvert en deux le torse de Luna et découvert ses organes rongés par la chaleur. Le médecin légiste a pesé et mesuré le cœur, le foie et les poumons, que Sci a entrepris de disséquer sur une autre table d'opération.

Pendant le quart d'heure qu'a duré l'opération, la fatigue aidant, j'en arrivais à me dire que nous ne découvririons rien lorsque Kloppenberg, qui s'escrimait sur le cœur, a sursauté. Il s'est penché sur le foie qu'il a ouvert en deux avant de l'examiner longuement à l'aide d'une loupe. Il s'est retourné vers moi en hochant la tête.

— Docteur Cardoso, a-t-il déclaré. Puis-je vous demander d'examiner ceci?

Le légiste a reposé ses instruments et s'est approché.

Sci lui a désigné le cœur.

— Vous ne remarquez rien?

Cardoso, le front barré d'un pli, a longuement observé l'organe à travers la loupe avant de comprendre.

— On ne trouve aucune trace de sang coagulé.

— Aucun des organes n'en contient, a confirmé Sci en m'adressant un regard. Tout indique qu'elle a été vidée de son sang avant d'être abattue, Jack.

# 46

Le docteur Castro, vêtu d'une combinaison stérile, tira du réfrigérateur de son laboratoire l'une des poches contenant le sang infecté à l'Hydre-9 prélevé sur le corps de Luna Santos. Il déposa la poche dans une casserole d'eau à 37 degrés, puis sortit du réfrigérateur cinq autres poches de plasma volées dans la banque de sang de l'hôpital Geral. Il les réchauffa à leur tour et préleva, à l'aide d'une seringue, un sixième du sang contaminé avant de l'injecter dans les poches de sang normal.

Il laissa les poches se réchauffer à 37 degrés pendant une vingtaine de minutes, laissant au virus le temps de se reproduire, puis il remisa les poches dans le réfrigérateur afin de ralentir le cycle de reproduction. Avant de refermer la porte du frigo, le médecin procéda à un rapide calcul. Quatre poches du sang de Luna, plus cinq autres. Neuf poches en tout. Un peu plus de quatre litres.

Était-ce suffisant ? Il n'y en aurait jamais assez.

L'idéal serait de disposer d'une douzaine de litres en tout. Soit approximativement douze kilos.

Trop lourd. Le poids maximal était de sept kilos.

*Prenons le calcul à l'envers. L'appareil pèse 816 grammes, ce qui me laisse une marge de 6,184 kilos. Un peu plus de six litres.*

Il referma la porte du réfrigérateur. Il allait avoir besoin de sept nouvelles poches de sang frais.

Il quitta le laboratoire et passa sous la douche de décontamination en s'aspergeant entièrement d'eau de Javel et de sérum physiologique, puis il répéta l'opération. Pas question de contracter le virus alors qu'il était si près du but.

Castro se déshabilla et entra dans une cabine de douche voisine. Tremblant de froid, il se sécha à l'aide de serviettes en papier dont il se débarrassa dans une poubelle étanche. Le temps de se rhabiller, il quitta la pièce et franchit le sas stérile.

Il alluma la lumière et sentit un frisson d'excitation le parcourir en posant les yeux sur la caisse de carton et de bois posée sur son bureau. Malgré son impatience, il n'avait pas eu le temps de s'y intéresser à son arrivée. Il lui fallait d'abord s'occuper du sang.

Il ouvrit avec mille précautions la caisse dont le contenu était aussi délicat à manipuler que les poches d'Hydre-9. Toutes ses économies étaient passées dans l'objet que renfermait cette caisse et il n'entendait pas…

*Toc, toc.*

Le médecin, pris de vertige, posa un regard apeuré sur la porte d'entrée. Hormis les livreurs, personne n'avait mis les pieds dans cet endroit depuis qu'il l'avait loué, dix-huit mois plus tôt, et il n'attendait plus aucune livraison.

*Toc, toc, toc.*

Son visiteur frappait avec insistance. Un flic ? Castro s'efforça de maîtriser sa panique. Devait-il ouvrir, ou bien attendre que l'inconnu s'éloigne ?

Pétrifié sur place, il tendit l'oreille dans l'espoir d'entendre un bruit de pas s'éloigner sur le gravier. On toqua une troisième fois. Cette fois, une voix masculine se fit entendre.

— Docteur Castro ?

Le médecin crut défaillir. Tout était fichu.

— Docteur Castro ? C'est moi, Ricardo. Mon scooter est en panne, mon portable est déchargé, j'aurais besoin de me servir de votre téléphone.

*Ricardo Fauvea ? Mon étudiant ? Comment connaît-il cet endroit ?*

En quelques secondes, Castro avait perdu un litre de transpiration. La sueur lui sortait de tous les pores de la peau, il dégoulinait de partout. Il tourna le verrou d'une main tremblante, ouvrit la porte et découvrit le jeune Ricardo, tout penaud.

— Je vous remercie, docteur Castro. Mon scooter vient de tomber en panne, je voudrais appeler pour qu'on vienne me chercher.

Castro allait lui confier son portable lorsqu'il se reprit.

— Où se trouve votre scooter? s'enquit-il.

Le jeune étudiant s'essuya le front.

— À deux rues d'ici.

— Que faisiez-vous dans le coin? s'enquit le médecin en étudiant attentivement la physionomie de Ricardo.

Ce dernier baissa la tête, honteux.

— Je vous ai suivi, docteur Castro.

Le médecin montra sa surprise.

— Vous m'avez suivi? Depuis quand?

— Depuis l'hôpital, balbutia le jeune homme sans oser relever la tête.

— Mais... pour quelle raison? demanda Castro d'une voix calme.

— Je ne sais pas.

— Comment ça, vous ne savez pas? s'agaça le médecin. Je vous connais suffisamment pour savoir que vous ne faites rien sans raison, Ricardo. Alors?

L'étudiant, mortifié, affronta enfin le regard du médecin.

— Je... je vous admire, docteur Castro, bredouilla-t-il. J'aimerais vous ressembler. Je ne sais pas exactement, je me suis dit que... que ce serait intéressant, je veux dire, de savoir comment vous viviez et où... où vous alliez.

Le médecin, convaincu de la sincérité de son étudiant, ne sut que répondre.

— Je suis flatté, Ricardo, mais avouez que c'est un peu inquiétant, finit-il par articuler.

— Je sais, avoua Ricardo, une note de désespoir dans la voix. Excusez-moi. J'ai eu tort de me mêler de ce qui ne me regardait pas.

— Vous avez eu tort, acquiesça Castro.

Le jeune homme leva les mains.

— Je suis désolé, docteur Castro. C'était idiot de ma part. Il faut dire que je ne connais quasiment personne à Rio. Je n'ai pas beaucoup d'amis. C'était une façon de m'occuper. Rien de plus.

Le médecin le dévisagea longuement.

— Qui comptiez-vous appeler au sujet de votre scooter?

— Euh… mon cousin Diego.

— Diego est-il au courant de votre présence ici?

— Personne n'est au courant, se défendit Ricardo. Je vous ai suivi machinalement, rien d'autre. C'est quoi, cet endroit? C'est votre boîte, ou bien un simple lieu de travail? Vous faites des recherches pour votre propre compte, c'est ça?

Castro laissa s'écouler un battement, puis l'ombre d'un sourire flotta sur ses lèvres.

— Il s'agit effectivement de ma boîte, déclara-t-il, la tête penchée de côté. Puisque vous êtes là, vous aimeriez que je vous fasse visiter?

Ricardo, ravi, hocha la tête avec force.

— Oui, docteur Castro, accepta-t-il, les yeux brillants. J'en serais ravi.

# 47

Le docteur Castro s'effaça en adressant un large sourire à Ricardo.

— Dans ce cas, à vous l'honneur.

Le jeune étudiant salua son maître d'un mouvement de tête en passant. Il embrassa d'un regard le petit bureau, déçu de n'y découvrir que la table sur laquelle reposait la caisse.

— Cette caisse vient des États-Unis? remarqua-t-il en la tapotant d'un doigt. Que contient-elle?

— Un nouveau jouet, répliqua Castro en verrouillant la porte derrière lui.

— Une nouvelle fusée?

— À peu près, acquiesça le médecin en ouvrant la porte du laboratoire. Et voici le lieu où je fais mes expériences sur les maladies infectieuses, dans un environnement parfaitement stérile.

Ricardo s'avança avec curiosité dans le hangar, stupéfait d'y découvrir l'immense tente dont s'échappait une forêt de tuyaux, de conduites et de câbles.

— Vous disposez d'un sas? s'enquit l'étudiant.

— Et même d'un système de décontamination dernier cri que j'ai conçu moi-même.

Ricardo ouvrit de grands yeux.

— Si je comprends bien, vous êtes capable de travailler sur les virus les plus dangereux.

— Vous ne croyez pas si bien dire.

Ricardo secoua la tête d'un air admiratif.

— Ce laboratoire a dû coûter une fortune.

— J'y ai laissé jusqu'à mon dernier réal. Souhaitez-vous que je vous fasse visiter le labo, histoire de vous montrer où j'en suis ?

Ricardo, au comble du ravissement, suivit Castro à l'intérieur du sas. Le médecin l'aida à passer une combinaison stérile, puis enfila lui-même celle dont il s'était servi le matin même, encore humide de la douche de décontamination.

Cette fois, il négligea de sceller à l'aide de gros scotch les poignets et les chevilles de sa combinaison. Les échantillons d'Hydre-9, étanches et réfrigérés, ne représentaient aucune menace. Enfin, il brancha la radio et le micro de la combinaison de Ricardo.

— Vous m'entendez ? questionna-t-il.

— Je vous reçois cinq sur cinq, répliqua l'étudiant.

Le docteur Castro tira la fermeture Éclair du rideau d'accès au laboratoire qu'il franchit en baissant la tête. Ricardo, qui l'avait suivi, balaya la pièce du regard avec la concupiscence d'un marin en goguette dans un club de strip-tease. Le médecin l'invita à visiter les lieux, le temps de régler un petit problème.

Castro n'eut pas besoin de réitérer son invitation. Sans se soucier de la présence d'un lit d'hôpital dans la pièce, Ricardo se précipita vers les cuves en verre afin d'examiner les rats survivants tandis que Castro ouvrait un placard.

— Ces rats sont-ils infectés par un virus ? demanda le jeune homme.

Le médecin lui répondit tout en vaquant à ses occupations :

— Oui, mais ils sont particulièrement résistants au virus concerné puisqu'ils ont survécu.

— Vous mettez au point un vaccin ?

— En effet, opina Castro en approchant. Vous êtes un garçon perspicace, Ricardo.

— Pour le compte de qui ?

— Je compte en faire don à l'humanité.

— Oui, bien sûr. Mais, je veux dire, qui finance ce projet? Vous avez forcément reçu des subventions de l'État, ou bien d'un labo pharmaceutique.

Le médecin comprit qu'il avait sous-estimé son jeune interlocuteur.

— Je finance ce projet sur mes deniers personnels, précisa-t-il en se postant à côté de l'étudiant.

Il lut l'effarement dans le regard de Ricardo à travers la visière transparente de la combinaison.

— Mais ce labo a dû vous coûter plus de dix millions de réaux, s'étonna Ricardo.

— Vingt-deux millions, très exactement, précisa le médecin. Soit plus de deux millions de dollars américains. La totalité des indemnités que j'ai reçues de l'État à la suite de la mort de ma femme dans...

Ricardo baissa la tête.

— Oh, je suis désolé, docteur. Je... je ne savais pas.

Le médecin resta un instant plongé dans ses pensées.

— Je suis au regret de vous le dire, Ricardo, mais il y a bien des éléments qui vous échappent.

À peine avait-il prononcé ces mots qu'il plongea l'aiguille d'une seringue hypodermique à travers la combinaison du jeune homme, au niveau de l'abdomen, avant d'enfoncer vivement le piston. Ricardo laissa échapper un cri sourd et se plia en deux, hypnotisé par la main du docteur Castro.

— Que...? balbutia-t-il en ressentant les premiers effets du produit.

Castro retira l'aiguille d'un mouvement sec, puis saisit Ricardo sous les aisselles en voyant ses jambes ployer sous lui.

Le jeune homme regarda le médecin avec des yeux écarquillés.

— Pourquoi?

— Parce que vous en savez trop, Ricardo, répondit Castro. Aussi parce que j'ai besoin de plusieurs litres de votre sang.

— Plusieurs? bredouilla l'étudiant hébété dont les muscles commençaient à se relâcher. C'est trop, docteur. Je risque de...

— Je sais, Ricardo. Croyez-moi, je regrette que ce soit tombé sur vous.

# 48

L'Ours régla les bretelles de son sac à dos, ajusta son casque et se signa avant de monter à l'arrière de la moto. Urso détestait les taxis-motos, en particulier ceux de Vidigal, une favela située au sud de Leblon. Tous des casse-cous.

Le motard fit vrombir son moteur, enclencha une vitesse, et mit les gaz. Le bolide s'élança à toute allure à l'assaut de la colline en frôlant un groupe de touristes. C'était la dernière mode. De plus en plus de riches étrangers descendaient dans les auberges de jeunesse des favelas lorsqu'ils visitaient Rio.

*Quel plaisir peut-on éprouver à prendre des vacances dans un bidonville?* s'interrogea l'Ours, curieux de savoir s'ils auraient agi de même à South Central ou à Compton.

L'étroit ruban goudronné, bordé de boutiques où l'on trouvait de tout, aussi bien des cigarettes que du matériel de plomberie, dessinait des lacets le long de la pente escarpée. La rue était noire de passants et de motards, les accidents y étaient fréquents.

Urso, les nerfs tendus à craquer, était couvert de sueur lorsqu'il parvint enfin au sommet de la favela. Il régla le prix de la course au chauffeur, lui rendit son casque, et sembla hésiter avant de s'engager sur un sentier qui s'enfonçait dans la jungle, au-delà des dernières habitations, à l'ombre des monts Dois Irmãos.

Même au mois d'août, au cœur de l'hiver brésilien, la chaleur de cette fin d'après-midi était étouffante sous la frondaison que la brise de mer ne pénétrait jamais.

Cette moiteur ne dérangeait nullement Urso qui suivit le petit chemin parsemé de rochers et de racines. La falaise rocheuse, qu'il apercevait régulièrement à travers des trouées dans la végétation, le dominait de toute sa masse.

Il croisa plusieurs promeneurs revenant d'excursion. Urso, aux aguets, prenait soin de les observer discrètement afin de prévenir tout danger. En dépit de leur beauté, les jungles de Rio étaient suffisamment à l'écart du reste de la ville pour attirer des personnages troubles.

L'Ours, sans être un familier de cet endroit, savait que ces ravins abritaient des membres de gang, prêts à rançonner les randonneurs, ou pire. Il en eut la confirmation en croisant deux jeunes femmes apeurées quelques minutes plus tard. Il glissa la main sous sa chemise et sortit un Remington 1911 de calibre .45. Une arme aussi lourde qu'efficace, parfaitement entretenue à défaut d'être récente.

Il tira de sa poche de pantalon un silencieux de fabrication artisanale qu'il vissa sur le canon du pistolet. La police s'aventurait rarement dans la jungle, mais autant ne pas attirer l'attention sur lui.

Urso coinça l'arme dans sa ceinture, sous les pans libres de sa chemise, et avança d'un pas sûr en regardant droit devant lui, attentif au moindre mouvement au-dessus de sa tête. Il venait de franchir un goulot d'étranglement lorsqu'il découvrit un ado de dix-sept ou dix-huit ans en travers du chemin. Deux complices émergèrent aussitôt de la végétation.

— Qu'est-ce que tu fous dans le coin? demanda l'ado qui lui barrait la route.

— Je me balade, répliqua Urso. Je vais voir des copains à Rocinha.

— Qu'est-ce que tu trimbales dans ton sac? s'enquit à son tour l'ado posté sur sa droite.

— Des provisions, fit l'Ours. On a prévu de dîner ensemble.

— Montre-nous un peu, lui ordonna l'ado qui se tenait à gauche du chemin.

Aucun des voyous n'avait d'arme à la main, mais Urso ne s'y fiait guère.

— On pourrait pas régler ça à l'amiable ? suggéra-t-il. Histoire d'éviter toute effusion de sang inutile.

Un long silence lui répondit, qui acheva de décider Urso. L'ado de droite avait à peine remué le petit doigt qu'il mit un genou à terre, sortit son pistolet et abattit le jeune type d'une balle en pleine poitrine avant de se tourner vers le gamin de gauche et de le tuer d'un projectile dans la gorge. Le dernier ado n'avait pas eu le temps de sortir son arme que l'Ours pointait le canon du Remington sur lui.

— Non, *senhor*, l'implora le gamin. Je vous en supplie, je faisais qu'obéir aux ordres.

Urso hésita un instant à user de clémence. Puis, comprenant qu'il ne pouvait se le permettre, il lui explosa la tête.

Deux minutes plus tard, il se débarrassait des corps en les jetant dans le ravin. Il regarda les dépouilles des trois voyous rouler le long des flancs escarpés de la montagne avant de disparaître au milieu de la jungle.

L'odeur des corps en décomposition et la présence de charognards finiraient par donner l'alerte, mais les rongeurs se seraient chargés de nettoyer les squelettes des victimes et aucun indice ne permettrait jamais d'incriminer Urso, qui avait pris la précaution de récupérer les douilles des projectiles.

# 49

Une heure plus tard, l'Ours émergeait de la jungle au niveau de Rocinha. Il salua d'un mouvement de tête les membres de gang chargés de surveiller l'entrée du sentier. Lorsqu'ils repenseraient à lui en constatant que leurs copains avaient disparu, il serait déjà loin.

Il chercha son chemin à travers la favela dans le crépuscule naissant, à la recherche des ruines d'une immense propriété appartenant à un baron de la drogue que les hommes du BOPE s'étaient chargés de réduire en cendres. Il franchit la passe séparant les monts des Deux Frères et entama la descente en direction du quartier cossu de Leblon.

L'élite de l'élite, essentiellement constituée de Russes, de Chinois, d'Européens et de rares Américains, vivait là dans des appartements dont les moins chers se négociaient à seize millions de dollars. Le Rio de l'opulence à ses pieds, l'Ours coupa à travers la partie est du bidonville et s'enfonça une nouvelle fois dans la jungle. Les singes s'égaillèrent tandis que les perroquets juchés en haut des arbres lui manifestaient leur mécontentement à grands cris.

Urso avait parcouru deux cents mètres au pied de la falaise à pic lorsqu'il reconnut le ronronnement d'un groupe électrogène. Quelques instants plus tard apparaissait à la vue une nichée de cabanes dissimulées entre les arbres, au cœur d'une petite clairière. Une parabole surmontait le toit du bâtiment principal, ce qui n'aurait pas été inhabituel si elle n'avait pas eu deux petites sœurs, pointées dans des directions différentes.

L'Ours, sans se soucier des hommes qui montaient la garde à l'entrée de la cabane principale, frappa à la porte à deux reprises. Le battant s'écarta aussitôt, dévoilant la silhouette de Rayssa.

— Un problème? s'inquiéta-t-elle.

— Oui, mais rien de grave, répondit Urso en lui tendant son sac à dos.

Rayssa, une moue maussade aux lèvres, s'effaça pour le laisser rentrer. L'Ours avança et découvrit Alou, un gamin de quatorze ans installé devant un bureau de fortune fabriqué à l'aide d'une porte posée sur des tréteaux. Trois écrans d'iMac et un clavier reposaient sur la table improvisée. Alou termina le travail qu'il avait entamé et enfonça la touche Retour. Sur deux des écrans s'affichèrent les journaux télévisés du soir tandis que le site Internet d'un quotidien local apparaissait sur le moniteur central. Les trois occupants de la pièce regardèrent en silence un reportage consacré aux derniers préparatifs des Jeux olympiques.

— La police, les Wise et Private n'ont pas soufflé mot de l'enlèvement aux médias, remarqua Rayssa.

D'un mouvement du menton, Urso montra le sac à dos.

— On va changer ça.

Rayssa hocha la tête et se tourna vers Alou.

— Tiens-toi prêt d'ici un quart d'heure.

— J'imagine que les communications seront sécurisées? s'inquiéta l'Ours.

Alou prit un air froissé.

— J'envoie des paquets courts en utilisant des métadonnées corrompues.

— Qu'est-ce que c'est que ce charabia?

— Ne t'inquiète pas, le rassura Rayssa. Il a tout testé et ça fonctionne. Même les spécialistes de Private n'ont pas réussi à remonter jusqu'à nous.

Urso se mordilla la joue d'un air perplexe.

— Où est Wise ? demanda-t-il.

— À côté, répondit Alou.

L'Ours franchit une porte donnant sur l'arrière à la suite de Rayssa et traversa la ruelle étroite qui séparait le bâtiment principal de la construction de tôle ondulée voisine, devant laquelle montait la garde l'un de ses hommes. Ce dernier s'écarta silencieusement afin de laisser passer les visiteurs.

Andrew Wise, le visage dissimulé sous une cagoule noire, était ligoté à une lourde chaise à l'aide de lanières qui lui enserraient la poitrine, les bras et les jambes. Le milliardaire tourna la tête au bruit et prononça des paroles inintelligibles, étouffées par un bâillon.

Sans se soucier de lui, Rayssa s'approcha d'un trépied posé à un mètre du prisonnier. Elle tira du sac à dos une caméra HD Canon volée, s'assura qu'elle était équipée d'une carte mémoire, la fixa sur le pied et braqua l'objectif sur Wise.

Elle tendit une cagoule noire à l'Ours, enfila elle-même le masque utilisé lors de l'enlèvement des jumelles, et s'approcha du milliardaire.

— C'est bon, déclara-t-elle. L'heure est venue de vous fournir la véritable raison de votre présence ici, monsieur Wise.

# 50

On a frappé trois coups secs à ma porte du Marriott. Malgré la débâcle de la nuit précédente, j'étais dans un tel état d'épuisement que j'avais préféré prendre une chambre là, au lieu de retourner dormir chez Tavia.

On a toqué à nouveau. J'ai poussé un grognement en soulevant péniblement mes paupières. J'ai sursauté en constatant qu'il était 18 h 30. J'avais dormi huit heures de rang, pour la première fois depuis un mois.

— Jack ? Vous êtes là ?

J'ai reconnu la voix de Cherie Wise.

— Deux secondes !

Le temps d'enfiler un pantalon de jogging et un sweat à capuche, j'ai glissé un œil à travers le judas. Cherie, toute tremblante, portait encore ses vêtements de la veille. Je lui ai ouvert la porte.

— Oui, Cherie ?

— Je ne sais plus ce que je dois faire, a-t-elle trouvé le temps de déclarer avant d'éclater en sanglots.

Je l'ai prise doucement par le coude.

— Entrez. Que se passe-t-il ?

— Rien, a-t-elle bredouillé, et c'est bien le problème. Ils l'ont enlevé depuis plus de douze heures, et toujours rien.

Je l'ai dirigée vers un fauteuil.

— Andy représente un coup majeur pour eux, et ils le savent. Ils feront preuve d'une extrême prudence avant de nous contacter. Depuis la fusillade de Central, ils savent que la police fédérale est au courant. Je vous invite à prendre le temps de respirer, à ne penser à rien tant que nous n'en saurons pas davantage.

Cherie a essuyé ses larmes.

— Je suis désolée, Jack. De toute mon existence, je n'ai jamais connu un enfer pareil.

— Ne vous excusez pas. N'importe qui d'autre, à votre place, craquerait aussi.

— Je ne fais pas vraiment honneur à Jackie Kennedy.

— Je suis prêt à parier que Jackie Kennedy a connu des passages à vide, elle aussi. Surtout lorsqu'elle n'avait pas dormi, persuadée d'être seule au monde.

Cherie a poussé un long soupir, tassée sur son siège.

— Vous avez sans doute raison. Je suis dans un tel état de frustration. Au moment où je retrouve enfin mes filles, c'est Andy qui disparaît.

Elle s'est tue, à bout de nerfs, les yeux perdus dans le lointain.

— Nous traversons une crise au sein de notre couple, Jack. Je vous épargnerai les détails sordides, mais inutile de me mentir… je n'ai pas fermé l'œil de la nuit parce que je veux retrouver Andy. Je veux pouvoir lui dire que tout est pardonné. Je veux qu'il me pardonne à son tour.

La femme du milliardaire, plongée dans les affres, s'est recroquevillée sur elle-même en serrant ses genoux entre ses bras.

— Je veux qu'il me pardonne à son tour, a-t-elle répété dans un souffle.

Je n'avais pas soupçonné jusque-là la profondeur de cette femme.

— Le fait qu'ils ont libéré les filles après le versement de la rançon est un signe extrêmement positif. Je suis convaincu qu'à condition de se montrer coopératifs vous le reverrez…

La sonnerie de mon portable m'a interrompu. J'ai décroché.

— Les ravisseurs viennent de nous contacter, a laissé tomber Tavia à l'autre bout du fil.

# 51

Quarante minutes plus tard, Cherie, Tavia, Acosta et moi étions réunis dans les locaux de Private Rio autour de Sci et Mo-bot. Ces derniers s'évertuaient à analyser les métadonnées de la vidéo que nous venions de recevoir. En dépit de notre impatience à la visionner, ils avaient tenu à en décortiquer le contenu pour des raisons techniques dont j'avoue qu'elles m'échappaient.

Kloppenberg s'est tourné vers nous en faisant voler sa tignasse bouclée d'un mouvement de tête négatif.

— Je ne sais pas comment ils s'y sont pris, mais l'encodage est totalement corrompu, comme si un virus s'appliquait à le ronger à l'instant où la vidéo nous parvenait. Mo-bot, ton avis?

— Je suis aussi perplexe que toi.

Le lieutenant Acosta s'est impatienté.

— En attendant, autant visionner ces images.

Tout le monde s'est tourné vers moi, en quête de mon aval.

— Commençons par établir une sorte de cordon sanitaire autour du fichier pour qu'il ne risque pas de corrompre nos propres données.

D'un coup d'œil, j'ai vu que Cherie, prostrée sur un siège, serrait les mains en une prière muette.

Tavia, qui partageait visiblement mon inquiétude, l'a rejointe.

Le visage d'Andrew Wise s'est affiché sur le grand écran du local technique. Ligoté à une mauvaise chaise, il était bâillonné. La caméra a zoomé sur son visage meurtri. Ses cheveux étaient poisseux de sang séché. Des traces rouge sombre maculaient les lambeaux de son bleu de travail. En pleine possession de ses moyens, il était clair qu'il souffrait.

— Mon Dieu, a gémi Cherie en enfouissant son visage dans ses mains. Pourquoi ont-ils fait ça?

— Ils ont libéré les filles, a remarqué Tavia. Ils vous le rendront aussi.

La caméra a reculé, révélant en arrière-plan la présence d'un grand drap blanc sur lequel s'étalaient en lettres rouges grossièrement tracées, au-dessus de la tête de Wise, les mots :

***Tribunal des Favelas!***

— C'est quoi, ce délire? a marmonné le lieutenant Acosta.

Rayssa, la femme masquée des précédentes vidéos, est apparue à la droite de l'écran. Elle a tourné autour du milliardaire d'une démarche pleine d'assurance avant de fixer l'objectif.

— Pour ceux d'entre vous qui l'ignoreraient, ce parasite cancéreux est Andrew Wise, fondateur et PDG des Wise Enterprises, plus connues sous les initiales de WE, a déclaré Rayssa dans son anglais teinté d'un fort accent. Le *senhor* Wise est jugé ici pour avoir violé et persécuté les citoyens brésiliens les plus pauvres en s'enrichissant à leurs dépens lors de la construction des sites de la Coupe du monde et des Jeux olympiques. Le Tribunal des Favelas est en possession de preuves que nous vous communiquerons au cours des jours à venir. Vous déciderez alors si le *senhor* Wise est coupable ou innocent. S'il est reconnu coupable, le Tribunal des Favelas exigera le versement d'un milliard de dollars en or. Cette somme sera aussitôt distribuée aux Brésiliens les plus pauvres.

— Un milliard? a répété Sci.

Mo-bot a émis un petit sifflement.

— C'est sûrement la demande de rançon la plus élevée jamais exigée.

Cherie était livide.

Rayssa s'est immobilisée à la gauche de Wise sans quitter la caméra des yeux.

— Ceci s'adresse à tous les médias actuellement présents à Rio : voici le premier extrait du procès d'Andrew Wise, vous en recevrez un autre tous les jours à 15 h 30 précises. L'extrait de demain vous fournira les preuves.

L'écran a viré au noir.

Je n'ai pu m'empêcher de grommeler entre mes dents :

— Un milliard de dollars. Tous les jours à 15 h 30. Putain de merde.

J'ai quitté la pièce, mon portable à la main.

Tavia m'a suivi dans le couloir.

— Qu'y a-t-il ?

— Les JO de Londres ont déjà été un véritable cauchemar pour moi, et voilà que ça recommence.

J'essayais de prendre la mesure de ce qui se passait.

Ces gens en voulaient-ils uniquement à un milliardaire, ou bien s'agissait-il d'attaquer les JO à travers lui ? Le Tribunal des Favelas était-il également responsable de la mort de Luna ? Les Jeux étaient-ils menacés, une fois de plus ?

J'ai composé le numéro du général Da Silva.

— J'ai des nouvelles pour vous, et elles sont mauvaises.

Je lui ai tout expliqué : l'enlèvement, le montant de la rançon, la vidéo et les questions que je me posais.

Le général a marmonné *putain de merde* en portugais.

— Je ne vous le fais pas dire.

— Envoyez-moi la vidéo. Le temps de la visionner et je vous rappelle.

— Tout de suite.

Je suis retourné dans le local technique où Sci, Mo-bot, le lieutenant Acosta et Cherie visionnaient à nouveau les images.

— Andy est blessé, mais il a toute sa tête. Il sait pertinemment ce qui se passe, a déclaré Cherie avant de fondre en larmes. Pensez-vous qu'il soit possible de convaincre les médias de ne pas diffuser ce message ?

J'ai secoué la tête.

— Inutile de se voiler la face, Cherie. Les Jeux olympiques ne commencent que vendredi, les télévisions et la presse n'auront rien d'autre à se mettre sous la dent pendant ces trois jours. Les ravisseurs n'ont pas choisi 15 h 30 par hasard : c'est l'heure du bouclage. Une rançon d'un milliard ? Les médias vont se ruer dessus.

## 52

Ce soir-là, le docteur Castro travaillait à son invention dans l'atelier voisin de la tente stérile lorsque la vidéo d'Andrew Wise s'afficha sur l'écran du téléviseur posé sur une table. Il n'était question que de l'enlèvement du milliardaire sur toutes les chaînes.

*Un milliard de dollars en lingots destinés aux pauvres?* se dit Castro. *Ils n'y vont pas avec le dos de la cuillère. Je ne sais pas qui se trouve derrière ce Tribunal des Favelas, mais ces gens ont toute ma sympathie.*

Il recula de quelques pas afin de contempler son œuvre. Entre les montants d'une structure en titane était tendu un filet noir contenant deux grands aérosols reliés à un tuyau vert. Celui-ci se divisait en neuf petits tubes noirs dont les extrémités s'échappaient des mailles du filet, dessinant de longs tentacules munis de vaporisateurs.

— Parfait, dit Castro, très satisfait.

Il lui fallait à présent s'assurer du bon fonctionnement de son appareil.

Le médecin détacha l'un des aérosols du tuyau principal et le fixa sur un compresseur couplé à une télécommande.

Castro souhaitait tester l'appareil en le soumettant à une pression élevée, soucieux de ne prendre aucun risque au moment de passer à l'acte. Il avait trop peu de temps pour s'autoriser la moindre erreur.

Il expulsa l'air restant à l'aide de la purge qu'il ferma au moment où apparaissaient les premières gouttes rouges, puis il alluma le compresseur, recula prudemment, sortit son iPhone de sa poche et démarra l'application pilotant le compresseur.

Quelques instants plus tard, un brouillard rosé s'échappait des neuf buses noires en agitant l'aérosol dans tous les sens, tachant de rouge l'établi et le sol. Le nuage flotta jusqu'au médecin dont le visage se trouva aspergé de fines gouttelettes.

Castro, au comble de la joie, afficha un grand sourire.

Symboliquement, l'Hydre-9 lui avait inspiré la conception même de l'appareil. Le diffuseur à neuf tentacules et le virus producteur de cellules à neuf têtes ne formaient désormais plus qu'un seul et même organisme qui ne tarderait pas à semer la terreur à Rio.

# 53

*Mardi 2 août 2016*
*20 h 30*
*Soixante-dix heures et demie avant la cérémonie d'ouverture des Jeux olympiques*

Tavia remontait à vive allure la route serpentant à travers les collines du quartier de Bangu lorsque je me suis tourné vers elle.

— Tu tiens le coup?

— Mon énergie fluctue. Quand je suis dans le creux de la vague, je bois des expressos.

— Si je comprends bien, tu es une pragmatique.

— Une pragmatique romantique.

— Je trouve que la définition te va bien.

— Tu es mignon, a souri Tavia en m'envoyant un baiser.

L'instant suivant, elle immobilisait le 4 X 4 devant une grille bleue dessinant une ouverture dans un mur d'enceinte en pierre.

Après avoir visionné la vidéo du Tribunal des Favelas, le mieux était encore de laisser Sci et Mo-bot se débrouiller avec leurs métadonnées corrompues pendant que Cherie se ressourçait à l'hôpital. À l'entendre, la vue de ses filles finirait peut-être par lui rendre le sommeil.

Nous nous étions réparti les tâches avec Tavia et le lieutenant Acosta. Ce dernier s'était proposé d'écumer les dossiers des services de renseignement de la police fédérale, dans l'espoir d'y dénicher des informations relatives au Tribunal des Favelas. De notre côté, Tavia et moi restions persuadés que les jumelles Wise, qui se trouvaient au Brésil sous de fausses identités, avaient été repérées par un individu qui les connaissait de vue. À moins qu'elles n'aient avoué leur origine à quelqu'un.

Les deux sœurs allaient nettement mieux. Lorsque nous leur avions posé la question, elles avaient nié avec véhémence avoir révélé leur véritable identité à quiconque. Nous aurions aimé les interroger plus longuement, mais elles étaient fatiguées et Cherie nous avait invités à revenir le lendemain matin. Elles comptaient toutes les trois profiter de la nuit pour se reposer.

À notre sortie de l'hôpital, nous avions décidé que si quelqu'un s'était intéressé à elles de près, notre meilleure chance de le savoir était encore d'enquêter auprès des membres des trois associations pour lesquelles elles avaient travaillé. L'ONG et le centre d'action sociale étaient fermés, ce qui n'était pas le cas de l'orphelinat.

Des rires d'enfants et le son d'un téléviseur s'élevaient de l'autre côté de l'enceinte lorsque Tavia a sonné à la grille. L'individu qui s'approchait d'un air méfiant s'est déridé à la vue de nos pièces d'identité. Nous lui avons demandé à voir Mariana Lopes.

— Elle n'est pas là.

— Quand nous avons téléphoné tout à l'heure, on nous a affirmé le contraire, s'est étonnée Tavia.

— Il est tard, a répliqué le cerbère. Elle est fatiguée. Revenez demain.

— C'est urgent, a insisté Tavia. Dites-lui que Jack Morgan et Octavia Reynaldo sont là et que c'est très important.

Son visage s'est fermé et il s'est éloigné en maugréant des paroles en portugais.

— Tu as compris ce qu'il a dit ?

— Oui, m'a répondu Tavia. Il a dit : « On ne laissera donc jamais tranquille cette pauvre femme. »

La grille s'est ouverte cinq minutes plus tard. Nous avons pénétré dans la cour d'un vaste immeuble de deux étages à la façade multicolore. Une armée de jouets montait la garde sur une aire de jeux.

Mariana Lopes a refermé la grille derrière nous. Son sourire dissimulait mal sa fatigue et son stress.

— Nous sommes désolés de vous ennuyer à cette heure, Mariana, s'est excusée Tavia.

— Si c'est important, comme vous le dites, ça ne me dérange pas. Puis-je vous offrir du thé?

— Avec plaisir, a accepté Tavia.

Nous avons suivi Lopes dans un dédale de couloirs, de dortoirs, de pièces communes, de salles d'eau, et même une buanderie, avant de découvrir une cuisine de collectivité bien équipée, d'une propreté immaculée en dépit du fouillis qui y régnait.

— C'est vous qui avez construit tout ça? Le dispensaire et l'orphelinat?

— Beaucoup de gens m'ont aidée, m'a-t-elle répondu.

— C'est tout de même vous qui en avez eu l'initiative, a remarqué Tavia.

— Je me suis inspirée de projets existants, s'est défendue Lopes.

— Combien d'enfants accueillez-vous ici? ai-je questionné alors que Mariana nous faisait signe de nous asseoir autour d'une table.

— Entre soixante-cinq et soixante-quinze, selon les besoins. Je n'avais pas compris que vous souhaitiez visiter l'établissement. Si j'avais su, j'aurais demandé à...

— Vous souvenez-vous de ces jeunes filles, l'a interrompue Tavia en montrant à Lopes l'écran de son portable sur lequel s'affichait une photo des jumelles Wise.

La directrice de l'orphelinat a chaussé des lunettes.

— Bien sûr. Ce sont les filles Warren. Pourquoi? Ce sont donc elles qui ont été enlevées?

— Et libérées à la suite du versement d'une rançon.

— Mon Dieu, a balbutié Lopes en posant une main sur sa bouche. Je n'avais pas fait le rapprochement.

— Nous ne vous avions pas avoué leur véritable identité, a remarqué Tavia. Pouvez-vous nous dire ce que vous savez à leur sujet?

Mariana Lopes a haussé les épaules.

— Nous accueillons de nombreux bénévoles. Ils sont généralement quatre ou cinq, si bien que je finis souvent par les confondre, mais je me souviens parfaitement de ces deux-là. Elles ont eu un peu de mal au début avant de se révéler très efficaces. Si tous les bénévoles étaient comme elles, les enfants s'en porteraient mieux. Ce qui leur est arrivé est affreux. Comment vont-elles?

— Elles s'en tireront, l'a rassurée Tavia. Vous dites qu'elles ont eu du mal. Qu'entendez-vous par là?

— Eh bien, elles sont arrivées ici directement en descendant de l'avion. Si elles s'imaginaient débarquer à Copacabana, elles n'ont pas été déçues.

# 54

Un agent de sécurité nous a rejoints dans la cuisine, avec lequel Mariana Lopes s'est entretenue pendant quelques instants, à l'écart, avant de nous retrouver. Elle a repris sa place en face de nous en chassant une mèche rebelle.

— Vous nous disiez que les jumelles étaient arrivées à Rio en imaginant se retrouver à Copacabana, a repris Tavia.

— Elles ont été choquées de découvrir autant de pauvreté, a répondu Lopes. On les sentait mal à l'aise. Elles avaient beau savoir qu'il existe des pauvres, c'était la première fois qu'elles voyaient le véritable visage de la misère. Elles avaient constamment les larmes aux yeux. Le deuxième ou le troisième jour, j'entends encore l'une des jumelles dire à sa sœur qu'elle n'était pas sûre de tenir, à force de voir tous ces enfants en souffrance alors qu'elles avaient été élevées dans l'opulence.

— J'imagine qu'elles ont fini par encaisser le choc, a commenté Tavia.

Lopes a opiné.

— Je leur ai expliqué que tout l'enjeu du bénévolat consistait à rendre lorsque l'on avait beaucoup reçu. Un déclic s'est produit chez elles. Elles avaient toutes les deux appris le portugais en prévision de leur séjour, de sorte qu'elles pouvaient communiquer avec les enfants. Elles se sont liées avec beaucoup d'entre eux, ainsi qu'avec les membres de l'équipe. Si ma fille Amelia était là, elle pourrait vous le confirmer. Elle les voyait souvent.

— Où se trouve votre fille?

— Elle s'est rendue à Porto Alegre il y a quinze jours, afin de réaliser une étude de terrain dans le cadre de sa thèse.

Je suis intervenu.

— Elle se trouvait à l'orphelinat à l'époque où les jumelles y travaillaient?

— Oui, en partie. Appelez-la, elle se souviendra d'elles.

— Accepteriez-vous de nous communiquer son numéro de téléphone?

— Bien sûr, m'a répondu Mariana en sortant son portable. Le mieux est de l'appeler le soir. Elle a des horaires…

La directrice de l'orphelinat laissa sa phrase en suspens, prise d'un soupçon.

— Comment se fait-il que vous me posiez toutes ces questions puisque les filles ont été libérées?

J'ai échangé un regard avec Tavia. Si la nouvelle n'était pas encore connue, elle le serait bientôt.

— Le nom de famille des jumelles n'est pas Warren, a avoué Tavia. Elles s'appellent Wise. Le Wise des Wise Enterprises.

Lopes nous a montré un visage perplexe.

— Et alors?

— Vous n'avez jamais entendu parler de WE? L'un des géants du bâtiment?

Elle a plissé les yeux.

— Sans doute.

— Le père des filles et fondateur de l'empire WE, Andrew Wise, a été enlevé lors de la remise de la rançon. Ses ravisseurs, un groupe qui se fait appeler le Tribunal des Favelas, a décidé de le juger et de diffuser les images du procès.

Lopes a réfléchi à ce qu'elle venait d'apprendre.

— Ces gens sont des redresseurs de torts?

— Si vous voulez. Ils accusent Wise d'avoir extorqué des fonds à l'État brésilien à l'occasion de la Coupe du monde et des Jeux olympiques, au détriment des populations des bidonvilles.

Elle a montré sa réprobation d'un froncement de sourcils.

— Les populations des bidonvilles ? Ils préfèrent l'expression *populations des favelas*, monsieur Morgan. Comment se nomme ce groupuscule dont vous venez de me parler ?

— Le Tribunal des Favelas, a répondu Tavia.

— Je ne sais pas qui ils sont, mais j'ai tendance à souscrire à leur point de vue.

— Pour quelle raison ?

— Des accusations de corruption et de surfacturation de la part des grosses entreprises ? C'est une réalité depuis que le Brésil existe, probablement.

J'ai adressé un coup d'œil à Tavia.

— C'est vrai, a-t-elle reconnu.

Lopes a étouffé un bâillement.

— Nous allons vous laisser, a poursuivi Tavia. Vous êtes fatiguée, Mariana. En tout cas, merci de votre aide.

Elle s'est levée pesamment.

— Je ne suis pas certaine de vous avoir été utile.

J'ai tenu à la rassurer.

— Mais si, je vous le confirme.

— Je me répète, mais appelez Amelia. Elle connaissait mieux les jumelles que moi.

# 55

Le journal du soir de la télévision brésilienne, à l'instar des chaînes d'information, ne parlait que du Tribunal des Favelas et du sort peu enviable d'Andrew Wise. Plusieurs reportages ont même diffusé des images aériennes des sites de la Coupe du monde et des JO construits par Wise Enterprises, à commencer par le village olympique de Barra da Tijuca.

— Le Tribunal des Favelas l'accuse de s'être enrichi en surfant sur le boum de la construction au Brésil, affirmait un présentateur. La suite de cette affaire rocambolesque dans quelques instants.

— Ça suffit, a décrété Tavia en éteignant la télévision.

Je lui ai tendu un verre d'un excellent malbec argentin.

— Tiens, voilà de quoi décompresser un peu.

Son portable a sonné. Elle a soupiré en regardant le nom qui s'y affichait.

— Amelia Lopes. Enfin !

Comme sa mère adoptive, Amelia parlait un anglais parfait et Tavia a branché le haut-parleur.

— Bien sûr que je me souviens des sœurs Warren, a déclaré Amelia. Des jeunes filles aussi intelligentes que… comment dites-vous déjà ? Pleines d'empathie.

Elle a tout de suite percuté lorsque nous lui avons révélé la véritable identité des jumelles.

— Ce sont les filles de ce type dont tout le monde parle à la télévision ?

— En personne, a approuvé Tavia.

— Elles m'avaient bien dit qu'elles étaient issues d'une famille riche, mais j'étais loin d'imaginer…

Je l'ai interrompue.

— Vous souvenez-vous qu'elles aient été proches de quelqu'un à qui elles auraient pu se confier à l'orphelinat?

— Quelqu'un à qui elles auraient révélé leur secret?

— Oui.

— Eh bien, je me sentais proche d'elles, si tant est qu'on puisse le devenir en l'espace d'une semaine, mais elles ne m'ont jamais dit qu'elles voyageaient sous un nom d'emprunt. Je m'en souviendrais.

— Très probablement. Votre mère nous a expliqué que vous réalisiez des recherches.

— J'ai quasiment terminé. Je pense entamer l'écriture de ma thèse dans deux ou trois semaines.

— Sur quoi porte votre travail?

Elle a bâillé à l'autre bout du fil.

— Excusez-moi, la journée a été longue. Je prépare un doctorat en économie sociale. J'étudie le fonctionnement d'une ville du sud du Brésil. Comment vont les filles?

— Elles s'en tireront, a répondu Tavia.

— Passez-leur le bonjour de ma part quand vous les verrez.

— Nous n'y manquerons pas. Merci de nous avoir rappelés.

— Désolé de ne pas me montrer plus utile.

— Si jamais vous repensez à quoi que ce soit, pouvez-vous nous rappeler? a insisté Tavia.

— Bien sûr, a acquiescé la fille de Mariana Lopes. Merci.

Elle a mis fin à la communication et nous avons repris nos verres de malbec. J'ai saisi la main de Tavia. Une main ravissante, avec des doigts longs et fins, très expressifs, dont elle usait largement pour souligner son propos.

Je lui ai caressé la paume de la main du pouce.

— Tu as sur moi un effet incroyablement apaisant, tu sais. Même en période de stress, ta présence me calme.

— Je te fais l'effet d'un sédatif, c'est ça?

J'ai éclaté de rire.

— Non. Je dirais que c'est plutôt comme si je buvais un ou deux verres d'un délicieux malbec, par exemple.

— Alors ça va, a-t-elle répliqué avec un sourire roué, tandis que son index remontait le long de mon avant-bras. D'accord pour finir la bouteille avant de passer l'étape de décompression suivante ?

Je me suis penché pour l'embrasser.

— C'est la meilleure idée de la journée.

# 56

*Mercredi 3 août 2016*
*15 heures*
*Cinquante-deux heures avant la cérémonie d'ouverture des Jeux olympiques*

Cherie s'est approchée de la fenêtre de sa suite afin de regarder l'avenue en contrebas, profitant d'une fente entre les rideaux tirés.

— C'est l'heure de la pâtée.

J'ai haussé les épaules.

— Vous n'avez qu'à commander un plat au service d'étage.

— Non, a-t-elle rétorqué. La pâtée dont je parle, c'est moi. La meute rassemblée au pied de l'hôtel salive déjà à l'idée de m'avaler toute crue, avec les miens.

Elle n'avait pas tout à fait tort. Matt Lauer, l'animateur de l'émission « Today » qui se trouvait déjà à Rio pour les Jeux, avait montré l'exemple tôt ce matin-là en intervenant en direct depuis l'entrée du Marriott. Il avait résumé la carrière de Wise, entrecoupant ses interventions d'extraits de la vidéo du Tribunal des Favelas, avant d'insister sur le montant de la rançon.

La dernière fois que j'avais regardé par la fenêtre, quinze caméras étaient braquées sur la façade du Marriott. Les journalistes qui campaient sur le trottoir et sur la plage étaient deux fois plus nombreux à présent.

La réception était débordée d'appels de journalistes demandant des interviews. Lauer se montrait de loin le plus insistant, il faisait rappeler son producteur toutes les heures, lorsqu'il ne téléphonait pas en personne.

Tavia et moi avions passé la matinée à interroger le responsable du projet d'action sanitaire de Campo Grande auquel avaient participé les jumelles, ainsi que la dirigeante de l'antenne brésilienne de Shirt Off My Back, l'ONG pour laquelle elles œuvraient au moment de leur enlèvement.

Le type du programme d'action sanitaire les avait trouvées «distraites», une façon de dire qu'elles ne travaillaient pas assez à son goût. Ce portrait des filles cadrait mal avec celui que nous avaient dressé Mariana et Amelia. Il est vrai que nettoyer des toilettes n'est pas une tâche très excitante. Quant à la directrice de l'ONG, elle n'avait jamais rencontré Natalie et Alicia.

Toujours perplexes sur la façon dont les jumelles avaient pu être repérées, nous avions fini par repartir. J'étais allé retrouver Cherie pendant que Tavia récupérait les jumelles à leur sortie de l'hôpital.

On a frappé à 15 h 15. J'ai ouvert la porte et Natalie est entrée dans la suite. Encore sous l'effet des calmants, la main serrée autour du sachet de glaçons censé réduire ses hématomes au visage, elle s'est précipitée vers sa mère. Alicia, juste derrière elle, avait une mine de déterrée.

— Comment se fait-il qu'on les ait laissées sortir de l'hôpital? ai-je glissé à l'oreille de Tavia qui fermait la marche.

— Les médecins estiment qu'elles ne courent aucun risque tant qu'elles seront suivies par une infirmière, a répondu Tavia. La première ne devrait pas tarder à arriver.

Nous avons rejoint le salon où Cherie, installée sur le canapé entre ses filles, les serrait contre elle.

— J'ai toujours aussi mal à la tête, s'est plainte Alicia. Pourquoi est-ce qu'on ne me donne pas le même médicament que Natalie? Elle sourit comme une idiote alors que je souffre le martyre.

— Les médecins évitent les narcotiques en cas de commotion cérébrale, lui a expliqué Tavia.

— Nous demanderons à l'infirmière dès qu'elle sera là, a promis Cherie.

Mon téléphone s'est mis en branle. Sci.

— On vient de recevoir un fichier Zip du Tribunal des Favelas, m'a-t-il annoncé.

— Le mieux est de le transférer sur l'adresse e-mail de Tavia. En attendant, mets-toi au boulot.

— Je te rappelle dès que j'ai terminé.

Je me suis tourné vers Cherie en raccrochant.

— C'est arrivé.

Elle est devenue blanche comme un linge.

— Les filles, je voudrais vous montrer une vidéo que vous risquez de trouver traumatisante, mais nous pensons avec Jack que c'est important, au cas où vous reconnaîtriez quelqu'un ou un détail quelconque.

— Quelle vidéo? a demandé Natalie.

— Vous allez voir, a repris Tavia en ouvrant son ordinateur portable. À propos, on a discuté avec l'une de vos amies hier soir.

— Une amie? s'est étonnée Alicia. Qui donc?

C'est moi qui ai répondu.

— Amelia Lopes.

Natalie a battu des paupières bêtement, tandis que sa sœur ouvrait des yeux étonnés.

— Vous avez parlé à Amelia hier soir? a fini par déclarer Natalie. Comment va-t-elle?

— Très bien. Elle travaille d'arrache-pied sur sa thèse, a répliqué Tavia en pianotant sur le clavier de l'ordinateur. Elle vous souhaite un prompt rétablissement.

— Où se trouve-t-elle? a voulu savoir Alicia, un peu perdue.

— Dans une petite ville proche de Porto Alegre.

— Ah! s'est écriée Alicia. Je ne me souvenais plus d'où c'était.

— Tu sais, maman, cette fille est trop intelligente, s'est enthousiasmée Natalie.

— Certainement pas aussi brillante que ton père, l'a tempérée Cherie.

— Bien sûr, mais elle possède une vision…

— Désolée de vous interrompre, est intervenue Tavia en enfonçant la touche Retour.

L'écran s'est animé.

# 57

Le sigle rouge vif du Tribunal des Favelas a surgi de l'écran noir avant de se stabiliser au premier plan.

Il s'est aussitôt effacé, alors qu'apparaissait Andy Wise. Toujours bâillonné et ligoté à sa mauvaise chaise en bois, le milliardaire paraissait en piteux état.

Rayssa, protégée par son masque indigène, a surgi à son tour.

— Les preuves parlent d'elles-mêmes.

Son visage a laissé place à un montage nerveux de clips vidéo et d'images, commenté par la voix de la ravisseuse.

Des piles de dossiers se sont accumulés sur une table avant de s'écrouler dans un nuage de papier.

L'un d'eux s'est affiché en gros plan pendant quelques secondes, tandis que Rayssa poursuivait :

— Vous voyez ici des copies de factures établies par WE correspondant à l'achat de barres métalliques utilisées pour le béton armé. L'entreprise de M. Wise se les fait livrer depuis la Pologne au prix de trois cents dollars la tonne.

Des dizaines d'autres documents à l'en-tête de WE ont défilé sur l'écran, trop vite pour que l'on puisse en déchiffrer le contenu.

— Comme le montrent ces pièces comptables internes, l'entreprise de M. Wise les facture au gouvernement brésilien et au Comité olympique trois mille dollars la tonne. Le Tribunal des Favelas, a enchaîné Rayssa sur des images du village olympique et des stades de la Coupe du monde, est bien conscient que M. Wise est un homme d'affaires, mais une marge de neuf cents pour cent est-elle vraiment justifiée? Qu'on le veuille ou non, c'est une forme de malversation.

À l'écran ont alors défilé des images de bétonnières que commentait Rayssa en affirmant que WE facturait le béton brut à un prix six fois supérieur à celui d'entreprises concurrentes. Le décor des favelas de Rio a pris la relève.

— Le gouvernement brésilien s'est endetté de plusieurs centaines de milliards pour financer ces stades. Cet argent aurait pu servir à construire des écoles, améliorer les conditions d'hygiène dans les favelas, donner de l'espoir à l'immense majorité des Brésiliens qui aspirent à une vie meilleure. Au lieu de quoi, à l'image des empereurs romains qui ont érigé le Colisée, le gouvernement a préféré offrir des jeux aux plus pauvres pour que des individus tels que Wise empochent l'argent de notre avenir.

Le milliardaire est réapparu à l'écran.

— Wise nous a enfoncés dans la misère dans le seul but de s'enrichir, a déclaré Rayssa. Le tout de façon parfaitement légale, sans se soucier des conséquences sur les pauvres. À moins que vous ne le déclariez coupable, en l'obligeant à s'acquitter d'une amende d'un milliard de dollars dont le montant sera reversé aux plus démunis.

L'écran est passé au noir.

Dans le profond silence qui s'était abattu sur la pièce, Alicia s'est tournée vers sa mère.

— C'est vrai? a-t-elle demandé d'une voix tremblante. Ce qu'ils disent sur papa?

— Nous n'avons aucun moyen de savoir si ces documents sont authentiques, ou s'il s'agit de faux, lui a répondu Cherie. Ces sauvages sont prêts à tout.

— Tu prends les habitants des favelas pour des sauvages, maman? s'est offusquée Natalie.

— Je n'ai pas dit ça. Il me semble que…

— Si, tu l'as dit, s'est écriée Alicia. Et si c'était vrai, maman? Et si papa était vraiment coupable de ce qu'ils lui reprochent?

— Ton père n'a jamais volontairement enfreint la loi de toute son existence, a rétorqué Cherie.

— *Volontairement*, a insisté Natalie. Que veux-tu dire ?

— Je veux dire que votre père dirige une entreprise énorme qui emploie des milliers de personnes à travers le monde, a riposté sèchement sa mère. Il ne peut pas être au courant de tous leurs agissements.

— C'est vrai, a reconnu Alicia. Mais que fais-tu de l'accusation de surfacturation, si elle est fondée ? La manœuvre, même légale, n'en serait pas moins immorale.

Cherie a dévisagé ses filles d'un air incrédule.

— Vous êtes brusquement victimes du syndrome de Stockholm ? Vous en arrivez à prendre le parti de vos ravisseurs, c'est ça ?

— Pas du tout, s'est défendue Natalie. On cherche uniquement à savoir.

— Je n'ai pas toutes les clés, a réagi Cherie, mais je comptais sur vous pour prendre la défense de votre père. C'est possible, ou bien faut-il vous renvoyer à la maison pour vous éclaircir les idées ?

— Maman, a gémi Alicia. On ne dit pas que…

— Votre père remuerait ciel et terre pour vous, et voilà que vous vous désolidarisez de lui ?

— Ce n'est pas du tout ce qu'on dit, maman, a rétorqué Natalie.

— C'était pourtant ce que j'avais cru comprendre, a répondu froidement sa mère avant d'aller s'enfermer dans sa chambre.

# 58

*Jeudi 4 août 2016*
*9 heures*
*Trente-quatre heures avant la cérémonie d'ouverture des Jeux olympiques*

La réaction s'est révélée bien pire que prévu. La presse du monde entier a passé à la moulinette la vidéo de six minutes envoyée par le Tribunal des Favelas, publiant des arrêts sur image des documents dévoilés. Soit il s'agissait de faux remarquablement exécutés, soit ils étaient authentiques.

Dans toutes les favelas de Rio surgissaient des manifestations spontanées. À Alemão, la police a essuyé des tirs d'armes semi-automatiques et deux voitures ont été incendiées. Dans les hauteurs de la favela de Vidigal, des anonymes ont tiré plusieurs centaines de coups de feu dont l'écho a résonné jusqu'à Copacabana.

La ville tout entière bruissait du hululement des sirènes alors que les forces de police mobilisées autour des Jeux tentaient de remettre de l'ordre dans les bidonvilles. Les émeutes faisaient la une de tous les journaux télévisés et Matt Lauer évoquait même, ce matin-là, l'éventualité d'une annulation pure et simple des Jeux de Rio.

— Le choix de Rio comme ville olympique a été décrié dès le début, affirmait Lauer. Le CIO a longtemps soupçonné le gouvernement brésilien d'être incapable de maintenir l'ordre dans les favelas, au risque de mettre les Jeux en danger. Le Brésil a beau s'être attaqué au crime organisé dans les bidonvilles depuis dix ans, les émeutes de la nuit dernière sont une preuve flagrante du mécontentement populaire face aux dépenses engendrées par les Jeux olympiques, après celles de la Coupe du monde de football. Les risques d'explosion à travers...

Lauer s'est brusquement interrompu en recevant une information dans son oreillette.

— Nous venons d'apprendre que les États-Unis menaçaient de rappeler leurs athlètes si leur sécurité n'était pas assurée. Le Comité olympique américain, par un véritable coup de théâtre...

Le général Da Silva a fait taire le journaliste en éteignant la télévision à l'aide d'une télécommande. Je me trouvais avec Tavia dans une vaste salle de réunion des locaux du Comité olympique de Rio, en compagnie des responsables des trois principaux services de sécurité des Jeux.

— C'est hors de question! a rugi Da Silva. Ces Jeux se dérouleront sans la moindre anicroche. C'est bien clair?

— Oui, général, ont répondu en chœur de nombreuses voix.

— Je me suis entretenu avec le président, il m'a confirmé son soutien, quitte à instaurer la loi martiale dans les favelas.

J'ai grimacé intérieurement. Nous étions la veille de la cérémonie d'ouverture et Rio enfilait sa tenue de guerre. Qui aurait envie de se rendre sur les plus belles plages du monde et dans les stades olympiques si de violentes émeutes éclataient à quelques kilomètres de là? D'un autre côté, Da Silva n'avait guère le choix. Plusieurs pays avaient annoncé leur intention de retirer leur délégation si la sécurité des athlètes n'était pas assurée. Le général devait montrer au monde qu'il gardait le contrôle de la situation, faute de quoi les Jeux se termineraient avant même d'avoir commencé.

Je le pensais personnellement à la hauteur de la tâche. Au cours du quart d'heure qui a suivi, le général nous a exposé son plan de bataille. Il entendait doubler la présence policière autour des favelas les plus turbulentes, ainsi qu'à l'intérieur. Le soir même, six hélicoptères déposeraient des hommes du BOPE aux points les plus sensibles.

— J'exige également un renforcement des forces de police à Copacabana, Ipanema, Leblon, comme sur l'ensemble des plages au sud de Barra da Tijuca. Le monde entier vient admirer les trésors de Rio, il ne doit pas être déçu. Interdiction formelle de parler à la presse. Je reste leur unique interlocuteur jusqu'à nouvel ordre. Est-ce clair ?

Tous les présents ont hoché la tête, et Da Silva a mis un terme à la réunion.

Une fois la salle vidée, il s'est approché de nous.

— Je n'ai rien oublié, au moins ? m'a-t-il demandé.

— Pas à ma connaissance. L'arrivée des hélicoptères devrait permettre de ramener le calme, mais leur déploiement porte un rude coup à l'image de Rio.

— À moins que nous ne parvenions à étouffer la révolte d'ici là, a répondu Da Silva. Si les gens souhaitent manifester, qu'ils le fassent de façon pacifique. C'est tout ce qu'on exige d'eux. Leurs droits seront préservés si nous...

La sonnerie de son portable l'a interrompu. Le général s'est éloigné, l'appareil collé à l'oreille.

— Quoi ?!! a-t-il crié.

Son interlocuteur a poursuivi son monologue, et le visage du général est devenu écarlate.

— Nous arrivons immédiatement, a-t-il grondé avant de mettre un terme à la communication.

— C'était le médecin légiste. Il vient de recevoir les premiers résultats des tests effectués sur le corps de Luna Santos. Il me dit qu'ils sont effrayants.

# 59

Le docteur Emilio Cardoso s'est gratté le ventre en attendant que le contenu du fichier informatique s'affiche sur le grand écran fixé au mur de son bureau du sous-sol de l'hôpital Geral.

— Voilà ! a-t-il déclaré alors qu'apparaissaient deux images côte à côte. Les cellules que l'on distingue à droite ont été prélevées sur le foie de Luna Santos. Celles de gauche appartiennent à Henri Dijon, le porte-parole de la Coupe du monde mort il y a deux ans.

Les cellules ressemblaient à des insectes venus de l'espace, avec leur corps de serpent et leurs têtes multiples.

J'ai reculé instinctivement sous le choc.

— L'Hydre !

Tavia n'était guère plus vaillante que moi. L'irruption de ce virus dévastateur lors de la Coupe du monde nous rappelait des heures terrifiantes que nous n'avions aucune envie de revivre.

Le général Da Silva, le visage fermé, transpirait abondamment.

— Êtes-vous certain qu'il s'agit de l'Hydre ?

— Le doute n'est pas permis, lui a répondu Cardoso. Luna Santos a été tuée par une variante de ce virus avant qu'on la vide de son sang, qu'on lui tire une balle dans la nuque et qu'on brûle son cadavre. Vous noterez que les cellules présentes chez Henri Dijon possèdent six têtes alors que celles retrouvées dans le foie de Luna en ont neuf. À cette heure, le malheureux docteur Castro fait figure de prophète.

Je ne parvenais pas à détacher mes yeux de l'écran.

— Le malheureux docteur Castro?

— Oui, Lucas Castro, m'a éclairé Cardoso. Il a été le premier à isoler l'Hydre. Il en a découvert une version à cinq têtes dans le haut Amazone à l'époque où il travaillait pour le compte de l'OMS. C'est également lui qui a isolé la souche à six têtes il y a deux ans. Sur deux enfants ainsi que sur Dijon.

J'ai hoché la tête.

— Nous étions là, Tavia et moi. Je crois me souvenir qu'il voulait mettre en quarantaine l'une des favelas de la ville.

Le docteur Cardoso a opiné.

— Castro redoutait qu'une épidémie se déclare et que l'Hydre mute de façon encore plus mortelle. Personne ne l'a écouté. Il en a été si meurtri qu'il a quitté son poste à l'Institut Oswaldo Cruz où personne ne prenait son avertissement au sérieux.

— Je me souviens de lui, a approuvé le général Da Silva. Où travaille-t-il à présent?

— Ici même, a fait Cardoso. J'attendais votre feu vert pour lui montrer ces images.

Da Silva a étudié silencieusement la question avant de répondre :

— Inutile de s'enfouir la tête dans le sable. Alertons ce docteur Castro le plus rapidement possible.

Quelques instants plus tard, nous étions devant la porte du médecin. Des bribes de musique brésilienne s'échappaient du bureau. Le médecin légiste a frappé d'une main ferme.

— Un instant, nous a enjoint une voix masculine.

Le niveau de la musique a baissé sensiblement et le battant s'est ouvert sur un homme élancé et barbu, proche de la quarantaine. Son regard a embrassé le petit groupe que nous formions.

— En quoi puis-je vous aider?

— Docteur Castro? s'est avancé le général Da Silva en se présentant. Nous souhaiterions vous montrer quelque chose.

— De quoi s'agit-il?

Je me suis interposé.

— J'ai cru comprendre que c'est vous qui êtes le découvreur de l'Hydre.

Un nuage fugace a assombri ses traits.

— Je n'ai aucune envie d'en discuter. Personne n'a voulu m'écouter la dernière fois, et…

Castro s'est interrompu de lui-même en nous dévisageant l'un après l'autre.

— Aurait-il fait une nouvelle apparition ?

— La souche a muté, a répondu le docteur Cardoso. Nous aimerions que vous examiniez des images prises sur un patient décédé, histoire de nous le confirmer.

— Parce que vous êtes prêts à m'écouter, à présent que vous avez besoin d'aide ? a rétorqué Castro d'une voix amère.

— Mieux vaut tard que jamais, a réagi le médecin légiste.

Castro a hésité avant de laisser échapper un soupir.

— Très bien. Où se trouvent ces images ?

— Au sous-sol, dans le service de pathologie.

— Ici ? À l'hôpital Geral ? s'est étonné Castro en verrouillant la porte de son bureau. J'ose espérer que vous avez pris toutes les mesures nécessaires.

— L'échantillon a été prélevé sur le corps calciné d'une femme, a précisé Cardoso. La chaleur aura suffi à tuer les cellules encore vivantes.

Le docteur Castro a paru soulagé.

— Je vous le confirme, si le corps a été soumis à une chaleur suffisante.

Tout en regagnant le service de pathologie, nous avons mis Castro au courant des circonstances de la mort de Luna Santos et de la découverte de son corps calciné.

— Barra da Tijuca ? a-t-il remarqué. C'est loin des favelas.

— Quel rapport ? l'a interrogé Da Silva.

— Les cas précédents sont systématiquement intervenus dans des zones très peuplées où les gens vivaient les uns sur les autres. Lors de l'épidémie survenue dans le haut Amazone, les victimes vivaient à quelques mètres les unes des autres dans la jungle, d'où ma question : comment expliquer que le virus ait été découvert chez cette Luna, et non sur un habitant des favelas ? Et pourrait-il y avoir d'autre cas ?

— Il suffit qu'elle se soit rendue dans une favela ou qu'elle ait croisé la route d'une personne porteuse de ce virus, a suggéré Tavia.

— Cela signifierait que deux personnes au moins ont été exposées à l'Hydre ces derniers jours, a enchaîné Cardoso.

— Encore faudrait-il que la victime ait contracté le virus de l'Hydre auprès d'un autre être humain, a approuvé Castro alors que nous retrouvions le service de pathologie. C'est bien le plus mystérieux avec ce virus. Où est-il apparu ? Dans un affluent boueux de l'Amazone ? Sur une tique qui se serait attaquée à un rat ou un singe ? Dans des déjections d'oiseau ? Et comment se propage l'Hydre désormais ? Par les voies respiratoires ? Par le sang ?

— Dites-moi franchement, docteur, l'a interrompu Da Silva. Quel est son degré de contagion ?

— Nous n'en savons rien. Les premiers cas constatés dans la jungle ont pu être contrôlés parce qu'il était aisé d'isoler la zone et de la brûler. Mais vous souvenez-vous de la dernière fois, lors de la Coupe du monde ?

J'ai acquiescé.

— Nous nous trouvions avec Henri Dijon lorsqu'il a été pris d'un malaise.

Castro a posé un regard surpris sur Tavia et moi.

— Vous avez eu de la chance tous les deux d'en réchapper. Présentiez-vous des symptômes ?

— Aucun.

— Voilà qui est intéressant. Vous possédez un système immunitaire particulièrement efficace.

Tavia a froncé les sourcils.

— Comment expliquer qu'on n'ait pas fait appel à vous il y a deux ans, docteur ? Vous étiez le mieux à même de réagir efficacement, puisque vous aviez diagnostiqué les cas initiaux.

Le visage du médecin s'est fermé.

— C'est ce qui arrive lorsque la politique prend le pas sur la science, madame Reynaldo. Je suis devenu persona non grata le jour où j'ai conseillé à un idiot qui travaillait au cabinet du maire de mettre en quarantaine la favela dans laquelle vivaient les enfants atteints du virus. Vous connaissez le Brésil. Les politiciens qui m'avaient écarté ont refusé de me solliciter à nouveau, de peur de se déjuger. On a mis vos vies en péril pour leur éviter une humiliation.

Je voyais brusquement sous une autre lumière les événements survenus lors de la finale de la Coupe du monde. Plutôt que de solliciter le spécialiste de l'Hydre, les décideurs s'en étaient remis à des médecins inexpérimentés. Tavia et moi avions sans doute eu la chance de nous en tirer, mais Castro avait fait les frais d'une décision aussi injuste qu'inconsidérée.

Cardoso a rallumé l'écran, sur lequel sont apparues les deux cellules.

Le coude dans une main, l'index sur la bouche, Castro s'est approché, hypnotisé par le spectacle qui s'offrait à ses yeux.

— Neuf têtes, a-t-il murmuré.

— Qu'en déduisez-vous ? lui a demandé le général.

Castro, la mine grave, n'a pas répliqué.

— Docteur ? a insisté Da Silva.

— Je ne sais pas, a-t-il fini par répondre. Sans en avoir la certitude, je soupçonne ce virus à neuf têtes, l'Hydre-9, si vous voulez, d'être encore plus contagieux et dangereux que l'Hydre-6, lui-même plus dangereux et contagieux que l'Hydre-5.

J'ai haussé les sourcils.

— Vraiment ? Plus l'hydre compte de têtes, plus elle est dangereuse ?

— Faute d'avoir pu examiner un porteur de ce nouveau virus, monsieur Morgan, je ne puis rien affirmer, mais le raisonnement paraît logique.

Le général a médité l'information avant de réagir.

— Quelles mesures de précaution préconisez-vous ?

— Aucune, mon général, a sèchement riposté le médecin. Tout simplement parce que mes demandes de crédits pour la mise au point d'un vaccin ont été systématiquement refusées par l'Institut Cruz et le gouvernement.

Un silence pesant s'est abattu sur le laboratoire.

— Quel serait le pire scénario ? Et le moins grave ? a fini par demander Da Silva.

Castro a longuement étudié l'écran avant de répondre.

— Le bilan pourrait très bien se limiter à une ou deux victimes, comme la dernière fois. Dans le pire des cas, nous pourrions nous retrouver en présence d'une épidémie massive étant donné le degré de contagion de l'Hydre-9.

# 60

— Mon Dieu, a grommelé Da Silva. Entre les émeutes et une épidémie d'un virus mortel, le Jeux de Rio sont fichus.

J'ai tenu à le rassurer.

— Vous allez un peu vite en besogne. Luna Santos est morte il y a déjà quelques jours et aucun cas ne nous a encore été signalé. Corrigez-moi si je me trompe, docteur Castro, mais il semble que ce virus apparaisse de façon mystérieuse avant de se mettre en sommeil et de muter.

Castro a réfléchi.

— L'épidémie du haut Amazone a été fulgurante, avec une trentaine de cas en quatre jours. Au cours de la Coupe du monde, l'Hydre a fait deux victimes quasi simultanées avant de toucher une troisième personne le lendemain.

— Et puis plus rien, a approuvé Da Silva, rasséréné. À en juger par le fonctionnement du virus par le passé, et comme plusieurs jours se sont écoulés depuis la mort de Santos, peut-on en déduire que le cycle de vie du virus est dépassé et que nous avons évité la catastrophe?

Castro a hésité avant de se prononcer:

— Je comprends votre raisonnement, mais rien ne nous dit que l'épisode actuel est derrière nous, même si le délai écoulé depuis la découverte de la victime est un signe encourageant.

Le visage de Da Silva s'est éclairé.

— M'autorisez-vous à rapporter vos propos au président?

— Volontiers, a opiné Castro. Promettez-vous de me contacter si d'autres cas se déclaraient?

— Vous serez le premier averti, docteur, s'est engagé le général.

Le temps de nous serrer la main, le virologue a quitté la pièce après nous avoir confié son numéro de portable.

À peine retrouvions-nous l'air libre que Da Silva s'informait par téléphone de la situation dans les favelas. Devant l'hôpital, un policier à cheval surveillait la longue file des pauvres en mal de soins.

Affecté par ce triste spectacle, j'ai été pris d'un pressentiment que j'aurais été bien en peine d'expliquer. Tandis que le chauffeur de Da Silva s'arrêtait à sa hauteur, nous avons hélé un taxi avec Tavia.

— Cette histoire d'Hydre-9 me tarabuste, a-t-elle remarqué tandis que nous roulions en direction des locaux de Private Rio. C'est tout de même curieux, ce virus qui se propage brusquement.

— C'est terrifiant.

Le malaise ressenti à ma sortie de l'hôpital refusait de se dissiper. Dans ma tête, j'ai revu le flic à cheval et tous ces malheureux en attente de soins. J'ai revu Luna Santos, son corps vidé de son sang avant d'être brûlé. Puis j'ai revu l'expression du docteur Castro découvrant les images des cellules à neuf têtes dans le laboratoire de Cardoso. Pour quelle raison cette expression me déroutait-elle autant?

Plus j'y réfléchissais, plus la réaction de Castro me surprenait. Soudain, j'ai compris, et mon intuition a pris tout son sens.

— C'est curieux comme il suffit parfois de voir la situation sous un angle différent pour en prendre la mesure.

— Que veux-tu dire? s'est étonnée Tavia.

— J'aimerais en savoir davantage sur ce Castro.

— Pourquoi donc?

— Parce que j'ai cru lire de l'admiration dans ses yeux.

# 61

Castro referma la porte de son bureau et colla son front moite contre le battant. Il avait « évité la catastrophe », ainsi que l'avait si bien exprimé le général Da Silva.

Le médecin hésitait entre le rire et les larmes.

La catastrophe avait été évitée. Les Jeux olympiques se dérouleraient comme prévu, de même que le plan de Castro.

Ce dernier ne put s'empêcher de repenser aux deux enquêteurs de Private, Morgan et Reynaldo. Avait-il raison de croire qu'ils s'étaient montrés soupçonneux ? Castro ferma les yeux et repassa le film de leur rencontre dans sa tête. Non. À aucun moment ils n'avaient bronché. Il avait fait très attention de bien séparer sa vie professionnelle de son projet et s'était montré d'une discrétion exemplaire. Le tout était de tenir encore trente heures. Pas une de plus.

Une dernière question le taraudait. Quelqu'un pourrait-il se souvenir de l'avoir vu danser avec Luna dans le club de samba ? D'ailleurs, comment les enquêteurs auraient-ils su que Luna y avait passé sa dernière soirée ?

Non. Il avait soigneusement veillé à brouiller les pistes, aussi bien avec Luna que dans le cas de ce malheureux…

On frappa à la porte. Le front de Castro se couvrit instantanément d'une sueur froide. Encore eux ? Les aurait-il mal jugés ?

Il ouvrit la porte d'une main tremblante. L'une de ses petites étudiantes se trouvait dans le couloir. Comment s'appelait-elle, déjà ?

— Bonjour, docteur Castro. Je cherche Ricardo. Vous ne l'avez pas vu, par hasard?

*Rien de grave.*

— Non, répondit-il. Pourquoi?

— Ça fait plusieurs jours que je ne l'ai pas vu, lui expliqua-t-elle. Il n'est pas rentré chez lui et personne ne l'a aperçu en cours.

— C'est curieux, en effet, mais évitons de tirer des conclusions hâtives. Il a très bien pu s'enfermer quelques jours avec une fille. C'est de son âge.

Castro, qui espérait rassurer sa jeune interlocutrice, fut surpris de la voir défaite.

— Ah, laissa-t-elle tomber. Je n'y avais pas pensé.

Castro, peiné, voulut la réconforter.

— Si jamais je le vois, je lui demanderai de vous appeler.

— S'il vous plaît. Dites-lui que Leah le cherche.

— Je n'y manquerai pas, Leah. Une fois de plus, ne vous alarmez pas. Je connais suffisamment Ricardo pour savoir qu'il est assez grand pour se débrouiller tout seul.

— Sauf s'il a été pris dans les émeutes de la nuit dernière, suggéra la jeune fille.

L'explication était séduisante, aussi Castro prit-il un air inquiet.

— Je vais contacter des amis au sein de la police, au cas où ils auraient des informations.

— Pendant ce temps-là, je me charge d'appeler les hôpitaux.

— Excellente idée, approuva Castro.

Quelques instants plus tard, Leah quittait le bureau du médecin après lui avoir fourni son numéro de portable.

Castro referma le battant avec l'impression pénible que le temps lui était compté. Il devait passer à l'action au plus vite, sans attendre la tombée de la nuit, ainsi qu'il l'avait prévu. D'autant que les premiers bouchons commençaient à se former à travers la ville.

Le médecin ramassa les affaires dont il avait besoin, les enfouit dans sa trousse médicale, et fourra le tout dans un sac à dos avant de quitter définitivement ce bureau dans lequel il travaillait depuis des mois. Il abandonna ce lieu attaché à sa vie passée sans même un regard en arrière et s'enfonça dans les rues grouillantes de la ville.

# 62

*Jeudi 4 août 2016*
*13 h 30*
*Vingt-neuf heures et demie avant la cérémonie d'ouverture des Jeux olympiques*

Le portable à la main dans le couloir de Private Rio, j'ai promis à Cherie Wise de la retrouver dans sa suite du Marriott à 15 h 30, heure à laquelle le Tribunal des Favelas devait envoyer une nouvelle vidéo. Le temps de raccrocher, j'entrais dans le local technique.

Mo-bot et Sci aidaient Tavia à scruter le passé du docteur Lucas Castro. Ses états de service s'affichaient sur les six écrans géants de la pièce. J'ai examiné avec intérêt les sites et autres documents découverts sur le Net.

Castro, de l'avis unanime, était un chercheur exemplaire. Né dans une petite favela des quartiers nord de Rio, orphelin à un très jeune âge, il avait surmonté une montagne d'obstacles successifs avant d'obtenir une bourse d'études dans une université d'État où il avait apporté la preuve de son excellence.

Médecin et virologue, il était titulaire d'une double thèse qui lui avait valu une place au sein du prestigieux Institut Oswaldo Cruz, le plus grand laboratoire de recherche médicale du Brésil. Au terme de recherches brillantes, il avait pris un congé sans solde de deux ans afin de travailler pour le compte de l'Organisation mondiale de la santé.

Il avait effectué des missions en Ouganda, à Haïti, ainsi que dans le bassin du haut Amazone où l'équipe dont il faisait partie avait découvert le virus de l'Hydre. Il avait rencontré à cette occasion une jeune doctoresse brésilienne nommée Sophia Martine. Cette dernière traitait les populations locales riveraines des affluents de l'Amazone, offrant ses services aux plus pauvres parmi les pauvres. C'est ainsi qu'elle avait entendu parler d'un virus s'attaquant aux populations indigènes de la forêt tropicale.

— C'est elle, m'a précisé Tavia en pointant du doigt la photo d'une jeune femme pleine de charme traitant un bébé dans la jungle. Ils se sont mariés peu après leur rencontre. Castro a repris ses activités à l'Institut Cruz et elle a renoncé à l'Amazonie afin d'œuvrer dans les favelas pour le compte d'une ONG locale.

— Qu'est-elle devenue ?

— Elle est morte, m'a répondu Mo-bot en faisant apparaître à l'écran un certificat de décès au nom de Sophia Martine Castro.

Causes du décès : accidentelles. Traumatisme majeur.

J'ai froncé les sourcils.

— Un accident de voiture ?

— Je ne crois pas, a répliqué Tavia, l'air songeur. Il me semble me souvenir de cette affaire.

Elle a entré plusieurs termes portugais sur la version brésilienne de Google avant d'enfoncer la touche Retour. Une longue liste de réponses s'est affichée à l'écran.

— C'est bien ça. J'aurais dû établir le lien immédiatement.

Tavia a fait apparaître un article tiré du quotidien *Folha de São Paulo* qu'illustrait la photo de la jeune femme traitant le bébé dans la jungle.

— Que lui est-il arrivé ?

— Elle a trouvé la mort lors d'une manifestation d'opposants à la destruction d'une favela sur le site de l'un des stades de la Coupe du monde. Des témoins racontent qu'elle s'est approchée dangereusement de l'un des bulldozers. Le conducteur de l'engin a prétendu qu'il ne l'avait pas vue, il lui est passé sur le corps en démolissant les taudis du bidonville.

— C'est horrible, a commenté Mo-bot.

J'ai hoché la tête.

— Suffisamment horrible pour ébranler la santé mentale de son mari.

Tavia s'est tournée vers moi, les bras croisés.

— Je n'arrive toujours pas à comprendre pourquoi tu te méfies de ce type.

— Je ne le sais pas très bien moi-même, en dehors de cette moue admirative. Reste à comprendre quel intérêt il aurait pu avoir à tuer Luna Santos, la vider de son sang, et incendier sa dépouille.

— Un accès de rage, peut-être?

— C'est une explication. Tout porterait à croire que le coupable aurait agi sous l'emprise de la colère si Luna n'avait pas été porteuse de l'Hydre-9 lorsqu'elle a été abattue et brûlée.

— Et alors? s'est enquis Sci.

— Et si l'intention de l'assassin était de dissimuler l'infection? Auquel cas le meurtrier savait qu'elle était porteuse du virus. Qui, mieux que le docteur Lucas Castro, aurait pu le savoir?

— Il n'était pas le seul à pouvoir établir un tel diagnostic.

— Je te le concède.

— Jack, a repris Mo-bot. Tout ça ne nous explique pas *pourquoi* Castro aurait voulu tuer Luna. En outre, il n'existe aucun lien entre Castro et Luna. Comment croire qu'elle soit allée le consulter et qu'il ait perdu les pédales, au point de la tuer et de brûler son corps?

— Et si c'était lui qui lui avait inoculé le virus?

— Pour quelle raison? a demandé Tavia. Et comment s'y serait-il pris?

J'ai longuement étudié le certificat de naissance de Castro, affiché sur l'un des écrans.

— Je ne sais pas. Je me trompe peut-être du tout au tout, mais commençons par vérifier les certificats de décès de ses parents. Je serais curieux de savoir de quoi ils sont morts.

Mo-bot s'est ruée sur son clavier.

J'étais impatient de tout connaître du passé de Castro.

— Quelle autre base de données brésilienne nous permettrait-elle de mieux cerner le personnage ?

Tavia a réfléchi, puis elle a fait apparaître à l'écran le site des impôts. À en croire son dossier, Castro donnait des consultations à l'hôpital Geral tout en occupant une chaire de virologie à la faculté de médecine. Il était locataire d'un petit appartement à Santa Teresa. En continuant de fouiller, Tavia a découvert que Castro dirigeait également AV3 Research, dont les locaux se trouvaient dans un quartier industriel au nord-ouest de Rio.

— Jack ? m'a appelé Mo-bot. Je viens de mettre la main sur les certificats de décès des parents de Castro.

Tavia a délaissé son écran pour s'intéresser à celui de Mo-bot. Son visage s'est tendu.

— Ils sont morts de la dengue à quelques jours d'intervalle, quand Castro avait six ans.

Une hypothèse s'est imposée à moi.

— Castro peut très bien avoir hérité de ce drame son obsession des virus. Il consacre sa vie à l'étude des virus lorsqu'il croise la route de Luna d'une façon ou d'une autre. Soit elle est déjà porteuse de l'Hydre, soit il lui inocule le virus et s'efforce de maquiller sa mort.

Tavia s'est emparée de son téléphone en l'entendant sonner.

— Pourquoi s'en prendre à Luna ? a voulu savoir Mo-bot. Tu crois qu'il aurait pu la choisir au hasard ?

— Je n'y crois guère. Il ne l'a pas sélectionnée sans raison.

— Le tout est de découvrir laquelle, a approuvé Sci.

J'ai repensé aux circonstances dans lesquelles Sophia Martine Castro avait trouvé la mort. Qui était responsable de cette tragédie, du point de vue du médecin ?

Le conducteur du bulldozer ? Non.

La société de travaux publics ? Encore non.

Les dirigeants politiques qui avaient ordonné la construction des stades de la Coupe du monde, et contre lesquels sa femme manifestait le jour de sa mort? Oui. Tout indiquait qu'il s'agissait du bon scénario.

Mais alors, quel lien pouvait avoir Luna avec toute cette histoire?

— Faites une recherche sur le mari de Luna, Antonio. Je serais curieux de savoir s'il travaillait au sein du comité d'organisation de la Coupe du monde au moment de la mort de Sophia Martine.

Mon portable a sonné. Cherie Wise. Il était 15 h 28, le dernier message en provenance des ravisseurs ne tarderait plus.

— Bonjour, Cherie. Je suis désolé, je suis retenu dans les bureaux de Private Rio.

— Vous êtes chez Private Rio? m'a-t-elle hurlé dans les oreilles. Vous allez nous laisser visionner la vidéo toutes seules?

Elle donnait l'impression d'avoir bu.

— Je suis avec vous par téléphone. Les filles sont avec vous?

— Vous m'aviez promis d'être là, Jack, m'a-t-elle reproché sèchement. J'espérais au moins pouvoir compter sur vous pour ça.

Tavia m'a rejoint en m'adressant des signes.

— Je vous demande une petite seconde, Cherie.

J'ai mis l'appareil en mode silencieux.

— Je viens d'avoir Mariana Lopes, m'a expliqué Tavia. Si elle a raison, nous nous sommes fait avoir.

— Par qui?

— Par Urso. L'Ours.

# 63

Cet après-midi-là, le pilotage automatique du tout nouveau métro est resté en panne pendant trois heures, provoquant des embouteillages d'un bout à l'autre de Rio de Janeiro au moment où arrivait le gros des délégations d'athlètes.

Nous nous sommes retrouvés coincés dans un taxi avec Tavia en cherchant à rejoindre Alemão et L'Esprit. Le Tribunal des Favelas n'avait toujours pas fait parvenir à Cherie la nouvelle vidéo de son mari et je trompais mon impatience en essayant de comprendre comment nous avions pu nous laisser berner de la sorte.

Mariana Lopes avait expliqué à Tavia qu'une certaine Claudia avait été conduite d'urgence à son dispensaire, victime d'une overdose d'héroïne. Les infirmières lui avaient administré un antidote, et Claudia n'avait pas tardé à sortir du coma.

Un téléviseur allumé dans la chambre voisine diffusait un reportage sur le procès populaire qui attendait Wise et l'amende d'un milliard de dollars.

Alors que les effets de la drogue ne s'étaient pas encore dissipés, la toxico avait fait des révélations pour le moins surprenantes dans un demi-sommeil.

— Estella prétend qu'Urso est mêlé à toute cette merde. L'Américain... celui qu'ils vont juger. Tout ça, c'est du cinoche. Ils font ça pour le fric. Avec une telle fortune, Estella va enfin pouvoir se débarrasser de sa vie de merde.

Lorsque Claudia avait finalement repris ses esprits un quart d'heure plus tard, Lopes l'avait pressée de questions, mais la toxico lui avait répondu qu'elle ne voyait pas de quoi elle parlait.

— Elle a refusé d'en démordre jusqu'à son départ du dispensaire, avait raconté Lopes. La plupart des drogués à qui l'on administre des antidotes réagissent de la même façon que si on leur injectait un sérum de vérité. J'ai souvent reçu des confessions étonnantes dans ce genre de situation.

— Qui est cette Estella ? lui avait demandé Tavia.

— La sœur de Claudia, qui est aussi la petite amie d'Urso depuis très longtemps.

— Savez-vous où habite Estella ?

— Bien sûr, avait répondu Mariana en expliquant à Tavia comment se rendre chez la jeune femme.

— C'est tout près de l'endroit où nous avons rencontré Urso ensemble, la première fois, m'a précisé Tavia.

Le taxi redémarrait lentement au milieu du flot des voitures quand mon téléphone a vibré. La troisième vidéo du Tribunal des Favelas venait d'arriver. Tavia s'est empressée de la télécharger sur son iPad et nous l'avons visionnée.

Andrew Wise était toujours attaché à sa lourde chaise en bois et le décor noir qui l'entourait n'avait pas changé. Il avait beau fixer l'objectif d'un air de défi, on sentait bien qu'il encaissait l'épreuve avec difficulté.

Rayssa est apparue à l'écran derrière son masque.

— Vous avez eu tout le temps de voir les preuves et d'y réfléchir. Nous vous proposons à présent de passer au vote en utilisant Twitter, hashtag WiseCoupable ou bien VersezLeMilliard si vous estimez que M. Wise doit payer une rançon. Vous disposez de cinq heures pour voter. Les résultats seront proclamés ce soir à 21 heures.

Wise a poussé un cri en arrière-plan.

— Je n'ai donc pas le droit de me défendre dans votre tribunal bidon ?

Rayssa, surprise, s'est retournée.

— Très bien. Je vous accorde cinq minutes.

Le milliardaire, gonflé à bloc, a regardé la caméra.

— Mon entreprise, WE, a-t-elle construit des stades pour les Jeux olympiques et la Coupe du monde? La réponse est oui. Nous avons participé à un appel d'offres aux côtés de nombreuses firmes concurrentes et c'est notre proposition qui a été retenue.

— Vous avez escroqué le peuple brésilien, l'a contredit Rayssa.

— Nous avons fait au Brésil l'offre la plus intéressante pour lui, a rétorqué Wise. Le gouvernement était libre de la refuser, il l'a acceptée. Si vous cherchez un coupable, adressez-vous à eux. Je fais des affaires pour engranger des bénéfices, que ça vous plaise ou non. Si vous n'êtes pas d'accord avec le système, vous n'aviez qu'à proposer vous-même une offre plus avantageuse.

— Une grande partie des documents que nous avons divulgués concernent des rectificatifs postérieurs à l'appel d'offres.

— Les prix des matières premières comme le ciment et l'acier changent dans le bâtiment comme ailleurs, s'est défendu le milliardaire d'un air supérieur. L'une des clauses du contrat prévoyait explicitement le versement de sommes complémentaires si les surcoûts dépassaient un certain seuil. Il n'y a rien de malhonnête à ça. C'est la façon dont se traitent les affaires partout dans le monde.

Wise a reporté son attention sur l'objectif.

— Ne croyez pas toutes ces idioties du Tribunal des Favelas. C'est un simple paravent. Ces gens n'ont aucune intention de venir en aide aux plus pauvres, ils en veulent simplement à mon argent. Si vous êtes d'accord avec moi, votez en utilisant le hashtag WiseInnocent et...

Des parasites ont brusquement brouillé l'écran pendant de longues secondes avant que réapparaisse la silhouette de Rayssa.

— Vous avez le choix entre le baratin d'un milliardaire et les faits incontestables présentés par le Tribunal des Favelas. Le vote est ouvert.

L'écran a viré au noir. J'ai aussitôt contacté mes techniciens.

— Ils ont tenté maladroitement d'effacer une partie de l'enregistrement, m'a expliqué Sci.

— Aurais-tu un moyen de récupérer ces images ?

— C'est déjà fait. Je te les transmets à l'instant.

L'iPhone de Tavia a émis un bip, lui signalant l'arrivée du fichier.

Elle a ouvert le document et nous avons découvert une mauvaise image de Wise, comme prise à travers une tempête de neige.

— Ne leur versez pas un centime, nasillait-il au milieu des crépitements.

Le gros type vêtu de noir, les traits dissimulés derrière un nouveau masque de samba, a surgi à la gauche de Wise qu'il a fait taire d'un coup de poing en pleine figure avant de le bâillonner.

Tavia a hoché la tête avec virulence.

— Je te parie que c'est Urso.

— Dans ce cas, qui est Rayssa ? Estella ?

Tavia m'a montré du doigt les favelas qui s'étageaient sur la colline, face à nous.

— Nous ne tarderons pas à le savoir.

# 64

*Jeudi 4 août 2016*
*17h10*
*Vingt-cinq heures et cinquante minutes avant la cérémonie d'ouverture des Jeux olympiques*

Le soleil menaçait de disparaître derrière les montagnes, plongeant dans la pénombre les ruelles de la favela de Spiritu. Le bruit, l'odeur, le décor semblaient plus déprimants que jamais.

Le bidonville, telle une ruche, irradiait d'une énergie bouillonnante, mais la promiscuité et les piètres conditions de vie de ses habitants venaient confirmer les accusations du Tribunal des Favelas.

Qu'en aurait-il été si les milliards dépensés pour la Coupe du monde et les Jeux olympiques avaient servi à construire des écoles, des logements? Ou même un réseau de distribution d'eau potable?

De quoi satisfaire les besoins les plus élémentaires. N'avions-nous pas le devoir moral de fournir une existence digne à ces gens?

Était-il acceptable de laisser vivre des êtres humains dans des taudis sillonnés par des égouts?

Ce n'était pas mon point de vue, et je m'en suis ouvert à Tavia.

— Ce n'est pas moi qui te dirai le contraire, a-t-elle réagi. Mais comment savoir si Wise n'a pas raison? Si ce Tribunal des Favelas ne dissimule pas une énorme arnaque?

— Dans ce cas, pourquoi organiser ce vote bidon sur Twitter ?

— Les ravisseurs cherchent peut-être à faire d'une pierre deux coups : dénoncer les dérives de Wise tout en empochant le pactole.

— C'est possible. Mais aussi malin soit-il, je vois mal Urso mettre sur pied à lui seul une opération pareille.

— Je ne commettrais pas l'erreur de le sous-estimer, a répliqué Tavia. Je suis pourtant d'accord avec toi : l'idée de s'en prendre à un milliardaire colle mal avec son image de racaille de bidonville.

— À en croire les jumelles, c'est Rayssa qui mène la danse.

— Attends un instant.

Tavia s'est approchée d'une femme plantée devant l'entrée de son taudis. C'est à peine si j'ai capté quelques mots de leur conversation, à part le nom d'Estella. Le visage de la femme s'est renfrogné et elle a fait un geste sur la droite, vers les hauteurs de la favela.

— Je sais à peu près où elle vit, m'a expliqué Tavia avant de m'entraîner dans un dédale de ruelles.

Nous avons croisé deux boyaux à flanc de colline avant de nous engager sur le troisième. La venelle, large de moins d'un mètre, était si étroite que nous ne pouvions croiser de front les autres passants. Les odeurs qui s'échappaient des maisons formaient un tourbillon d'effluves plus ou moins nauséabonds.

Tavia s'est immobilisée devant une porte bleue constellée d'étoiles peintes. Elle a frappé du poing contre le battant, de l'autre côté duquel nous parvenait le son d'un téléviseur. Une main invisible a légèrement écarté le rideau de la fenêtre.

— Qui est là ? a demandé une voix aiguë.

— Je m'appelle Tavia. Je suis une amie d'Urso.

— On dirait pas.

La remarque a fait sourire Tavia.

— Il a travaillé pour moi la semaine dernière, je souhaite lui confier un autre boulot.

— Urso est pas là. Allez voir chez lui.

— Nous y sommes déjà passés. Où se trouve Estella?

— Elle est absente, a fini par répondre la voix après un battement. Comment vous la connaissez?

— Par Urso, a répliqué Tavia sur un ton aimable. Ouvrez-moi, je ne mords pas. Je voudrais vous parler un instant.

Son interlocutrice a longuement hésité avant de se décider à retirer la chaîne de sécurité. La porte s'est entrouverte sur une ravissante fillette d'à peine huit ans. Elle nous a dévisagés d'un air méfiant.

— Comment t'appelles-tu? s'est enquise Tavia en s'accroupissant.

— Milena.

— Milena. C'est un joli nom. Je m'appelle Tavia, et voici Jack.

Elle a posé sur moi un regard empreint de curiosité.

— *Americano?*

J'ai souri.

— Oui, de Californie.

Elle a levé le pouce en signe d'appréciation.

— Estella adore la Californie.

— Comme tout le monde.

— Estella est ta maman? lui a demandé Tavia.

Milena a répondu oui d'un hochement de tête.

— Où est-elle?

— Au travail, je suppose. Elle était partie quand je suis rentrée de l'école.

Je me suis immiscé dans la conversation en utilisant Tavia comme traductrice:

— Où travaille Estella?

Milena a haussé les épaules.

— Je sais pas. Quelque part à Copacabana.

— Que fait-elle?

— Je viens de te le dire, m'a-t-elle riposté d'un air agacé. Elle travaille.

— Connaîtrais-tu le nom de l'endroit où elle travaille? a insisté Tavia.

— Sénateur, ou un truc comme ça.

— Sénateur?

— Tu sais, l'homme qui est moitié cheval.

— Le Centaure? a immédiatement réagi Tavia.

Milena a opiné.

Tavia a fouillé ses poches avant d'en sortir un billet de cinquante *reais.*

— Tiens, achète-toi ce qui te fera plaisir.

Milena, les yeux écarquillés, lui a arraché des mains l'argent qu'elle a serré contre sa poitrine.

— Merci.

— Merci à toi, Milena. Bonne chance.

La petite fille a refermé la porte après m'avoir lancé un dernier regard.

— Tu connais cet endroit, le Centaure?

— Et comment, s'est exclamée Tavia. C'est sans doute le lieu le plus célèbre de Rio.

# 65

*Jeudi 4 août 2016*
*18 heures*
*Vingt-cinq heures avant la cérémonie d'ouverture des Jeux olympiques*

Le Centaure est le bordel le plus légendaire de la planète.

Des stars masculines du monde entier ont été photographiées en train d'en sortir, y compris Justin Bieber encore tout récemment, alors qu'il tentait de fuir en se cachant le visage derrière un drap.

Les paparazzi ne l'ont pas raté.

— L'établissement est dirigé par des femmes, et rien que des femmes, m'a expliqué Tavia en me désignant un immeuble d'apparence quelconque.

Au-dessus de la porte était accroché un bas-relief représentant un centaure, une serviette autour du cou.

— En dehors des clients, les seuls hommes autorisés à fréquenter cet endroit sont les barmen, le caissier et les videurs que tu aperçois là-bas, a poursuivi Tavia en me désignant deux malabars en smoking. Comme tu es un gringo, tout le monde va chercher à te soutirer de l'argent. À commencer par les videurs. Le lieu est conçu pour vider les poches de ceux qui s'y aventurent. Évite de l'oublier. Chacun va y aller de son petit couplet.

— Ta chanson a beaucoup de couplets?

— Des millions. On va te pousser à prendre une chambre plus chère sans te la donner pour autant. Tu paieras le double à l'entrée uniquement parce que tu es américain, ils gonfleront les prix du menu rien que pour toi. Tu vois le topo.

— L'établissement fonctionne en toute légalité?

— À condition de graisser la patte aux bonnes personnes, les boîtes de ce genre sont légales à Rio. Les filles, que l'on surnomme les *garotas*, possèdent toutes une licence et subissent un examen médical deux ou trois fois par semaine.

— Pourquoi me racontes-tu tout ça?

— Parce que je ne peux pas t'accompagner. Le Centaure est réservé aux hommes.

— Quelle bande de sexistes, ces Brésiliens.

— Dès qu'il s'agit des bordels, c'est le cas.

— Comment se fait-il que tu sois aussi bien informée, puisque tu n'es pas un homme?

Le visage de Tavia s'est assombri.

— L'une des filles du Centaure a été assassinée il y a quelques années, à l'époque où j'étais encore dans la police. J'ai interrogé la plupart de celles qui travaillaient là. Elles m'ont expliqué le fonctionnement du lieu.

— Très bien. Je te préviens dès que j'ai mis la main sur Estella.

— Si jamais on te pose des questions, contente-toi de répondre que tu es un vieux copain du centaure. Et reste habillé.

— Tu ne veux pas que je parade tout nu à l'intérieur?

Elle a éclaté de rire.

— Évite de parader tout court, même habillé.

— À vos ordres.

Le temps de l'embrasser, je descendais de voiture.

# 66

Je ne sais pas ce que je déclenche chez les videurs. Il faut croire que j'émets à mon insu de mauvaises vibrations, il suffit que je m'approche d'une porte gardée pour qu'ils serrent les rangs.

Et ça n'a pas raté. Les malabars m'avaient à peine vu traverser la rue qu'ils se mettaient en travers de la porte en bombant le torse, bras croisés.

Celui de droite, bâti comme un boxeur, était grand, alors que son collègue ressemblait à une armoire à glace avec son cou de taureau. Ils m'ont regardé d'un œil mauvais sans desserrer les dents.

Je me suis lancé.

— Le Centaure est fermé?

— C'est ta première fois? a répliqué l'Armoire.

Fidèle aux conseils de Tavia, j'ai ri.

— Je suis un vieil ami du centaure.

— Cinquante *reais*, a décrété le Boxeur.

J'ai affiché un air las.

— Allez, les gars. Ça fait des années que je viens ici. Je paierai à l'accueil comme tout le monde, sans oublier de vous glisser un pourboire en sortant.

— Je te reconnais pas, a répliqué l'Armoire. Pourtant, je suis physionomiste.

— Bizarrement, je ne te reconnais pas non plus.

J'ai tendu la main en direction de son collègue.

— Lui, je m'en souviens. Je crois même lui avoir refilé un gros pourboire la dernière fois.

Le Boxeur m'a dévisagé longuement avant de hocher la tête.

— Oui, je m'en souviens.

Je me suis tourné vers l'Armoire.

— Tu vois bien !

Le malabar s'est écarté à contrecœur.

Le type installé derrière la caisse a voulu me tondre à son tour.

— C'est la première fois ? m'a-t-il demandé d'une voix rauque.

Il avait un goitre et des yeux globuleux qui trahissaient une malformation thyroïdienne quelconque.

J'ai recommencé mon speech à l'intention de Globule, ce qui ne l'a pas empêché de me réclamer quarante pour cent de plus que les cent *reais* habituels. Je lui ai montré que je n'étais pas dupe en lui tendant un billet de cent.

Il m'a regardé comme si j'appartenais à une espèce inférieure, ce qui ne manquait pas de sel à le voir, puis il m'a tendu un bracelet, une clé de casier, et m'a fait signe de franchir la porte de verre.

Je me suis rendu dans le vestiaire, à gauche au bout du couloir, où plusieurs hommes étaient en train de se déshabiller sous les yeux d'une vieille femme de ménage. Je lui ai donné un pourboire, conformément aux recommandations de Tavia, et elle s'est empressée de me montrer mon casier, ravie.

Je retirais mes vêtements quand j'ai senti des ongles me caresser le dos. En tournant la tête, je me suis retrouvé nez à nez avec une sosie de la chanteuse Nicole Scherzinger en robe noire, tout sourires.

— D'où viens-tu ? m'a-t-elle demandé dans un anglais correct.

— Je suis américain.

— Hmmmm ! J'adore les États-Unis. Comment tu t'appelles ?

— Jack.

Elle m'a regardé de la tête aux pieds.

— T'es plutôt beau gosse, Jack.

Je l'ai imitée.

— Tu n'es pas mal non plus.

Ma réaction l'a amusée.

— Je m'appelle Vitoria. Je te plais? On monte?

Tavia m'avait prévenu. Certaines filles chopent les clients à l'entrée avant même qu'ils aient pu monter à l'étage où sévissent la plupart de leurs collègues.

— C'est gentil, mais je préfère me balader un peu.

Une moue aux lèvres, elle a peigné d'une main ses longs cheveux noirs.

— Tu me trouves pas belle?

— Si, tu es ravissante.

Ma réponse a fait revenir son sourire.

— Super. Alors on y va? Tu n'oublieras jamais Vitoria de toute ta vie. Il suffira que tu fermes les yeux pour te souvenir de moi.

— Je n'en doute pas, mais un copain m'a recommandé d'aller voir Estella, et c'est elle que je voudrais rencontrer.

Ses yeux se sont écarquillés et son joli petit nez s'est retroussé.

— À chacun ses goûts, Jack, a-t-elle conclu d'un air désapprobateur.

# 67

J'ai regardé Vitoria s'éloigner non sans inquiétude en me demandant ce qui motivait sa réaction.

Tavia m'avait prévenu que le Centaure avait des filles pour tout le monde, hormis les pédophiles. Toutes les pensionnaires du lieu avaient plus de dix-huit ans, la direction y veillait scrupuleusement. À cette exception près, tout était permis.

J'ai achevé de me déshabiller avant d'enfiler l'un des peignoirs en éponge empilés sur les tables du vestiaire. Dieu seul savait quelle était la spécialité de la femme d'Urso.

J'ai glissé mes pieds dans des sabots en plastique et je suis monté à l'étage, guidé par la musique. Je me suis avancé dans une pièce en L de dimensions moyennes dans laquelle trônait un bar. Le lieu était plongé dans la pénombre, ce qui ne m'a pas empêché de compter une vingtaine de types en peignoir et pas moins d'une cinquantaine de filles de tous les modèles et de toutes les tailles, vêtues de lingerie fine.

J'avais à peine fait quelques pas qu'elles se ruaient sur moi, m'entouraient, me comblaient de sourires, me couvaient de regards approbateurs et me posaient des questions en m'effleurant. Celles qui se trouvaient derrière moi me chuchotaient à l'oreille, pressées lascivement contre mon dos, en me récitant leurs spécialités. J'ai compris ce qu'avait dû ressentir Ulysse, attaché au mât de son navire, en entendant le chant des sirènes.

Au bout d'une vingtaine de secondes de ce régime… bon, peut-être une trentaine, plusieurs de mes assaillantes ont pris quelques libertés avec mon peignoir et j'ai dû mettre le holà à leurs ardeurs.

— Je vous en prie, mesdames. Vous êtes toutes adorables, mais je suis venu voir Estella.

Elles ont brusquement reculé et leurs sourires enjôleurs ont cédé la place à des moues nettement plus douteuses.

— Elle est là, ce soir?

Une petite rousse a levé les yeux au ciel.

— Dans le coin là-bas, Monsieur Drôle-de-Goût, mais elle a l'air occupée.

En suivant son regard, j'ai découvert un gros Chinois installé sur un canapé. Il s'est versé un grand verre d'une bouteille de Johnnie Walker Red qui rafraîchissait dans un seau à glace. Déjà soûl à en juger par la façon dont il faseyait, il a vidé son verre en deux gorgées, puis il a adressé un sourire lubrique à sa voisine, une ravissante petite brune en déshabillé noir au ventre très rebondi de femme enceinte.

# 68

Vous voulez savoir si j'étais dégoûté?

La réponse est oui.

Je crois n'avoir jamais assisté à une scène plus immonde. Mon premier réflexe a été de m'éloigner le plus rapidement possible, à l'image de Vitoria quelques minutes plus tôt. Le regard écœuré de toutes ces filles qui m'observaient comme si j'étais encore plus répugnant que Globule n'arrangeait rien.

Je m'apprêtais à appeler Tavia sur mon portable afin de lui demander conseil lorsqu'un coup d'œil en direction d'Estella m'a montré qu'elle n'était pas à la noce avec son client.

Sans même réfléchir, je me suis approché du couple assis sur le canapé.

— Estella?

Elle a papilloté des yeux, s'est redressée, et m'a lancé un regard interrogateur.

— Chacun son tour, a marmonné le Chinois alcoolisé qui n'avait plus les yeux en face des trous.

Je l'ai superbement ignoré.

— Je te donne le double de ce qu'il t'a proposé, sans parler du pourboire.

Estella m'a souri, contrairement au Chinois qui a voulu monter au créneau.

— Eh, gringo! Elle est avec moi.

— Ce n'est pas ce que j'ai cru comprendre. Tu es sûr d'avoir bien fait vérifier ton bracelet par Globule, à l'entrée?

Le sourire d'Estella s'est élargi. Elle a voulu se lever, mais le Chinois l'a immobilisée sur le canapé d'un bras gras.

— Tu bouges pas de là, espèce de salope.

Je ne comprends pas pourquoi les gens veulent toujours tout compliquer.

Le poing serré, la première phalange du médium en avant, j'ai frappé le Chinois derrière la mâchoire, juste au-dessous de l'oreille. Il a laissé échapper un couinement de douleur en lâchant Estella et s'est affalé sur le canapé, prêt à vomir sur son peignoir en éponge.

J'ai tendu la main à Estella.

— Tu permets?

La petite amie d'Urso, toutes dents dehors, ne s'est pas fait prier et nous avons traversé la pièce sans nous soucier des regards obliques des autres filles. Elle m'a conduit à travers un labyrinthe de couloirs jusqu'à une chambre meublée d'un lit et d'une douche, les murs et le plafond tapissés de miroirs.

Elle a refermé la porte.

— On prend une douche ensemble?

Je lui ai montré mon badge aux armes de Private.

— Ce ne sera pas nécessaire.

Estella a levé les yeux au ciel.

— T'as des problèmes de fin de mois? Tu viens de me coûter un vrai client.

— Je ne suis pas flic. Je cherche ton mari, Urso.

Ma réponse l'a cueillie à froid. Elle a instinctivement posé les yeux sur la porte d'un air apeuré.

— Urso n'est pas mon mari.

— Peut-être, mais je suis prêt à parier que c'est le père de ton bébé.

— Qu'est-ce qu'il a fait?

— Je compte sur toi pour me le dire.

— Non, s'est-elle défendue en essayant de s'échapper. Je ne sais rien.

Je me suis mis en travers de son chemin.

— Ce n'est pas ce que raconte ta sœur Claudia.

— Claudia n'est qu'une toxico, a ricané Estella. Personne ne la croit jamais. Laisse-moi sortir ou je hurle que tu as voulu tuer mon bébé.

— Et moi, je hurle que tu appartiens à la bande qui a enlevé un milliardaire. Tu accoucheras en prison et Dieu sait ce qu'il adviendra de Milena.

L'argument a fait mouche.

— Laisse mon bébé et Milena en dehors de ça. Je n'ai rien à voir avec les histoires d'Urso.

— Mais tu sais qu'il est mêlé à l'enlèvement de Wise.

Estella, les mains crispées sur son ventre, le regardait comme s'il recelait des secrets terribles.

— Nous avons les moyens de te protéger.

— Non, a répliqué Estella d'une voix perdue.

— Bien sûr que si. Et il y a de l'argent pour toi si tu nous aides.

Estella s'est laissée tomber sur le lit en tremblant.

— De l'argent?

— Beaucoup d'argent.

— Combien? Cinquante mille *reais*? Cent mille? a-t-elle demandé en serrant ses bras autour de son ventre.

— Trois millions de dollars me sembleraient plus équitables si tes informations permettent de libérer M. Wise. Assez pour quitter cet endroit et recommencer à zéro ailleurs, offrir un avenir à Milena et à ton bébé.

Elle a ouvert de grands yeux.

— Trois millions. Impossible.

— Urso réclame un milliard, au cas où tu n'aurais pas regardé la télévision. Trois millions, c'est une goutte d'eau à côté.

Estella a secoué la tête.

— Un milliard? Il est malade ou quoi?

— Je te laisse juge.

— Non, je suis certaine que c'est à cause de cette cinglée de salope qui croit tout savoir au prétexte qu'elle a fait des études. Elle lui a mis la tête l'envers.

— Rayssa ?
— Elle s'appelle pas Rayssa, mais Amelia.

## 69

Amelia? La fille adoptive de Mariana Lopes? L'amie des jumelles Wise?

Tout s'expliquait, même s'il restait bien des questions en suspens. Amelia Lopes avait rencontré Alicia et Natalie au lendemain de leur arrivée à Rio. Elle avait eu tout le loisir de découvrir leur véritable identité et de mettre au point l'enlèvement.

Les filles affirmaient pourtant n'avoir révélé leur identité à personne. En outre, n'auraient-elles pas reconnu la voix d'Amelia, dans son rôle de Rayssa? Une idée prenait sournoisement possession de mon esprit.

— Ils vont tuer Urso pour ça, pas vrai? a gémi Estella. Ils tireront à vue sur mon Ours et mon bébé n'aura jamais de père.

Un coup frappé à la porte m'a empêché de répondre.

— *Tempo*, a fait une voix de femme.

Les quarante minutes réglementaires étaient écoulées.

Je me suis assis sur le lit à côté d'Estella.

— Si on veut essayer de sauver Urso, il faut commencer par te sortir d'ici.

Cette seule idée la terrorisait.

— C'est interdit. Je dois rester jusqu'à la fin de mon service.

— On n'a plus le temps. Plusieurs personnes veulent te poser des questions.

— *Polícia?*

— Oui.

— J'ai pas confiance en eux.
— Parce que tu as confiance en Amelia, peut-être?
On a frappé à nouveau.
— *Tempo!*
J'avais mille autres questions à poser à Estella, j'aurais pu acheter du temps, mais nous ne pouvions pas rester là. Il nous fallait quitter le Centaure au plus vite.
— Tu vas devoir m'accompagner si tu veux l'argent de la récompense. Va t'habiller, on se retrouve à l'entrée du vestiaire.
— Ils nous empêcheront de sortir.
— Personne ne m'empêchera de rien.
— OK, a fini par dire Estella du bout des lèvres.
Nous avons quitté cette chambre sordide avant d'aller nous changer, chacun de notre côté. J'attendais Estella depuis une éternité, j'en arrivais à me demander si elle n'avait pas pris peur ou si elle ne s'était pas enfuie lorsqu'elle m'a enfin rejoint à l'entrée du vestiaire, vêtue d'une robe de maternité noire informe, plus terrorisée que jamais.
— Suis-moi et laisse-moi faire.
J'ai tendu un billet de cent *reais* à Globule.
— Garde tout.
Repérant Estella, il s'est écrié :
— Eh! Où tu vas, comme ça?
Estella s'est caressé le ventre d'une mine piteuse.
— Je suis malade. Mon copain me ramène à la maison.
— Ça marche pas comme ça.
Je me suis interposé.
— Tu feras une exception pour aujourd'hui.
Il a glissé la main sous le bureau. Avant qu'il ait eu le temps de sortir une arme, j'ai glissé un bras à travers le trou de la vitre et je l'ai saisi brutalement par le col en tirant de toutes mes forces. Ses genoux ont émis un bruit sinistre sous le bureau, je lui ai écrasé le visage contre le carreau et il s'est écroulé.
Je me suis retourné, les oreilles vrillées par un cri de femme. Vitoria. J'ai agrippé Estella par le bras.
— Il faut y aller. Vite!

Nous avons franchi à toute vitesse la porte de verre et tourné à gauche dans le couloir en pente recouvert d'herbe synthétique qui menait à l'entrée. Je m'étais montré optimiste en m'imaginant que nous serions sortis avant que les videurs réagissent.

Nous étions à mi-chemin de la sortie quand l'Armoire et le Boxeur ont fait irruption dans le couloir, le premier armé d'une matraque, le second d'un gourdin.

# 70

J'ai poussé Estella en arrière en voyant le Boxeur s'avancer. Je me suis jeté sur lui en le prenant à bras-le-corps avant qu'il ait pu me frapper tout en lui expédiant un coup de genou dans le ventre.

Le Boxeur s'est effondré en poussant un cri sourd et je me suis tourné vers l'Armoire. Sa matraque s'est abattue sur mon épaule gauche, manquant mon visage de peu. Je ne sentais plus mon bras.

Il levait la main, prêt à recommencer, quand je lui ai assené un grand coup au niveau du triceps de mon poing valide. Déséquilibré, il a tenté de me frapper à nouveau, mais j'ai réussi à esquiver le coup et j'ai répliqué en lui envoyant une manchette au niveau de la trachée. Il est tombé à genoux, le souffle coupé, en lâchant sa matraque.

Je me suis empressé de la ramasser et j'ai tendu la main à Estella.

— Vite !

Elle a enjambé les deux videurs en ouvrant de grands yeux. À peine franchie la porte d'entrée, je suis tombé sur un troisième malabar que j'ai assommé d'un coup de matraque en plein front.

Tavia, qui nous guettait, s'est arrêtée le long du trottoir dans un long crissement de pneus. J'ai poussé Estella sur la banquette arrière et je me suis précipité à l'avant.

— Alors ? m'a demandé Tavia en enclenchant une vitesse.

— J'ai la curieuse impression d'avoir échappé à l'un des cercles de l'enfer, mais je crois que nous tenons enfin…

*Bing!* La lunette arrière a volé en éclats.

Tavia a enfoncé la pédale d'accélérateur pendant que je me retournais.

À travers la vitre éclatée, j'ai vu Globule, en sang, se lancer à notre poursuite en braquant le canon de son arme dans notre direction.

# 71

*Jeudi 4 août 2016*
*19h30*
*Vingt-trois heures et demie avant la cérémonie d'ouverture des Jeux olympiques*

Un mince croissant de lune argenté s'était levé à l'est et c'était tout juste si les lumières de Lebon et d'Ipanema, loin en contrebas, chassaient l'ombre dans la petite clairière que dominaient les monts Dois Irmãos. Amelia Lopes tendit l'oreille, à l'écoute de la rumeur qui s'échappait de la jungle. Le chant des rainettes et celui des grillons, le bruissement des oiseaux dans les arbres. L'équilibre parfait de la nature.

Un coup de klaxon dans le lointain lui fit tourner la tête en direction des favelas, au-delà des quartiers riches brillamment illuminés, lui rappelant d'un coup d'œil tout ce que Rio en particulier et la planète en général suscitent de déséquilibres.

Les très riches. Les très pauvres. Aucune ville au monde ne générait autant d'inégalités que Rio de Janeiro. En l'espace d'une poignée de kilomètres, on passait de l'opulence la plus insolente à la misère la plus sordide. Un constat amer qui avait poussé Amelia Lopes à se réinventer en Rayssa.

Rayssa la guerrière. Rayssa la révolutionnaire.

Elle portait son surnom à la façon d'une armure. Autant Amelia était passive, prudente et incapable de violence, autant

Rayssa était visionnaire, audacieuse, et cruelle. Voire fatale, le cas échéant.

*Un milliard de dollars*, pensa-t-elle en regagnant les baraquements dissimulés au milieu des arbres, tout en haut de la clairière. Elle se dirigea vers le plus petit des cabanons, celui où Andrew Wise était retenu prisonnier. *Pense à tout le bien qu'on pourrait faire dans les favelas de Rio avec un milliard de dollars. Pense au mouvement que ça déclencherait.*

Prise de ferveur, elle adressa un mouvement de tête à l'homme de main d'Urso qui montait la garde devant la porte et franchit le seuil de la pièce. Wise était toujours ligoté à sa chaise, le visage dissimulé sous une cagoule, le menton sur la poitrine. Sans doute le magnat l'avait-il entendue car il releva la tête pesamment.

— De l'eau, demanda-t-il.

Rayssa fit la sourde oreille.

— Je me disais que vous voudriez savoir où en était le vote. Il reste encore deux heures avant la fin du scrutin.

— Je m'en fiche. Je veux boire. Et manger.

— Le total des tweets envoyés sur les hashtag WiseCoupable et VersezLeMilliard s'élève à plus de 23 millions, contre 11,2 millions pour le hashtag WiseInnocent, répliqua Rayssa.

Le magnat la rappela alors qu'elle quittait la pièce.

— S'il vous plaît. C'est inhumain.

Elle s'immobilisa net et tourna la tête.

— Bienvenue dans le monde de la faim et de la soif, monsieur Wise, cracha-t-elle. Vous savez maintenant ce que ressentent les pauvres.

Elle l'abandonna à son sort, recommandant au garde d'attendre une heure avant de nourrir le prisonnier, histoire de lui remettre les idées en place.

Le groupe électrogène se mit en route, couvrant de son ronronnement les bruits qui montaient de la jungle. Insensible au décor qui l'entourait, Rayssa rejoignit le bâtiment principal, sur le toit duquel étaient fixées les paraboles. Elle trouva Alou, le petit pickpocket, devant son écran.

Elle observa un moment le jeune génie, fascinée par sa jeunesse et son intelligence. La société n'avait pourtant pas voulu de lui, au prétexte qu'il était né dans un taudis. Sa chance avait été de trouver une place dans l'orphelinat de Mariana, d'avoir accès à un ordinateur très jeune. Rayssa se félicitait de l'avoir encouragé dans…

Son portable sonna. Elle fronça les sourcils en reconnaissant le numéro de sa mère.

— Maman?

— Tu décroches pour une fois? lui demanda Mariana Lopes sur un ton de reproche.

— Mon travail de thèse me prend tout mon temps, je te l'ai déjà dit.

— Tu n'empêcheras jamais une mère de vouloir entendre la voix de sa fille de temps à autre.

En dépit du dévouement et de la bienveillance dont elle faisait preuve à longueur de journées, la mère d'Amelia ne pouvait s'empêcher de la culpabiliser.

— Cela dit, si tu n'as pas le temps de me parler, je comprends, poursuivit Mariana.

S'il n'avait tenu qu'à elle, Rayssa aurait raccroché sans autre forme de procès, mais Amelia eut soudain le sentiment que l'existence de Rayssa touchait à sa fin. Pour la première fois, elle prit conscience de ses actes.

— J'ai dix minutes devant moi, maman, répondit-elle, laisse-moi juste le temps de trouver un petit coin tranquille pour te parler.

# 72

— Tu m'entends, maman? a résonné la voix d'Amelia Lopes dans le haut-parleur.

Mariana Lopes a jeté un coup d'œil en direction de Sci et Mo-bot, qui s'efforçaient de localiser Amelia, puis elle s'est tournée vers Tavia. Cette dernière l'a encouragée d'un signe de tête.

— Je t'entends très bien, ma chérie, a répondu Mariana d'une voix qui tremblait légèrement, mal remise du choc ressenti en apprenant que sa fille était à l'origine du Tribunal des Favelas.

Elle avait refusé d'y croire dans un premier temps, jusqu'à ce que la femme d'Urso, Estella, lui avoue la vérité. Comment Amelia avait rencontré l'Ours, comment elle l'avait séduit et endoctriné au lendemain de son expulsion de la favela d'Alemão.

— Elle lui a fait croire que notre mode de vie était une honte, lui avait expliqué Estella. Elle lui a fait croire que laisser pourrir la situation était encore plus honteux.

Le propos reflétait sans doute la personnalité d'Amelia car Mariana avait éclaté en sanglots, les épaules voûtées, avant d'accepter de nous aider.

Je la sentais plus sûre d'elle à mesure que s'engageait la conversation avec sa fille. Elles ont discuté des problèmes de l'orphelinat, de la hanche de Mariana qui la handicapait au point d'envisager une opération, de la fin des recherches d'Amelia et de son retour prochain à Rio.

— J'attends que les Jeux soient terminés pour rentrer, a expliqué Amelia. Il y aura trop de monde avant.

Mariana nous a regardés. J'ai dessiné un moulinet avec l'index et elle a continué de poser des questions à sa fille au sujet de sa thèse.

— Maman, je vais devoir y aller, a fini par déclarer Amelia au bout de deux minutes.

— Ah, lui a répondu Mariana, de plus en plus tendue. Bien sûr. Tu m'appelles demain?

— Si je peux. Maman?

— Oui, ma chérie?

— Tu es fière de moi? De la façon dont j'ai mené mon existence jusqu'ici?

Mariana nous a jeté un coup d'œil. Tavia a hoché la tête et j'ai tourné mon index de plus belle.

— Maman?

— Bien sûr, que je suis fière de toi, a répliqué Mariana, les larmes aux yeux. Tu es intelligente, bienveillante, et tu as des convictions.

Un reniflement s'est échappé du haut-parleur.

— Merci, maman. J'avais besoin que tu me le dises.

— Amelia, tu es sûre que ça va?

— Oui, tout va bien, a assuré sa fille en reniflant à nouveau. Je t'aime.

— Je t'aime aussi.

La communication a pris fin et Mariana s'est effondrée.

Je me suis approché des techniciens en laissant à Tavia le soin de la réconforter.

— Vous avez pu la localiser?

— Attends une seconde, m'a fait taire Mo-bot sans relever la tête, hypnotisée par son écran, à l'image de Sci.

Ils se sont escrimés sur leurs claviers avant de s'arrêter brusquement dans un même élan.

— On la tient! s'est écriée Mo-bot avec un sourire de satisfaction.

— Le temps que le logiciel cherche, a précisé Sci, et nous serons en mesure de la géolocaliser à trois mètres près.

J'ai rejoint Mariana.

— Vous avez été formidable, la félicitait Tavia.

— J'ai l'impression d'être un Judas.

J'ai voulu la rassurer.

— Vous avez montré votre grandeur d'âme en cherchant à protéger votre fille.

Mariana a brièvement croisé mon regard.

— Ne la tuez pas. Je vous en prie. Je n'ai pas d'autre enfant.

J'ai froncé les sourcils.

— Nous ne sommes pas des assassins, *senhora* Lopes. Jamais nous ne lui ferons le moindre mal volontairement, mais n'oublions pas qu'elle s'est rendue coupable de kidnapping, de meurtre et de terrorisme. Elle sera jugée…

— Voilà ! s'est exclamé Sci.

— On l'envoie sur l'écran, a ajouté Mo-bot.

Une vue par satellite de Rio a surgi sur l'écran. Une épingle rouge clignotait sur le flanc nord des montagnes des Deux Frères. Sci a actionné le zoom et modifié légèrement l'angle de vue de façon à rendre la photo plus lisible. Amelia se trouvait dans la jungle à cinq ou six cents mètres à l'est de la favela de Rocinha, au pied d'un à-pic rocheux vertigineux.

Sci a encore agrandi l'image dont Mo-bot a accentué la netteté à l'aide de filtres. L'épingle clignotait à l'extrémité d'une clairière étroite bordant une série de baraquements disséminés entre les arbres.

— Si c'est là qu'ils retiennent Wise prisonnier, ça ne va pas être de la tarte de les surprendre, a constaté Tavia. À pied, il faudra traverser Rocinha ou Vidigal, les ravisseurs seront immédiatement alertés. Ils ont dû poster des sentinelles sur tous les sentiers menant aux favelas, voire dans les arbres qui entourent la clairière.

— Il suffit d'utiliser un hélicoptère, a suggéré Sci.

— Nous perdrions l'avantage de la surprise, a remarqué Tavia. Sans parler des conséquences si Amelia a réussi à fanatiser ses adeptes. Mais je suppose que nous n'avons pas le choix.

Hypnotisé par les falaises abruptes des monts des Deux Frères, j'ai repensé à un épisode vieux de deux ans.

— Peut-être que si, après tout.

# 73

Le docteur Lucas Castro attendit la nuit avant de récupérer sa voiture dans le parking souterrain. Il multiplia les détours afin de s'assurer qu'il n'était pas suivi et rejoignit la zone industrielle aux alentours de 20 h 15.

*Plus que vingt-trois heures*, pensa-t-il en parcourant les rues désertes. *Mon sacrifice n'aura pas été vain. Plus rien ne sera jamais comme avant.*

Le médecin tourna le coin de la rue et pesa sur le frein en découvrant une petite Fiat Palio rouge garée devant son laboratoire.

Une voix dans sa tête lui cria de repartir et de s'évaporer dans la nature, mais Castro devait impérativement récupérer son sac à dos.

Il se garait lorsqu'une silhouette apparut à l'intérieur de la Fiat. Une jeune femme plissa les yeux, éblouie par les phares de Castro. Mais... il la connaissait !

Leah ? Oui, c'était bien elle. L'amie de Ricardo. Que faisait-elle là ? Comment diable avait-elle atterri dans cet endroit ?

Castro n'avait guère le choix. Il devait impérativement apprendre ce qu'elle savait.

Le médecin descendit de voiture sans éteindre ses phares et se planta devant le capot, dans la lumière. Elle ouvrit grand la bouche en le reconnaissant.

— Leah ? sourit-il. C'est bien vous ?

Elle descendit sa vitre après une hésitation.

— Docteur Castro ? Que faites-vous ici ?

— Je vois que vous avez fini par découvrir la cachette de Ricardo, dit-il sur un ton enjoué. Allez, il sera heureux de vous voir.

Le visage de la jeune étudiante s'éclaira.

— Ricardo se trouve à l'intérieur ?

— Oui, il termine un travail. Il n'en a plus que pour une heure.

— Pourquoi ne m'avoir rien dit l'autre jour ? s'étonna-t-elle.

— Ricardo m'avait recommandé le silence, se justifia Castro. Il ne souhaitait pas être interrompu au beau milieu de nos recherches. La marque des grands esprits. Ne le prenez pas mal. L'important est que vous soyez ici. Venez à l'intérieur.

Il glissa sa clé dans la serrure. Derrière lui, il entendit Leah remonter sa vitre, descendre de voiture, fouler le gravier.

— Ricardo est super intelligent, vous ne trouvez pas ?

Castro, d'un regard par-dessus son épaule, constata qu'elle souriait, soulagée de retrouver Ricardo. *C'est fou ce que c'est que l'amour, quand on est jeune. On passe instantanément du soupçon à l'anticipation.*

Il poussa la porte et alluma la lumière dans le bureau vide.

— Ricardo dort la plupart du temps dans le grand laboratoire, déclara Castro en s'avançant. Nous continuons des expériences qui nécessitent une surveillance vingt-quatre heures sur vingt-quatre. Je reste ici ce soir, vous serez libre de sortir, tous les deux.

— Génial, répondit Leah en lui emboîtant le pas.

Il se retourna et éteignit les phares de sa voiture à distance à l'aide de la télécommande avant de refermer la porte.

— Une seconde, la freina-t-il en la voyant s'approcher de l'accès à la grande salle. S'il a suivi mes recommandations, il a dû fermer de l'intérieur.

Leah tourna la poignée, en vain.

— Il a suivi vos recommandations, en effet.

— Je le reconnais bien là, sourit Castro. J'ai immédiatement su qu'il n'était pas comme les autres. Comment avez-vous su qu'il travaillait ici ?

— Ah ! réagit Leah. Eh bien, la police a retrouvé son scooter tout près d'ici, et j'ai demandé à un copain qui travaille dans les télécoms de localiser son dernier appel téléphonique. Ce qui m'a conduit devant votre porte.

*Quelqu'un d'autre est donc au courant que Ricardo et Leah sont arrivés jusqu'ici*, pensa Castro. Bientôt, plus rien n'aurait d'importance, mais ce n'était pas le cas jusqu'au lendemain.

Il déverrouilla la porte intérieure et pénétra dans l'immense hall au centre duquel se dressait la tente stérile.

— Waouh ! s'exclama Leah en découvrant le lieu. Très impressionnant.

— N'est-ce pas ? reconnut Castro. Ricardo m'a beaucoup aidé.

— Où est-il ?

— Dans l'espace stérile, je suppose. Il ne peut pas nous entendre, le laboratoire est insonorisé. Préférez-vous que je le prévienne, ou bien souhaitez-vous lui réserver une surprise ?

— Je vous accompagne.

— Dans ce cas, vous allez devoir enfiler une combinaison et une cagoule.

— Pas de problème, ce sera amusant.

Le médecin sourit.

— Je suis curieux de découvrir sa tête quand il vous verra.

# 74

Le visage congelé et livide de Ricardo regardait Leah de ses yeux morts tandis qu'elle se débattait comme une diablesse afin d'échapper au bras du docteur Castro qui lui enserrait le cou, l'empêchant de respirer. Mais le médecin ne lâchait pas prise.

Les cris de Leah, étouffés par sa combinaison, donnaient l'impression qu'elle criait sous l'eau. Chacun de ses appels perdait de sa force à mesure qu'elle étouffait.

Son dernier cri se mua en murmure et elle s'effondra. Castro eut toutes les peines du monde à l'empêcher de basculer à l'intérieur du congélateur ouvert.

Elle découvrait avec horreur le cadavre de son ami lorsque Castro avait commencé à l'étrangler. Il la maintint contre lui longtemps après qu'elle eut perdu connaissance afin de s'assurer qu'elle était bien morte.

Lorsqu'il desserra enfin son étreinte et lui retira sa cagoule, il constata que ses yeux vides étaient injectés de sang. Sa langue pendait, toute bleue. Il lui tâta la carotide sans y trouver de pouls.

Alors, il lui retira sa combinaison et la souleva par les aisselles jusqu'au bord du congélateur.

— Vous voilà enfin réunis, dit-il d'une voix triste en regardant Ricardo.

Il bascula le corps qui tomba sur le cadavre du jeune homme, face en avant, puis il disposa les bras et la tête de Leah de sorte que leurs lèvres se touchent presque. Le visage de sa femme Sophia, à l'avant d'un canoë dans les méandres de l'Amazone, lui revint à l'esprit. Elle lui adressait un sourire amoureux éclatant.

*Bientôt*, pensa-t-il. *Je te rejoins bientôt.*

Castro respirait désormais péniblement. Des ondes d'un bleu de glace violacé envahissaient sa vision périphérique. Son cœur battait à tout rompre, il se sentait vide et nauséeux, son crâne près d'éclater sous les assauts des coups qui lui martelaient le cerveau.

Le médecin, conscient des symptômes de son mal, referma brusquement le couvercle du congélateur. Il s'allongea par terre dans l'espoir d'apaiser la migraine qui menaçait de le submerger. *Pas maintenant*, s'inquiéta-t-il intérieurement. *Pas maintenant.*

— Respirer, marmonna-t-il. Lentement. Pas d'urgence. Rien n'est perdu. Respirer. Lentement. Pas d'urgence. Rien n'est perdu.

Il s'obligea à répéter le mantra de Sophia, la seule méthode qui le soulageait des migraines dont il souffrait depuis ses études de médecine.

Respirer. Lentement. Pas d'urgence. Rien n'est perdu.

Castro récitait en boucle la formule enseignée par sa femme. Les minutes s'écoulaient, se transformaient en heures, et il s'obligeait à respirer sans se soucier du temps ni de ses conséquences. Peu à peu, la violence des coups de marteau s'atténua, et le médecin finit par sombrer dans un profond sommeil sans rêve.

# 75

L'hélicoptère rugissait de toute la puissance de ses moteurs trente mètres au-dessus de l'eau, à deux cents mètres d'Ipanema. En dépit du plein hiver dans l'hémisphère Sud, une ambiance de fête régnait sur les plages noires de monde. La cérémonie d'ouverture des Jeux olympiques avait lieu le lendemain et, malgré les violences récentes dans les favelas, en dépit des embouteillages qui engorgeaient les artères de la ville, plusieurs centaines de milliers d'amateurs de sport avaient effectué le déplacement à l'occasion des JO.

Tavia, assise sur le strapontin voisin du mien, un gilet pare-balles passé par-dessus sa tenue noire, était équipée de jumelles à infrarouge, tout comme moi. Grâce à mon oreillette, je restais en contact radio avec le général Da Silva. Ce dernier avait accepté de mettre à notre disposition une unité du BOPE, placée sous le commandement d'Acosta.

Le lieutenant et ses hommes prenaient pied sur le toit d'un immeuble de Leblon au même instant, prêts à entamer l'ascension de la colline jusqu'à la clairière où était retenu Wise.

Tavia et moi avions une mission bien différente.

Notre hélico a rapidement atterri à la pointe sud de la plage de São Conrado où nous attendaient deux hommes. Le temps de jeter dans l'appareil deux grands sacs, ils ont pris place à bord.

L'hélico a redécollé vers le nord sans qu'aucune parole ou presque soit échangée. Laissant São Conrado dans notre dos, nous avons survolé la jungle montagneuse séparant les favelas de Rocinha et de Vidigal. Le pilote a éteint ses lumières juste avant d'aborder la pointe sud des Deux Frères.

L'appareil s'est posé sur le flanc ouest de la montagne et nous avons sauté à terre en récupérant les deux sacs, ainsi que le reste du matériel. Accroupis, tête baissée afin d'éviter les remous des pales, nous avons attendu que l'hélico s'éloigne en direction du sud.

Tavia a allumé sa lampe frontale, je l'ai imitée, et nous avons observé le ballet de nos deux compagnons qui tiraient de leurs sacs tout un attirail de barres en titane, de tiges et de toile de couleur sombre. En moins de dix minutes, ils avaient assemblé deux grands deltaplanes.

Nous avons transporté ceux-ci au bord de la paroi rocheuse, et l'idée qui me paraissait si géniale sur le papier m'a brusquement semblé nettement moins engageante.

— Jack? m'a demandé Tavia. Tu es prêt?

— Je suis en train de me dire que nous sommes complètement cinglés.

J'ai vérifié que le Glock .40 muni d'un silencieux n'avait pas bougé de son étui sur ma poitrine, pas plus que les trois chargeurs qui l'accompagnaient.

— Tu as eu une idée de génie, a-t-elle répliqué. On atterrit sans bruit, on part en reconnaissance, et on attend que le BOPE vienne sagement couronner le tout.

Quand je l'ai vue se harnacher derrière son pilote après avoir retiré sa lampe frontale et réglé longuement ses jumelles de vision nocturne, j'ai compris qu'il était trop tard pour reculer. Après tout, je l'avais voulu.

Je me suis installé à mon tour derrière l'autre pilote, penché au-dessus de son épaule.

— Vous savez ce que vous faites, au moins?

— Du gâteau, mon vieux, a-t-il gloussé en allumant ses jumelles.

J'avais personnellement évité de l'imiter, de façon à ne pas voir l'instant où nous basculerions dans le vide. Tavia et son pilote se sont élancés avant de disparaître dans l'obscurité sans un bruit.

J'ai tapé sur l'épaule de mon coéquipier.

— Allons-y avant que je change d'avis ou que je vomisse.

En quatre grandes enjambées, le sol s'est dérobé sous nos pieds et nous sommes tombés au fond d'un puits sans fond.

# 76

Nous avons fait une chute de trois mètres, puis de six.

J'en arrivais à croire que nous finirions par nous écraser quand un courant ascensionnel nous a brusquement tirés vers le haut. La toile gonflée à craquer, nous chevauchions le vent à la façon de surfeurs sur la crête d'une vague.

— C'est le premier pas qui est le plus dur, pas vrai ? m'a dit le pilote.

— J'ai cru que j'allais avaler ma trachée.

Je tremblais comme une feuille sous l'effet de l'adrénaline, au point qu'il m'a fallu du temps pour trouver l'interrupteur des jumelles.

Le noir a cédé la place à un paysage familier d'un vert fantomatique. À la différence près que j'avais jusque-là observé ce paysage depuis l'habitacle bruyant d'un hélicoptère, à l'abri d'une vitre épaisse, le bourdonnement continuel des échanges radio dans les oreilles. Nous avons rapidement pris de la vitesse. Le vent nous sifflait dans les oreilles et nous mordait le visage malgré nos jumelles tandis que nous volions dans l'étroit canyon, à peine large de cinq cents mètres sur une longueur de trois kilomètres, qui séparait les deux montagnes.

Je n'ai longtemps rien distingué d'autre que l'air kaki autour de nous, ainsi que le vert d'un jade profond de la forêt en contrebas. La végétation dessinait une douce ondulation, à la façon d'une mer tranquille. Les lumières d'Ipanema, de Copacabana et de Leblon brûlaient d'un feu d'émeraude au loin.

Mon pilote avait choisi de longer la paroi du canyon, à moins de trente mètres de la falaise rocheuse. Tavia et son compagnon filaient à une centaine de mètres devant nous, un peu plus bas. Les pilotes nous avaient expliqué qu'il s'agissait de la technique la plus sûre.

— Temps d'arrivée estimé? a grésillé la voix du général Da Silva dans mon oreille.

— Quatre minutes. Cinq, tout au plus.

— Bien noté, m'a répliqué le général. Déclenchement de l'attaque de diversion à 21 h 14, arrivée des troupes du BOPE à 21 h 26.

Nous disposions donc de douze minutes pour découvrir l'endroit précis où était détenu Wise.

— Pouvez-vous retarder la manœuvre à 21 h 32 ?

Da Silva a marqué une pause avant de répondre.

— Positif, Jack. Vous aurez dix-huit minutes pour le trouver.

Nous avons viré sur l'aile en nous éloignant de la falaise avant de zigzaguer jusqu'à l'entrée du canyon. Nous l'avons franchie deux minutes plus tard. Les lumières de Leblon étaient si brillantes à présent que j'ai éteint mes jumelles. Au loin, une foule bruyante s'oubliait dans la fête le long des promenades en mosaïque des plages, à la grande satisfaction des vendeurs de rue. Pas un visage ne s'était tourné vers le ciel, nous volions telles d'énormes chauves-souris noires, invisibles dans l'encre du ciel.

— Deux minutes avant l'atterrissage, général.

Nous avons changé de cap, en direction de la clairière dont on distinguait l'orée au milieu de la jungle. J'ai sorti le Glock de son étui. Le pilote de Tavia a ralenti afin de nous laisser passer. Il était prévu que nous atterrissions les premiers. J'ai rallumé mes jumelles et constaté que nous nous trouvions à moins de deux cents mètres du sol.

Des coups de feu ont éclaté dans la forêt, à bonne distance, en contrebas de la clairière. Une première rafale suivie de quatre ou cinq détonations, et puis plus rien.

Cent mètres. Soixante-quinze.

Des hommes armés, la torche à la main, se sont précipités en direction des coups de feu. Nous sommes passés à moins de vingt mètres au-dessus d'eux. Pas un n'a levé les yeux. Ils étaient trop pressés de rejoindre le lieu de l'escarmouche.

Mon pilote a libéré nos jambes en actionnant une manette avant de freiner brutalement. Nous avons flotté vers le sol, pieds tendus, à la recherche du sol, tels des oiseaux de nuit. L'atterrissage s'est effectué sans un bruit.

Tavia et son pilote ont imité notre exemple à quelques mètres de distance.

Je me suis aussitôt libéré de mon harnais.

— Atterrissage réussi.

— Dix-huit minutes, m'a répondu le général.

— Compris.

Les pilotes des deltaplanes avaient reçu pour instruction de se mettre à couvert en attendant l'arrivée des forces du BOPE.

Nous nous sommes séparés avec Tavia. Elle a longé le côté droit de la clairière pendant que je longeais le gauche.

Le Glock au poing, nous nous sommes approchés à moins de vingt mètres des baraquements en nous glissant à travers les arbres. J'ai basculé les jumelles en mode infrarouge. Trois silhouettes sont apparues, trahies par leur chaleur, à l'intérieur du cabanon le plus proche de moi, et deux autres dans le baraquement près duquel se tenait Tavia. Cinq individus armés montaient la garde devant les deux bâtiments.

— Tavia, couvre-moi. Je vais essayer de voir dans quel cabanon se trouve Wise.

— Je ne bouge pas, m'a-t-elle confirmé.

J'ai contourné le campement en montant à travers bois avant de me glisser derrière les baraquements jusqu'à la fenêtre éclairée du plus grand des bâtiments.

J'ai éteint mes jumelles avant de me hisser prudemment au niveau du rebord de fenêtre. Un coup d'œil à l'intérieur m'a permis de distinguer un gamin assis devant une batterie d'écrans d'ordinateur. J'ai reconnu le petit pickpocket qui avait volé le sac de Cherie Wise. Un homme armé barrait la porte.

Où pouvait bien se trouver le troisième occupant de la pièce, dont l'image infrarouge avait trahi la présence?

Sur l'un des écrans est apparue la silhouette d'Andrew Wise, entravé sur sa mauvaise chaise, ébloui par la lumière d'un projecteur.

Le milliardaire, les traits tirés et l'air hagard, conservait un regard vif.

Amelia Lopez, le visage dissimulé derrière son masque, se tenait à côté de lui.

# 77

— Bienvenue à l'émission du Tribunal des Favelas, déclara Amelia, face à la caméra. En l'espace de quelques heures, nous avons mobilisé soixante-trois millions de votants. Soixante-trois millions ! Un chiffre incroyable, qui place nos hashtags en tête de tous les tweets au cours des six dernières heures. L'ampleur même de ce vote traduit l'intérêt du grand public pour le sort réservé aux pauvres. Il ne me reste plus qu'à vous communiquer les résultats.

Amelia inclina sa tête masquée de gauche à droite, histoire de prolonger le suspense.

— Avant de vous donner le verdict final, il est bon de rappeler les grandes lignes de ce procès populaire intenté contre Andrew Wise.

La jeune femme entreprit de résumer la situation sous le regard du milliardaire qui restait muet.

Amelia, son exposé terminé, se tourna vers lui.

— À votre avis, quel est le résultat du vote, *senhor* Wise ?

— Aucune idée, répondit le milliardaire. De toute façon, il ne compte pas.

— Comment ça, il ne compte pas ? Vous pensez vraiment que le sort des plus défavorisés ne compte pas ?

— Je n'ai pas dit ça, se défendit Wise.

— Le monde entier vient de vous entendre, répliqua Amelia en reportant son attention sur la caméra. Soixante-trois millions de votes, dont voici le résultat. Pour le hashtag WiseCoupable :

29 millions. Pour le hashtag VersezLeMilliard : 11 millions. Quant au hashtag WiseInnocent, il n'a totalisé que 23 millions de voix. L'accusé, Andrew Wise, est donc reconnu coupable.

Elle laissa flotter un silence, puis leva le pouce avant de le baisser.

— Quarante millions de votants estiment que M. Wise doit verser une amende d'un milliard de dollars. Mais combien pèse un milliard pour un individu aussi riche ? Ne serait-il pas normal de lui infliger une punition plus lourde au vu de ses méfaits ?

Amelia glissa une main dans son dos et produisit un pistolet.

— Ne serait-il pas normal de punir la cupidité d'Andrew Wise de façon nettement plus définitive ?

Elle posa le canon de l'arme sur la tempe de son prisonnier.

— Vos dernières paroles ?

Pour la première fois, la peur se lut sur le visage de Wise qui croisa brièvement le regard d'Amelia avant de répondre :

— Quarante millions de personnes estiment que je dois verser un milliard de dollars aux plus pauvres. J'entends bien, mais jamais il n'a été question de tuer qu...

Il s'arrêta net, interrompu par le bourdonnement d'un hélicoptère.

# 78

Le bruit de l'hélicoptère du BOPE m'est parvenu au même instant. Je n'étais pas le seul, l'un des hommes d'Urso a lancé un cri dans la nuit et la situation a immédiatement dégénéré.

Le type armé qui se trouvait dans la pièce s'est précipité vers le jeune pickpocket.

— Vite, Alou ! On y va !

Il achevait à peine sa phrase qu'il m'apercevait devant la fenêtre. Je lui ai tiré deux balles dans la poitrine avant qu'il ait eu le temps de se servir de son arme, puis j'ai visé l'adolescent.

— Où sont-ils ?

Le gamin, terrorisé, a pointé du doigt l'autre cabanon.

— Ne bouge pas.

Je quittais l'abri de la fenêtre quand j'ai vu une silhouette quitter la pièce. L'inconnu serrait contre lui un objet qui m'a fait dresser les cheveux sur la tête.

Tout en me ruant vers la droite, j'ai hurlé dans mon micro :

— Général ! On annule l'opération. Je répète, on annule l'opération ! Ils ont un...

Un type armé d'une mitraillette a tiré une rafale dans ma direction. Les balles sont passées à côté de moi comme des étoiles filantes dans la nuit tandis que je me réfugiais derrière le coin du baraquement.

L'hélicoptère se trouvait désormais tout près. Les hommes de l'unité d'intervention se pressaient le long des baies ouvertes alors que des rafales jaillissaient de tous côtés. Ils n'avaient pas reçu l'ordre d'annulation.

Plusieurs coups de feu ont retenti.

— J'engage le combat, a fait la voix de Tavia dans mon oreillette.

— Descends Urso ! Vite ! Il a un lance-roquettes !

En déboulant devant l'entrée du cabanon, j'ai découvert l'Ours, un genou à terre, en train de viser. Tavia et moi avons tiré à la même seconde. Urso est tombé, mais il avait eu le temps d'expédier son colis de mort.

Le missile a jailli du lance-roquettes dans une gerbe de flammes avec un bruit sourd. Sous l'effet du recul, le tube s'est échappé des mains d'Urso qui s'est effondré sur le sol tandis que la roquette s'envolait en direction de l'hélico du BOPE en laissant derrière lui un panache de fumée. Le missile a éclaté en illuminant toute la baie de Rio.

L'appareil a laissé échapper un grondement métallique que je connaissais trop bien.

L'hélico a basculé en tremblant de toute sa carcasse, puis il est tombé comme une pierre avant de s'écraser au sol, d'exécuter une longue série de tonneaux le long de la pente, et d'exploser contre un arbre en envoyant dans le ciel une boule de feu aveuglante.

Je suis resté pétrifié l'espace d'un instant, sous le choc, avant de me reprendre et de foncer vers le second cabanon. Des rafales ont éclaté sur ma droite, une pluie de balles a sifflé dans mon dos.

J'ai tiré à droite à deux reprises avant d'enfoncer la porte d'un coup d'épaule. Le chambranle s'est fissuré. J'ai recommencé et le battant a volé en éclats. Je me suis retrouvé dans un petit couloir que fermait un rideau noir encadré par un rai de lumière.

La voix de Wise s'est élevée derrière le rideau.

— Vous entendez ? Ils sont là. Vous avez perdu.

— Non, monsieur le richard, a répliqué Amelia. C'est vous qui avez perdu. Quoi qu'il m'arrive, je veux que vous sachiez qui m'a aidée. Je veux que vous sachiez à quel point votre putain de vie est un ratage complet.

En repoussant le rideau, j'ai accidentellement renversé la caméra sur son pied tout en braquant mon Glock sur Amelia Lopes, à moins de deux mètres de moi. Elle avait abandonné son masque. Le canon de son pistolet sur la tempe de Wise, elle lui chuchotait à l'oreille.

Il n'y avait pas une seconde à perdre.

— Lâchez votre arme ! Tout de suite !

— Non ! a-t-elle hurlé.

Et puis deux coups de feu ont troué l'air, mettant fin à la scène.

# 79

J'étais transformé en zombie lorsque je suis sorti du baraquement quelques minutes plus tard. Une forte odeur de kérosène brûlé flottait dans la clairière. Plusieurs hélicoptères tournoyaient dans le ciel, le ballet de leurs projecteurs éclairait d'une lumière crue le carnage provoqué par le crash du premier hélico.

L'appareil avait laissé une trouée vive dans la jungle à l'endroit où il avait heurté le sol, de profondes striures avaient meurtri la terre là où l'hélico avait effectué des tonneaux le long de la pente. Une pluie de débris métalliques jonchait le sol de la forêt.

Des arbres et de la végétation, il ne restait rien dans le sillage du crash, sinon des troncs calcinés qui dressaient leurs silhouettes noires comme autant d'allumettes usagées plantées dans le sable.

En regardant les cicatrices de la bataille qui venait de se dérouler là, hébété, incapable de leur trouver un sens, j'ai éprouvé un sentiment de peur qui m'a enserré la gorge avec la force des anneaux d'un serpent.

J'ai porté le petit micro à mes lèvres.

— Tavia ?

J'ai ramassé une torche qui gisait par terre, encore allumée, et j'ai traversé la clairière en courant, priant le ciel qu'elle me réponde.

— Tavia ? Réponds-moi !

Je me suis élancé sur les flancs de la montagne en cherchant à me persuader que tout allait bien, qu'il s'agissait d'une simple panne de radio.

— Général Da Silva ?

— C'est terminé pour vous, Jack. Votre plan a coûté la vie à dix de mes hommes.

— J'ai donné l'ordre d'annuler la mission, personne ne m'a écouté ! Dites aux hélicos de braquer leurs projecteurs sur l'endroit où le premier appareil s'est écrasé dans la jungle. Vite !

Da Silva a longuement hésité avant de répondre :

— C'est bon.

J'ai crié à tue-tête :

— Tavia ! Tavia, réponds-moi !

L'odeur âcre du kérosène de l'hélico abattu flottait dans l'air comme un brouillard délétère qui me brûlait les narines et les poumons. Un bras sur le nez et la bouche pour me protéger, j'ai escaladé la pente, à moitié baissé, de façon à contourner par le haut la trouée des arbres calcinés.

Les hélicoptères en vol avaient reçu l'ordre de Da Silva, six puissants projecteurs balayaient le terrain couvert de débris. Un long morceau de pale, fiché dans un tronc, figurait une machette géante. Une barre métallique pendue à une branche avait transformé un arbre en un sapin de Noël dérisoire.

À cinquante mètres du lieu de l'impact, la carcasse du fuselage se consumait encore en dégageant une fumée noire nauséabonde. J'ai reconnu des restes humains éparpillés çà et là.

— Tavia ? Tu es là ?

Pas de réponse.

J'ai refoulé mes larmes d'un geste rageur en m'approchant. L'un des hélicos au-dessus de ma tête a dirigé son projecteur sur un arbre carbonisé au bas du sillon tracé dans la jungle par l'appareil abattu. Le tronc, coupé en deux, partait à l'assaut du ciel à la façon d'un clocher étêté.

Tavia gisait sur le ventre au pied de l'arbre.

Je me suis précipité, implorant le ciel qu'elle soit en vie.
Quand j'ai voulu la retourner, j'ai compris à l'angle de sa tête qu'elle avait eu la nuque brisée. Elle était morte.

# 80

*Vendredi 5 août 2016*
*2 heures*
*Dix-sept heures avant la cérémonie d'ouverture des Jeux olympiques*

L'équipe au grand complet m'attendait dans les locaux de Private Rio, la mine sombre. Je les avais prévenus individuellement par texto que j'apportais de tristes nouvelles. Cherie Wise et ses filles se trouvaient là, elles aussi, les traits tirés par l'anxiété.

Elles ont bondi sur leurs pieds en me voyant entrer, accompagné par le lieutenant Acosta.

— Que s'est-il passé ? s'est écriée Cherie. Personne ne nous dit rien depuis que la caméra s'est arrêtée.

Acosta a baissé la tête.

— Je suis désolé de vous apporter de mauvaises nouvelles, madame Wise, mais… Je suis sincèrement désolé.

L'épouse du milliardaire a ouvert des yeux horrifiés.

— Non… Non, ce n'est pas…

Elle a vacillé sur ses jambes. Natalie lui a agrippé le bras en geignant.

— Maman ! Dis-moi que ce n'est pas…

— C'est injuste, a sangloté Alicia, serrée contre sa mère.

Cherie s'est effondrée sur une chaise, la mâchoire tombante, les yeux perdus dans le noir d'un avenir sans espoir. Son regard s'est posé sur moi quand je me suis approché.

— Vous m'aviez promis de le sauver, m'a-t-elle reproché, anéantie. Vous m'aviez juré avec Tavia qu'il ne mourrait pas.

Avant que j'aie pu répondre, le lieutenant Acosta a levé la main.

— M. Morgan a risqué sa vie pour sauver votre mari, madame Wise. Et Octavia Reynaldo a donné la sienne.

Tous les présents ont arrêté de respirer. Cherie a achevé de se décomposer. À la vue des visages désespérés des employés de Private Rio, j'ai dû rassembler tout mon courage pour ne pas craquer.

— Non, a balbutié Natalie, le poing crispé sur le ventre, en éclatant en sanglots. Non, non !

Sa sœur a enfoui la tête dans ses mains, le visage en pleurs.

— Ce n'était pas..., s'est étouffée Alicia. Il n'était pas... Rayssa nous avait dit...

Le lieutenant Acosta s'est dirigé vers elle.

— Mademoiselle ?

Alicia a relevé la tête en l'interrogeant muettement, ses yeux agrandis par l'angoisse.

Natalie s'est tournée vers sa sœur, terrorisée.

— Non !

Le menton d'Alicia s'est mis à trembler, elle est devenue écarlate en fusillant Natalie du regard.

— Ce n'était qu'une histoire d'argent ! C'est ce que tu m'as dit ! Elle était uniquement censée l'effrayer et lui prendre son argent.

— C'est ce qu'elle m'avait promis ! a hurlé Natalie à son tour.

J'ai observé leur pauvre mère dans le silence assourdissant. J'ai suivi pas à pas le chemin que parcourait Cherie dans sa tête en voyant changer son expression.

Elle n'en croyait pas ses oreilles.

— Vous étiez au courant ? Vous avez participé à...

— Maman, a répondu Alicia d'une voix terrifiée. Amelia nous a montré comment la boîte de papa s'était enrichie sur le dos des pauvres au Brésil. Elle nous a expliqué que papa méritait une leçon, que cet argent aiderait les pauvres.

— Tu sais, maman, a renchéri Natalie, elle nous a présenté toute cette histoire sous un jour positif, comme un moyen de redresser la balance.

Cherie regardait ses filles comme s'il s'agissait d'extraterrestres.

— Vous avez trahi votre père au prétexte qu'il gagnait trop d'argent ? Vous avez fait le procès de votre propre père et vous l'avez condamné à mort ?

— Non ! s'est récriée Natalie. Ce n'était pas du tout ça.

Cherie a bondi de sa chaise et a giflé ses filles à la volée. Le lieutenant Acosta s'est interposé, et elle s'est effondrée entre ses bras.

— C'est fini, sanglotait-elle. Tout est fini.

— Mais non, Cherie. Rien n'est fini.

Cherie Wise, emportée par la douleur, n'entendait plus rien.

— Cherie, mon bébé, je suis là.

Une infirmière venait de pousser dans la pièce le fauteuil roulant dans lequel se trouvait Andrew Wise. Le milliardaire, la tête couverte de pansements, était d'une faiblesse extrême.

Quand Cherie a reconnu son mari en relevant la tête, elle s'est évanouie.

# 81

Cherie, ranimée par les soins de Mo-bot, a posé un regard perdu sur son mari.

— Tu es vivant.

— Grâce aux dons de tireur de Jack, a répondu Wise en lui prenant la main. En la visant au cœur, il l'a déstabilisée au moment où elle appuyait sur la détente et la balle m'a seulement égratigné le front.

Cherie a fondu en larmes.

— Pourquoi cette mascarade? Pourquoi m'avoir torturée ainsi?

Le milliardaire, qui ne leur avait prêté aucune attention jusque-là, s'est tourné vers ses filles. Les jumelles se sont littéralement décomposées sous son regard.

— Avant d'être abattue, Amelia s'est fait une joie de m'expliquer que j'avais été trahi par mes propres filles. Elle souhaitait que ce soit le dernier souvenir que j'emporte de la vie.

Natalie s'était transformée en loque. Quant à Alicia, elle pleurait toutes les larmes de son corps.

— Mon Dieu, qu'est-ce qu'on a fait? Qu'est-ce qu'on a fait? Elle nous avait pourtant juré qu'elle en voulait uniquement à ton argent.

Le milliardaire les a dévisagées sans émotion, à la façon d'un entomologiste observant des insectes.

— Je veux bien croire que vous ne connaissiez pas les véritables intentions de Rayssa, a-t-il fini par déclarer. Je vous pardonne pour ça.

— Papa ? a prononcé Natalie, toute tremblante.

— J'ai eu le temps de réfléchir, a poursuivi Wise, s'adressant davantage à sa femme qu'à ses filles. Amelia Lopes avait raison. J'ai engrangé des bénéfices indus. Il est temps de les rendre à la population.

Alicia allait se jeter dans les bras de son père lorsque le lieutenant Acosta l'a stoppée au passage avec l'intention manifeste de la menotter.

— Alicia Wise, vous êtes en état d'arrestation pour complicité d'enlèvement et de meurtre.

— Non, a pleurniché la jeune fille. Nous n'avons tué personne.

Je me suis avancé, pris de colère.

— Vous avez contribué au meurtre de deux de mes collaborateurs. Mais peut-être avez-vous déjà oublié la mort des deux gardes du corps abattus lors de votre enlèvement supposé ?

— Nous ne pouvions pas deviner ce qui allait se passer ! s'est exclamée Natalie alors que Bruno Acosta la menottait à son tour. Amelia ne voulait rien nous dire, elle prétendait que c'était plus sûr.

Cherie, retrouvant un peu de force, s'est accrochée à son mari en voyant que le lieutenant Acosta s'apprêtait à emmener ses filles.

— Papa ? a soufflé Natalie. Si tu es décidé à nous pardonner, comme tu viens de nous le dire, tu n'es pas prêt à nous aider ?

— Je paierai vos frais d'avocat, mais sachez que je témoignerai contre vous.

— Moi aussi, a ajouté Cherie, en larmes.

— Je vous conseille de leur trouver d'excellents défenseurs, a grondé Acosta. Avec le retentissement donné à cette affaire, elles ne peuvent pas espérer échapper à la prison.

# 82

*Vendredi 5 août 2016*
*7 heures*
*Douze heures avant la cérémonie d'ouverture des Jeux olympiques*

Le docteur Castro émergea lentement d'un sommeil pesant. Toujours vêtu de sa combinaison stérile, il avait dormi à même le sol de son laboratoire. Combien de temps était-il…

Il se redressa brusquement, affolé, et son regard s'arrêta sur la pendule murale : 7 h 01. Un rapide calcul lui indiqua qu'il avait dormi près de dix heures.

Il était temps de passer à l'action, de quitter ce labo pour toujours. Il se releva, souleva le couvercle du congélateur et constata que les vêtements de Leah étaient couverts de givre. Le froid avait figé son rictus.

Il referma le congélateur et ouvrit la porte du frigo. Ses tubes à essais, les poches de sang, toute l'histoire de la mise au point de l'Hydre-9 reposaient sur ces clayettes, les souches virales les plus anciennes en bas, les plus mortelles en haut.

Castro s'empara des poches contenant le sang contaminé de Luna qu'il transvasa à l'aide d'un entonnoir dans un cylindre de titane ultraléger. Il vissa sur l'ouverture du cylindre une buse équipée d'un court embout. Il répéta l'opération avec les poches renfermant le sang de Ricardo, puis il nettoya soigneusement les deux récipients avec une solution chlorée.

À 7 h 40, le médecin balaya le laboratoire du regard une dernière fois et gagna le sas de décontamination.

Une fois débarrassé de sa combinaison, Castro enferma les cylindres dans le sac à dos à armature North Face Cinder 55, acheté sur le site Moosejaw, qui l'attendait sur sa table de travail. Le sac, couramment utilisé par les alpinistes professionnels pour transporter du matériel, disposait d'un espace de cinquante-cinq litres protégé par d'épaisses parois de nylon ultrarésistantes.

Le Cinder 55, quasiment plein, pouvait encore accueillir les cylindres remplis de sang, une gourde en peau contenant du vin, une bouteille d'eau, ainsi que de la viande et des fruits séchés. Son dernier repas. La cène finale.

Il fourra un blouson imperméable par-dessus ses provisions, ferma hermétiquement le compartiment principal du sac et abaissa le rabat. Il ouvrit la poche extérieure, y glissa un pistolet de calibre 9 mm avec ses deux chargeurs et referma le tout.

Il enfila le sac dont il estima le poids à une vingtaine de kilos, puis il régla les bretelles et la ceinture de la façon la plus confortable possible, satisfait du résultat. Tout se mettait en place comme il l'avait prévu. Il ne lui restait plus qu'à passer à l'action.

Castro reposa le sac, prit une douche, se rasa et enfila un pantalon gris dont la ceinture était équipée d'une boucle spéciale : un manche de poignard de huit centimètres dont la lame se verrouillait dans un fourreau – cadeau d'un membre de gang dont il avait recousu le fils – et dont il n'avait jamais eu l'usage jusque-là.

Il compléta sa tenue d'une chemise de grosse toile grise, d'une casquette grise, et de lunettes de soleil enveloppantes. Il passa le sac en bandoulière, embrassa du regard une dernière fois son antre et quitta les lieux en verrouillant la porte derrière lui.

Il fourra le sac dans le coffre de sa voiture, puis il monta dans la Fiat de Leah dont il avait récupéré les clés, démarra et gara l'auto à quelques rues de là avant de se débarrasser sous le siège du portable allumé de la jeune fille.

Castro regagna son laboratoire en courant, prit place à bord de sa voiture et mit le contact. Il était 8 h 15. Il avait un quart d'heure de retard sur son planning.

# 83

*Vendredi 5 août 2016*
*10h30*
*Huit heures et demie avant la cérémonie d'ouverture des Jeux olympiques*

On a frappé à coups secs à la porte de ma suite. J'ai entrouvert les yeux, plus reposé que je ne l'avais été depuis des jours. Mon mal de tête est revenu en même temps que le souvenir des événements de la veille, et j'ai su que le sommeil serait pour longtemps l'unique moyen d'échapper au cauchemar de mon quotidien.

Tavia, la femme que j'aimais, avait disparu. Celle qui serait peut-être devenue ma femme avait disparu. J'avais l'impression d'être amputé d'une partie de moi-même.

On a frappé à nouveau.

— J'arrive.

Le temps d'enfiler un peignoir, j'ai glissé un œil à travers le judas.

J'ai reconnu avec soulagement le visage de Justine Smith. J'ai ouvert la porte, un sourire las aux lèvres.

— Oh, Jack ! Je suis sincèrement désolée.

J'ai ouvert grand mes bras. Elle s'y est jetée et la porte s'est refermée derrière nous.

— Je sais combien tu tenais à Tavia, a repris Justine. J'ai pris le premier avion en apprenant la nouvelle, j'arrive de l'aéroport.

Laissant libre cours aux émotions réprimées depuis la veille, j'ai serré à l'étouffer l'une des rares femmes que j'avais aimées dans ma vie, effondré par la perte d'une autre. Justine m'a longuement caressé le dos. J'ai fini par me reprendre, à la fois gêné et épuisé.

Justine a posé une main sur ma joue en sondant mon regard défait.

— Je suis là pour toi, tu sais.

J'ai posé ma main sur la sienne.

— Tu seras toujours ma meilleure amie.

— Ne l'oublie jamais.

— Ça ne risque pas.

Je l'ai remerciée en silence de sa présence en la serrant à nouveau contre moi.

Mon portable a sonné. Justine s'est écartée, un sourire compatissant aux lèvres.

J'ai laissé sonner le téléphone.

— Je n'ai pas envie de répondre. Tu as faim?

— Je suis affamée, tu veux dire. Faisons monter de quoi déjeuner. En attendant, parle-moi de Tavia.

En d'autres temps, j'aurais refusé tout net. Mon incapacité à m'ouvrir aux autres avait déjà sonné le glas de ma relation avec Justine. Cette fois, il me fallait parler de Tavia. Confier à quelqu'un mon désarroi amoureux.

— Tu as raison.

Elle a hoché la tête.

— Très bien. Je m'occupe d'appeler le service d'étage pendant que tu prends ta douche et que tu t'habilles.

Je me suis mis au garde-à-vous et j'ai rallié la salle de bains en remerciant le ciel de m'avoir envoyé Justine. J'avais beau avoir gâché notre relation et elle avait beau avoir quelqu'un d'autre dans sa vie, Justine était une perle rare. Grâce à sa présence, la mort de Tavia m'était moins insupportable.

J'étais occupé à m'habiller quand mon portable a sonné à nouveau. J'ai regardé l'écran avant de répondre :

— Général Da Silva?

— J'aurai de la chance si je ne suis pas limogé aujourd'hui, a-t-il déclaré sèchement. La perte d'un hélicoptère et de plusieurs hommes par un tir de missile à une portée de flèche des sites olympiques n'a pas vraiment plu au président.

— Je m'en doute.

— Accepterez-vous de continuer votre mission si l'on me remplace?

— Je reste aux ordres du gouvernement.

— Je vous remercie. Je tenais également à vous dire combien je suis touché par la disparition de Tavia. C'était une femme d'exception, la seule que j'aie jamais crainte.

L'aveu de Da Silva m'a fait sourire.

— C'est vrai qu'elle pouvait se montrer féroce. C'est un trait de caractère que j'aimais chez elle.

Une boule s'est formée dans ma gorge.

— Je vous tiens au courant de la suite, a repris Da Silva.

— Le temps de prendre un petit-déjeuner, je me mets au boulot.

Il avait à peine raccroché que Mo-bot m'appelait.

— Tu as dormi un peu? m'a-t-elle demandé.

— J'allais te poser la même question.

— Je me suis reposée quelques heures sur l'un des canapés du bureau.

— De mon côté, j'ai dormi sept heures et demie.

— Tant mieux. Comment te sens-tu? Je veux dire…

— C'est supportable tant que j'évite d'y penser. C'est-à-dire que la réalité me revient comme un coup de couteau en plein ventre à chaque minute ou presque. Mais Justine est là.

— J'imagine que ça devrait t'aider. Mon pauvre Jack. Sinon, je voulais te dire que j'en savais enfin un peu plus sur la société du docteur Castro. Tu ne devineras jamais ce qu'il faisait.

— Des recherches sur les maladies infectieuses?

— Comment l'as-tu deviné?

— À ce stade, je me contente d'imaginer le pire.

# 84

Le docteur Castro traversa Rio en s'efforçant d'éviter les embouteillages. L'arrivée de la pluie mit un terme à ses espoirs et il se retrouva coincé au milieu de la circulation. Il alluma la radio afin de prendre son mal en patience et suivit avec attention les dernières informations concernant le raid de la police contre les terroristes du Tribunal des Favelas.

Le milliardaire Andrew Wise avait été délivré, mais Amelia Lopes, *alias* Rayssa, avait été tuée lors de l'assaut avec une douzaine de ses compagnons d'armes, dont le chef de gang surnommé Urso qui avait abattu un hélicoptère du BOPE. Plusieurs personnes avaient trouvé la mort lorsque l'appareil s'était écrasé, parmi lesquelles Octavia Reynaldo de l'agence de sécurité Private Rio.

Face aux médias, Wise avait annoncé son intention de consacrer le reste de son existence à l'amélioration des conditions de vie des plus pauvres. Il avait également confirmé l'arrestation de ses filles.

*Amelia Lopes et les jumelles Wise sont des âmes sœurs,* pensa Castro. *J'aurais aimé les connaître.* Née dans la misère et élevée par une sainte, Amelia avait choisi de passer à l'action en constatant l'ampleur des inégalités dans son pays. Et ces deux gamines de riches lui avaient prêté main-forte en découvrant à leur tour cette réalité. Leur réaction paraissait logique à Castro qui s'identifiait sans peine à leur cause.

Amelia avait toutefois commis l'erreur à ses yeux de considérer le fossé entre riches et pauvres sous le seul angle économique. Castro estimait que le problème était davantage lié à la question de l'accès à la santé. Les plus riches avaient une espérance de vie bien supérieure à celle des pauvres. Condamnés à vivre dans des conditions sanitaires déplorables, ces derniers étaient victimes d'épidémies. Les riches refusaient de voir qu'une légère amélioration de la situation aurait entraîné une baisse sensible du taux de mortalité chez les plus démunis.

Tout ça parce que les riches ignoraient ce qu'il en coûtait de vivre à la merci d'un parasite, d'un microbe, d'un virus. *Il est grand temps de leur ouvrir les yeux*, pensa le médecin tandis que la circulation commençait à se fluidifier. *De leur donner une leçon qu'ils n'oublieraient pas de sitôt.*

À 11 heures, avec quarante minutes de retard, Castro atteignit enfin Laranjeiras. Ce quartier résidentiel du sud de Rio, très vivant avec ses nombreux vendeurs de rue, accueillait une multitude de petits cafés et de parcs. Surtout, c'était là que se trouvait la gare du funiculaire conduisant au mont Corcovado.

La pluie laissa la place à un léger crachin. Castro dépassa la gare, ralentit en apercevant une longue enceinte, franchit un portail en fer forgé et se gara sur l'esplanade pavée qui s'étendait devant les décombres d'un palais construit à l'orée du XIX$^{e}$ siècle par le médecin personnel de l'ancien roi du Portugal.

Le lieu avait perdu beaucoup de sa grandeur en devenant un refuge de squatteurs. Ses murs s'étaient couverts de lichen, ses volets vermoulus pendaient lamentablement sur leurs gonds rouillés. Castro était souvent venu là en compagnie de sa femme. Sophia adorait ce palais qu'elle jugeait digne de servir de décor à un film de vampire. Castro resta longtemps hypnotisé par la façade lépreuse, persuadé de voir Sophia plongée dans la contemplation du vieux bâtiment.

Il se reprit et descendit de voiture. Il s'agissait du lieu idéal pour abandonner son véhicule. Dès la nuit tombée, les squatteurs s'empresseraient de le désosser afin d'en vendre toutes les pièces. Il n'en resterait rien.

Il récupéra son sac à dos dans le coffre au fond duquel il jeta ses clés d'auto avant de le refermer. Croyant sentir peser un regard sur lui, il leva la tête et découvrit au troisième étage du bâtiment un visage d'enfant qui l'observait à travers la pluie fine. Le gamin, torse nu, mangeait nonchalamment tout en surveillant le médecin.

Castro s'éloigna, rassuré. Si le gamin l'avait vu se débarrasser de ses clés dans le coffre, la voiture aurait disparu dans moins d'une heure. Il franchit l'enceinte du palais, passa devant le musée de l'Art naïf et remonta la Rua Cosme Velho qui partait à l'assaut de la colline en serpentant.

Il avait cessé de pleuvoir et une légère brise venue de l'équateur réchauffait la ville.

Castro gagna l'entrée du complexe sportif attaché à l'université Saint-Vincent-de-Paul, dans lequel il effectuait des consultations à l'intention des athlètes depuis six mois. L'agent de sécurité posté à l'entrée, le reconnaissant, lui demanda ce que contenait son sac à dos.

— Essentiellement du sable, répondit Castro. Je m'entraîne en prévision d'une randonnée dans les Andes au mois de décembre.

L'agent de sécurité le regarda comme s'il était fou et le laissa passer. Castro se dirigea vers le bâtiment réservé aux athlètes.

À peine se trouva-t-il hors de vue de l'agent de sécurité qu'il bifurquait à droite, traversait un terrain d'entraînement dont il contournait les gradins afin de rejoindre l'arrière du campus.

Il s'approcha d'une lourde grille qu'il ouvrit en priant le ciel que les gonds rouillés n'attirent pas l'attention sur lui en grinçant. Il franchit l'obstacle et referma la grille derrière lui en poussant un soupir de soulagement.

Le médecin se trouvait à présent loin des regards indiscrets, protégé par la jungle. La prudence lui dictait de s'en tenir au trajet mis au point au cours des mois précédents. Une longue ascension l'attendait. Il aurait pu choisir une approche plus facile, mais celle-ci lui permettait de rester invisible tout en lui apportant la dose de souffrance qu'il souhaitait s'imposer.

# 85

*Vendredi 5 août 2016*
*12 h 30*
*Six heures et demie avant la cérémonie d'ouverture des Jeux olympiques*

Nous sommes descendus avec Justine du taxi qui venait de nous déposer devant un entrepôt d'une zone industrielle du quartier Estación. Le lieutenant Acosta, qui nous rejoignait au même moment, est descendu de voiture à son tour. Le lieu était étrangement désert pour un vendredi midi. Il est vrai que la journée était fériée, du fait de l'ouverture des Jeux.

Nous avons frappé à la porte du laboratoire AV3 sans obtenir de réponse.

Je me suis tourné vers Acosta.

— Vous croyez pouvoir entrer sans autorisation ?

— Nous sommes au Brésil, a rétorqué Acosta. Je prétendrai que nous souhaitions nous assurer que Castro allait bien. Et, si nous ne découvrons rien, il suffira de repartir comme si de rien n'était.

Nous avons tenté de forcer la porte, sans succès. Le battant, en acier blindé, était équipé d'un verrou trois points. Acosta a dû appeler un serrurier. Après quarante minutes passées à poireauter dans la voiture du lieutenant afin d'échapper à la chaleur moite qui s'était abattue sur la ville, nous avons rejoint l'artisan, enfin venu à bout de la porte.

La première pièce, un petit bureau, se résumait à une vieille table de travail et quelques classeurs métalliques. Le serrurier s'est escrimé sur la serrure d'une seconde porte, de sorte qu'il était 13 h 25 lorsque nous avons enfin pénétré dans l'immense espace au centre duquel s'élevait la tente stérile.

Nous avons commencé par en faire le tour, à la recherche de l'entrée. Un regard à travers les hublots nous a permis de découvrir un laboratoire méticuleusement tenu.

— Je n'entre pas là-dedans, a décrété Justine.

— Moi si.

— Et moi également, m'a soutenu Acosta.

— Tu ne sais pas ce qui peut t'attendre, Jack, a insisté Justine.

— Il faut bien aller jeter un coup d'œil si nous voulons savoir de quoi il retourne.

En traversant l'atelier de Castro, nous sommes tombés sur une scie à métaux, plusieurs longueurs de titane, un outil servant à courber les tuyaux, des bocaux remplis de vis et de boulons en titane, une station de soudage, un filet à grosses mailles, ainsi que des aérosols de tailles diverses.

— Quelqu'un a construit ici une structure aussi solide que légère.

— Pour quelle raison? m'a répondu Acosta.

— Je ne sais pas. Voyons si Castro n'a pas laissé des plans quelque part.

J'ai ouvert les tiroirs dans lesquels j'ai trouvé la batterie d'outils habituelle, ainsi que divers accessoires métalliques, un pied à coulisse et des tuyaux en caoutchouc. Dans le tiroir du bas, j'ai fait une découverte étrange : un petit tube noir relié à ce qui ressemblait à un aérographe.

— À quoi ce truc pouvait-il bien lui servir? s'est enquis Acosta.

— Aucune idée.

J'ai reposé le tube et je me suis approché d'un établi au-dessus duquel flottait une odeur de colle à maquette. J'y ai trouvé de minuscules serre-joints, des scies miniatures et des scalpels. Des restes de papier, punaisés au mur au-dessus de l'établi, signalaient la présence d'une feuille arrachée.

Un pot de colle néoprène et deux aérographes étaient posés sur l'établi. Dans les tiroirs de ce dernier, j'ai trouvé des plaques de balsa, des tubes en carton et de petites ailettes en plastique. Qu'avait donc bien pu construire Castro?

— Nous n'avons rien vu d'inquiétant jusqu'à présent, a remarqué Justine.

J'ai montré d'un geste le laboratoire.

— S'il a laissé des indices derrière lui, c'est là que nous les trouverons.

— Je vous attends ici, a répliqué Justine.

Acosta et moi avons franchi un rideau à fermeture Éclair au-delà duquel se trouvait un vestiaire. Suivant à la lettre les instructions affichées au mur, nous avons enfilé des combinaisons stériles, avec les gants et la cagoule d'usage.

— Toute cette histoire est absurde, Jack, m'a dit Acosta d'une voix déformée par le filtre de sa combinaison.

— Vous avez raison.

J'ai écarté un rabat et nous avons pénétré dans un sas ventilé. La pièce était équipée d'un système de nettoyage à air comprimé, installé à côté d'une douche à côté de laquelle pendait un écriteau : *Solution chlorée à 2 %.*

Le lieutenant Acosta a regardé à travers le hublot de l'ouverture opposée.

— Vous croyez qu'il conservait des maladies infectieuses dans cet endroit?

— Des maladies suffisamment dangereuses pour mériter une douche de décontamination au chlore à la sortie, en tout cas.

L'échine parcourue d'un frisson, j'ai remonté la fermeture Éclair de l'ouverture permettant d'accéder au laboratoire.

La parfaite organisation du lieu m'a aussitôt frappé. Le moindre objet y avait sa place. Justine nous observait à travers une petite fenêtre trouant le mur opposé. Je lui ai signalé que tout allait bien avant de m'approcher d'une rangée de cuves de verre parsemée de copeaux de bois et de déjections de rongeurs. Un écran éteint était accroché au-dessus de chacune des cuves. Restait à comprendre quel avait pu être leur usage.

Je me suis dirigé vers le réfrigérateur pendant que Bruno Acosta s'intéressait aux appareils installés près d'un grand congélateur.

J'ai ouvert la porte du frigo et mon cœur a fait un bond dans ma poitrine.

Des centaines de flacons de sang étaient alignés sur les clayettes, tous soigneusement étiquetés : I-1 : 7V, I-1 : 7M, I-1 : 8V, I-1 : 8M…

À quoi rimaient toutes ces recherches ? Je me suis emparé d'une poche en plastique remplie de sang en bas du frigo.

En la retournant, j'ai découvert un autocollant : LSANTOS-1 – V H : 9 CONTRAIDO : 7/30/16

— Lieutenant ? Venez voir ce que je viens de découvrir.

— Pas avant que vous ayez vu ceci, Jack.

La poche de sang à la main, j'ai refermé le frigo et rejoint Acosta qui me montrait de l'index le contenu du congélateur dont il avait relevé le couvercle.

# 86

J'ai écarquillé les yeux en découvrant les corps congelés des deux jeunes gens, leurs bouches presque collées l'une à l'autre. Une feuille de papier raidie par le froid était posée sur le dos de la fille, sur laquelle on avait écrit en caractères bâtons : *Por uma vez os ricos são atormentados.*

— Que signifie cette phrase?

— On pourrait la traduire de deux façons, m'a répondu Acosta. «Pour une fois, les riches sont tourmentés», ou bien: «Pour une fois, les riches sont infectés.»

*Seigneur!*

Je ne m'étais donc pas trompé.

— Et vous, qu'avez-vous trouvé? s'est enquis Acosta.

Je lui ai montré la poche de sang et son étiquette.

— «Luna Santos-1 – Virus Hydre-9». Mais je ne sais pas ce que signifie le mot *contraido.*

— L'équivalent en portugais de *contracté*, lorsqu'on parle d'une maladie, m'a traduit Acosta.

*Contracté le 30 juillet 2016.*

— Le jour du décès de Luna. Castro se servait de ce laboratoire secret pour mettre au point un virus mortel en utilisant des êtres humains comme cobayes. D'ailleurs…

Je me suis penché à l'intérieur du congélateur afin d'examiner la coloration des deux cadavres.

— Ce lieu ne lui servait pas uniquement de laboratoire. Il l'utilisait également pour mettre au point une opération de propagation du virus.

— Que voulez-vous dire?

— Nous savons qu'il a vidé Luna de son sang. À en juger par sa pâleur extrême, il a procédé de la même façon avec la jeune victime masculine. Or, il ne subsiste qu'une seule poche de sang dans le frigo, et pas assez dans les flacons restants pour justifier de la différence. Nous parlons de plusieurs litres de sang contaminé. Nous allons avoir besoin d'experts et, plus encore, de mettre la main sur Castro.

— Vous croyez vraiment qu'il a l'intention de...

Acosta n'a pu achever sa phrase, au bord de la nausée.

— La sophistication de ce laboratoire nous apporte la preuve qu'il s'agit d'un plan mûri de longue date.

D'un regard à la pendule, j'ai constaté qu'il était 16 h 45. Plus que deux heures et quart avant...

La suite m'est apparue comme un éclair. Je me suis liquéfié sur place.

— Vite ! Je crois avoir deviné où il compte commettre son forfait.

Nous avons refermé précipitamment le congélateur, remis la poche contenant le sang de Luna Santos dans le frigo, et regagné le sas où nous avons pris une douche au chlore avant de retirer nos combinaisons.

— Que se passe-t-il? m'a demandé Justine quelques instants plus tard.

— Il n'y a pas une minute à perdre.

J'ai composé le numéro du général Da Silva.

— Vous êtes encore en poste?

— Probablement pas pour longtemps.

— Dans ce cas, mon général, j'ai de mauvaises nouvelles à vous annoncer. Acosta et moi sommes convaincus que Lucas Castro entend profiter de la cérémonie d'ouverture des Jeux pour propager un virus.

# 87

*Vendredi 5 août 2016*
*13 h 45*
*Cinq heures et quart avant la cérémonie d'ouverture des Jeux olympiques*

Le soleil avait fini par percer à travers les nuages, apportant avec lui une vague de chaleur venue de Bahia. Cette moiteur inattendue, poussée par un vent du nord, avait surpris le docteur Castro. Le phénomène pouvait se révéler gênant, mais rien n'était perdu. Le vent pouvait encore tourner au sud-est avant la tombée de la nuit.

Castro s'arrêta dans sa course, s'essuya le front et posa à ses pieds le lourd sac à dos. Il avala quelques gorgées d'eau et mâcha un morceau de viande séchée avant de se remettre en route, montant toujours plus haut à travers la jungle en direction de la pointe rocheuse noire.

Le sentier était escarpé, mais il grimpait sans relâche malgré les racines, les buissons, les fougères aux feuilles glissantes et les bambous sauvages, s'éloignant à chaque pas des immeubles en contrebas.

Il était plus de 14 heures lorsqu'il emprunta une sente encore plus discrète qui s'enfonçait au milieu des arbres bordant le pied du promontoire. Il l'avait découverte par hasard lors de ses explorations préparatoires et s'était évertué à en dégager les passages les plus touffus à la machette.

Le médecin examina la terre meuble sans y découvrir d'empreintes de pas. L'expérience lui avait enseigné que la plupart des promeneurs s'engageaient sur un chemin nettement mieux balisé, deux cents mètres plus bas. Seuls les vrais amateurs de randonnée s'enhardissaient aussi loin, et encore utilisaient-ils rarement cette sente.

Il en avait croisé quelques-uns au cours des deux mois précédents. Un Américain. Un certain Billy White, originaire de Fort Collins dans le Colorado. C'était lui qui lui avait recommandé l'achat du Cinder 55.

*Un type bien*, pensa Castro. *Un mec sympa.*

La piste s'enfonçait dans la jungle, et Castro préservait soigneusement son équilibre en pesant à chaque pas du côté de la montagne, à sa gauche. Le moindre faux pas pouvait l'entraîner dans le ravin et lui être fatal.

Le vent du nord commençait à faiblir. La chaleur était difficilement soutenable dans cet univers tropical peuplé d'insectes, d'oiseaux et de singes que n'atteignait aucun bruit lié à la civilisation, pas même un klaxon dans le lointain.

Ce calme convenait parfaitement à Castro qui n'avait aucune envie de croiser quinconque un jour pareil. À l'image du virus, il aimait la solitude, propice à la mutation, à l'incubation. Imperceptible aux yeux du monde jusqu'à ce que meurent les premières victimes.

Castro s'élança dans un canyon particulièrement touffu, plus invisible que jamais.

Solitude. Mutation. Incubation.

Il en arrivait à se prendre pour l'Hydre-9, porté par une conscience aiguë de tout ce qui l'entourait dans la chaleur épaisse. Il faisait désormais un avec la nature, à la fois bâtisseuse et destructrice, conformément à un schéma aussi imparfait qu'inéluctable.

Il suffisait d'une mutation infime à l'intérieur d'un virus pour qu'une espèce disparaisse et cède la place à une structure plus sophistiquée, plus forte, plus intelligente.

*Je rends service à la nature*, estima-t-il. *La population échappe à tout contrôle. Les riches échappent à tout contrôle. Il est temps de rétablir l'équilibre.*

— Salut, doc !

Castro, pris de saisissement en entendant la voix, faillit basculer dans le vide. Il se rattrapa de justesse à une liane. En levant les yeux, il découvrit Billy White assis sur un rocher cinq mètres au-dessus de lui. Torse nu, tout en muscle, le teint hâlé, l'Américain grignotait une barre de céréales, son sac à dos et son casque Petzl posés à ses pieds.

# 88

— Billy ! le salua Castro en toussotant. Je ne vous avais pas vu.

White s'épongea la nuque au niveau de ses dreadlocks blondes et adressa au médecin un sourire admiratif.

— Je m'accordais une petite pause. Je suis chargé comme une mule, je redescends du matériel laissé lors de ma dernière randonnée.

L'Américain se leva et parcourut en quelques bonds de chèvre les éboulements qui les séparaient.

— Putain de chaleur. Mais je vois que vous avez acheté le fameux sac à dos dont je vous avais parlé !

— Oui.

— Je ne savais pas qu'ils le commercialisaient dans cette couleur.

— À vrai dire, c'est moi qui l'ai teint, avoua Castro.

— *Nice !* réagit le randonneur. Une couleur super pour chasser à l'arc chez moi, dans le Colorado. Où l'avez-vous acheté ?

— Sur Moosejaw.com, répondit le médecin.

— J'ai les deux plus petits modèles, je n'avais jamais vu celui-ci en vrai. Ça vous embête de me montrer comment il est à l'intérieur ?

— Si ça ne vous ennuie pas, je préfère ne pas traîner. J'aimerais atteindre le sommet avant la nuit. Quelqu'un m'attend là-haut pour me redescendre.

— Ah ouais? s'étonna Billy. Vous connaissez le chemin?

— Oui, ce n'est pas ma première montée.

— Alors je vous suis. Toujours prêt à tenter de nouvelles randos.

Le médecin dissimula sa gêne. Il ne pouvait se permettre de traîner Billy White dans son sillage. Plus tôt l'autre redescendrait, mieux il s'en porterait.

— Je suis plutôt du genre solitaire, déclara-t-il. J'aime autant continuer seul.

— Je comprends, pas de souci, accepta White. Je suis comme vous, je préfère la solitude.

Le médecin lui sourit.

— Je suis content que vous compreniez. À un de ces jours, Billy.

Castro repartait lorsqu'il sentit le sac à dos s'alléger brusquement sur ses épaules.

— Putain, doc, vous l'avez chargé jusqu'à la gueule, s'écria White qui venait de soupeser le sac en passant. Qu'est-ce que vous transportez là-dedans?

— Du sable, répliqua Castro, agacé. Je m'entraîne pour l'Everest, le jour venu.

— Ah ouais? fit White en lâchant le sac qui retomba lourdement sur les reins du médecin en rendant un son métallique. Drôle de bruit, pour du sable. Sérieusement, doc, vous transportez quoi, là-dedans?

L'Américain avait posé la question sans arrière-pensée, mais le docteur Castro n'avait plus le choix. Tourné de trois quarts, il libéra les brides supérieures du sac, puis la ceinture ventrale.

— Je vais vous montrer, puisque ça vous intéresse, proposa Castro. Je peux vous demander de m'aider?

White, un large sourire aux lèvres, saisit le sac à deux mains.

— Attention, l'avertit le médecin. Le sac contient du matériel scientifique fragile.

— Je me disais bien que ce n'était pas du sable, remarqua White en dégageant le rabat.

Il posa un regard admiratif sur les cylindres de titane.

— Vous procédez à des expériences?

— C'est à peu près ça, reconnut Castro.

— Dans quel domaine? s'enquit White en explorant le sac.

— Vous vous intéressez à la science, en plus de l'alpinisme? demanda Castro qui sentait croître son inquiétude en voyant l'Américain fouiller ses affaires.

— La poche de rabat est super pratique, déclara White d'un air songeur. En revanche, votre sac est mal équilibré, doc. On ne vous a jamais appris qu'il était toujours préférable de mettre les trucs les plus lourds en haut?

Si l'Américain ouvrait la fermeture Éclair de la poche supérieure, il allait découvrir le pistolet et les chargeurs. Le médecin s'empara d'un bloc de granit qu'il abattit sur le crâne de l'Américain.

White devait se méfier car il tourna vivement la tête à gauche au moment où la roche acérée retombait. Le coup, amorti par ses dreadlocks, l'atteignit à la tempe. L'Américain chuta de côté en tenant à deux mains son crâne ensanglanté.

— C'est quoi ce bordel? gronda-t-il.

*Vite! En finir*, pensa Castro qui se campa au-dessus de son adversaire avec l'intention de l'achever d'un coup de pierre. Sans lui en laisser le temps, l'Américain lui assena un violent coup de poing dans les testicules.

Le médecin, plié en deux, lâcha le bloc de roche. Il crut un instant qu'il allait vomir. White se releva d'un bond et lui envoya cette fois son poing en pleine figure. Castro tituba en arrière et tomba au sol, manquant de verser dans le ravin.

Secoué, il vit White s'approcher, la tête en sang, une expression terrible sur son visage.

— Qu'est-ce que vous avez dans ce putain de sac, doc? demanda-t-il en lui donnant un coup de pied dans la cuisse. Qu'y a-t-il dans ce sac que vous soyez prêt à me tuer pour préserver votre secret?

L'Américain levait déjà la jambe pour donner un coup de pied à Castro lorsque ce dernier tira son poignard du fourreau et le lui enfonça dans le mollet.

White poussa un hurlement de douleur et sauta à cloche-pied avant de s'affaler au milieu des rochers. Entre deux hoquets, il saisit le manche du poignard.

Castro se jeta sur lui.

White, enragé, laissa échapper de petits grognements sauvages avant de parvenir à retirer le poignard de la plaie.

— Allez, doc, souffla-t-il en effectuant des moulinets avec l'arme. Qu'y a-t-il dans ce sac?

Le médecin glissa la main dans la poche de rabat du Cinder 55, s'empara du pistolet, et abattit l'Américain d'une balle à bout portant.

# 89

*Vendredi 5 août 2016*
*14h30*
*Quatre heures et demie avant la cérémonie d'ouverture des Jeux olympiques*

Le QG affecté aux médias du monde entier venus couvrir les Jeux était un bâtiment éphémère de neuf étages, érigé à la pointe sud de Copacabana. Il disposait d'une vue spectaculaire sur la plage de sable fin et, de l'autre côté des vagues, le Pão de Açúcar.

L'aile nord de l'immeuble, habillée d'immenses plaques de verre, accueillait les plateaux des grandes chaînes de télévision, dans l'un des centres de diffusion les plus sophistiqués au monde.

Les retransmissions, les clips vidéo, les directs programmés sur les différents sites olympiques se trouvaient centralisés là avant d'être diffusés par satellite à travers la planète.

Peu après la Coupe du monde de football, Mo-bot avait recommandé au général Da Silva d'installer un PC sécurité juste derrière l'immeuble de la télévision afin d'en contrôler tous les flux lorsque viendrait l'heure des JO. Da Silva, reconnaissant, l'avait associée à la conception du lieu.

Le PC sécurité était une vaste salle aveugle, équipée d'un écran concave géant face auquel s'alignaient plusieurs rangées de pupitres.

Sur un étroit bandeau, à gauche de l'écran, s'affichaient les directs organisés à travers la ville. Sur le bandeau symétrique étaient relayées les images des caméras de sécurité implantées dans les rues de Rio. Le reste de l'écran permettait de visionner en temps réel les images satellitaires de la métropole, conformément aux instructions de Maureen.

Le général Da Silva, debout à côté de moi face au mur d'images, a secoué la tête.

— Je ne peux pas, Jack. Annuler la cérémonie d'ouverture serait désastreux pour l'image de Rio. Une humiliation...

— Parce que vous croyez vraiment que ce sera bon pour l'image de Rio si Castro fait exploser un engin bactériologique dans le stade Maracanã? Vous croyez peut-être qu'on vous félicitera si votre président et l'ensemble des dignitaires invités sont exposés à un virus mortel dont vous connaissiez l'existence?

Da Silva était au fond du trou. Il réfléchit longuement avant de réagir.

— Je refuse d'annuler la cérémonie d'ouverture.

— Mon général!

Il m'a fait taire d'un geste.

— Je vais commencer par interdire la circulation des voitures, taxis, motos et vélos dans un rayon de cinq kilomètres autour du stade. Je donne l'ordre à toutes les unités armées de boucler la zone. Seuls les résidents y auront accès, ainsi que les détenteurs de billets, les journalistes accrédités, les marchands ambulants et les athlètes.

» Le portrait du docteur Castro sera envoyé par MMS à tous les policiers, tous les militaires, tous les bénévoles et tous les employés municipaux de Rio, chauffeurs de bus y compris. Nous le diffuserons également auprès des médias. Ce type n'aura aucun moyen d'approcher du stade Maracanã. La population de Rio tout entière participera à la chasse à l'homme.

# 90

*Vendredi 5 août 2016*
*16h30*
*Deux heures et demie avant la cérémonie d'ouverture des Jeux olympiques*

Je reconnais volontiers que les décisions sans appel de Da Silva ont largement contribué à museler mes inquiétudes. Les yeux rivés sur l'image satellite de la ville, j'ai vu se vider les rues tout autour du stade Maracanã. Seuls y circulaient encore les camionnettes des marchands ambulants, les bus transportant les bénévoles, les athlètes et leur entourage, ainsi que les centaines de Mercedes affectées aux dignitaires étrangers comme aux membres du CIO. Dans le même temps, les piétons ralliaient le stade par milliers.

Des mesures de sécurité renforcées attendaient tous ceux qui franchissaient le périmètre rapproché, établi à une quinzaine de rues du stade. Des tanks avaient pris place aux principaux carrefours. Les hommes du BOPE et les unités spéciales de l'armée bloquaient les rues en dirigeant les piétons vers les points de contrôle. Leurs pièces d'identité, billets et accréditations étaient contrôlés à trois reprises avant l'accès au stade. L'ensemble des agents affectés à la sécurité avaient reçu un portrait du docteur Castro sur leur portable. Les médias diffusaient simultanément sa photo en précisant qu'il s'agissait d'un individu dangereux.

Pour l'heure, personne n'avait encore signalé sa présence.

Les mesures radicales prises par Da Silva avaient-elles suffi à l'effrayer ? Rien n'était moins sûr alors qu'approchait l'heure H.

— Jack, je compte me rendre au stade à 18 heures, m'a averti le général.

Le message était clair. Da Silva avait la ferme intention de se trouver sur place si Castro parvenait à introduire son virus mortel à Maracanã. Le général avait sa fierté. Il ne serait pas dit qu'il s'était mis à l'abri alors qu'une menace mortelle planait au-dessus du stade.

— Je vous accompagne.

Justine et Mo-bot ont levé la tête de leur écran.

— Ce n'est pas une bonne idée, a remarqué Justine.

— Peut-être, mais elle est nécessaire.

— Dans ce cas, tu ne m'en voudras pas de ne pas t'accompagner.

— Tout comme moi, a renchéri Mo-bot. Je ne vois pas l'intérêt de m'exposer volontairement à un virus mortel.

J'ai levé les mains.

— Je comprends très bien, mais je n'ai pas vraiment le choix.

— Bien sûr que si, a réagi Justine sur un ton agacé.

— Que veux-tu dire ?

— Comme toujours, Jack, tu fonces tête baissée sans réfléchir aux conséquences.

— J'ai réfléchi aux conséquences, au contraire. En particulier à l'image publique de Private si je restais ici.

— Et que deviendra Private si celui qui l'anime disparaît prématurément ?

Avant que j'aie pu répondre, le lieutenant Acosta s'est précipité vers nous, accompagné d'un gamin mal fagoté d'une petite douzaine d'années.

— Ce jeune homme a une histoire très intéressante à raconter, a déclaré Acosta.

# 91

Felix Martins squattait avec sa mère et une nombreuse fratrie quelques pièces au deuxième étage du Laranjeiras, un palais abandonné ayant appartenu autrefois au médecin du roi du Portugal. Aux alentours de midi, alors qu'il prenait son repas, Felix avait dressé l'oreille en entendant un bruit de moteur dans la cour. Il s'était penché à la fenêtre.

Une voiture s'était glissée sur la dernière place disponible. Un homme habillé de gris en était descendu. Felix l'avait vu récupérer dans le coffre un sac à dos gris-vert, puis jeter ses clés au fond du coffre avant de refermer celui-ci.

Je me suis penché vers le gamin.

— Tu as pu voir son visage ?

— Je l'ai tout de suite reconnu quand ils ont montré sa tête à la télé. Je me suis précipité à la police.

— Sa voiture se trouve-t-elle toujours là ? a demandé Justine.

Un pli a barré le front de Felix, que la question gênait. Il a fini par secouer la tête en nous expliquant qu'elle avait été volée vers 13 heures.

— Et tu sais qui l'a volée ? a demandé Acosta.

Le gamin s'est mordu la lèvre.

— On aurait dit qu'il faisait tout pour qu'on la lui vole.

J'ai opiné.

— C'est peut-être le cas. Alors ? Qui l'a volée ?

— Je sais pas, a bougonné le gamin. Un copain de ma mère. Z'avez qu'à lui poser la question.

— Tu peux en être sûr, a réagi Acosta. Quand as-tu vu cet homme pour la dernière fois ?

— Quand il a franchi la grille.

— De quel côté se dirigeait-il ?

Felix s'est creusé la cervelle.

— Vers la droite.

Mo-bot a localisé le vieux palais sur l'image satellite et l'a affiché sur l'écran géant, puis elle a rétréci l'image de façon à faire apparaître la route qui serpentait vers le nord avant de s'arrêter en cul-de-sac à l'orée de la jungle escarpée du parc naturel de Tijuca.

Mo-bot a entouré le stade Maracanã, situé au nord-ouest de la rue en cul-de-sac, avant de mesurer la distance séparant les deux lieux.

— Six kilomètres sept cent cinquante mètres à vol d'oiseau, a-t-elle précisé.

J'ai secoué la tête.

— Pas à pied. Regarde un peu les obstacles auxquels il va se trouver confronté. Il y a des falaises ici, ici et là. Il lui faudrait du matériel d'alpinisme.

— C'est difficile, mais pas impossible pour un individu décidé, a remarqué le général en désignant la partie septentrionale de la forêt. Il peut très bien sortir de la jungle par là, du côté de la station de métro São Francisco Xavier, à seulement un kilomètre de Maracanã.

L'hypothèse était plausible, mais je n'étais pas convaincu.

— Un homme peut-il espérer traverser un terrain aussi accidenté en six ou sept heures ?

— Sûrement, à condition de connaître les lieux et d'être en bonne forme physique, m'a répondu Acosta.

— J'envoie des renforts dans la zone, a décidé Da Silva. En attendant, essayons de le repérer grâce au satellite.

# 92

*Vendredi 5 août 2016*
*16 h 45*
*Deux heures et quart avant la cérémonie d'ouverture des Jeux olympiques*

Le docteur Castro, estimant qu'il se trouvait à une trentaine de mètres du sommet, se posa sur un affleurement rocheux, sous un arbre qui le protégeait des regards indiscrets venus du ciel. Il se débarrassa du lourd sac à dos en étouffant un grognement de soulagement.

Le raidillon montait quasiment tout droit depuis qu'il avait achevé la traversée du canyon. Il s'était cassé le dos à vouloir préserver son équilibre en s'accrochant aux racines, buissons et épineux, sans jamais céder au découragement.

Il avait croisé une petite route en lacet à deux reprises au cours de son escalade. À chaque fois, il s'était dissimulé derrière les glissières de sécurité en attendant que la voie soit libre, puis il avait traversé le macadam au pas de course. Le soleil couchant se rapprochait des montagnes, plongeant dans une ombre bienvenue le secteur qu'il traversait. Il s'accorda quelques minutes afin de souffler.

Un bourdonnement d'hélicoptère lui fit dresser l'oreille. Il en avait entendu tout au long de la journée, ce qui ne l'empêcha pas de couler un regard à travers la végétation. Les silhouettes de plusieurs appareils apparurent au nord-est. La formation volait bas au-dessus de la jungle. Castro distingua un hélico solitaire tournoyant au-dessus du sommet qu'il escaladait.

Le médecin s'enfonça dans l'ombre en attendant que l'appareil s'éloigne. Quelques instants plus tard, une voix relayée par un haut-parleur annonçait que le secteur serait fermé à la circulation à 17 heures, pour cause de jour férié.

À 17 h 10, alors que l'ombre s'épaississait autour de lui, Castro constata qu'aucun véhicule n'était passé sur la petite route en contrebas. Pour avoir soigneusement préparé l'opération, il savait toutefois que ce calme était trompeur.

Il était 17 h 20 lorsqu'une dernière voiture quitta le sommet. Elle transportait les deux gardiens du lieu, qui prirent le temps de verrouiller derrière eux les grilles d'accès à la route.

Castro, soulagé, serra les bretelles de son sac à dos et poursuivit l'ascension du Corcovado dans la brume moite apportée par le soleil couchant. Il s'immobilisa face au grillage ceignant les terrasses d'observation, au pied du Christ Rédempteur.

Le symbole de Rio, devenu celui des JO l'espace d'un été, baignait dans une lumière mordorée. Castro ressentit un pincement au cœur en se disant que le Christ avait définitivement cédé aux sirènes de Coca-Cola, de Visa, et de la société de consommation. Évitant consciencieusement de lever les yeux sur la statue, il se concentra sur sa tâche.

Le médecin savait qu'il restait trois personnes au Corcovado à cette heure. Tout d'abord un producteur et un cameraman de la chaîne NBC, postés là pour filmer Rio de nuit, qu'un hélicoptère viendrait rechercher en fin de soirée.

La troisième personne était le gardien de nuit du Corcovado, Pietro Gonzalez, sur lequel il savait pouvoir compter : Gonzalez n'était autre que le père des deux enfants emportés par l'Hydre à la veille de la finale de Coupe du monde.

Castro attendit patiemment, tapi dans l'ombre, que le gardien effectue sa ronde. Il le siffla discrètement en le voyant approcher. Gonzalez lui fit signe d'attendre. Un hélicoptère passa au-dessus des deux hommes afin de filmer du ciel la statue du Christ pour le bénéfice des téléspectateurs du monde entier.

Combien de personnes regarderaient en direct la cérémonie d'ouverture ? Castro avait entendu le chiffre d'un milliard.

*Parfait*, pensa-t-il. *Un milliard de personnes qui se prendront le message en pleine figure.*

Pietro lui fit signe de se hâter. Castro escalada le grillage et suivit son guide jusqu'à une porte située au pied du socle sur lequel se dressait le Rédempteur. Pietro, sa clé à la main, l'inséra dans la serrure et tira le battant à lui.

— Merci, l'ami, lui glissa Castro.

— Je le fais au nom de mes petits, de ma femme, et de tous les opprimés, répondit Pietro en tendant au médecin une lampe frontale et un pot de fond de teint gris.

# 93

*Vendredi 5 août 2016*
*17h40*
*Une heure et vingt minutes avant la cérémonie d'ouverture des Jeux olympiques*

— Il nous reste à peu près dix minutes de jour, a grimacé le général Da Silva, assis à la place du copilote dans un hélico 36 AS350 de l'armée brésilienne. Un appareil à quatre places d'une grande maniabilité, capable de voler à une vitesse de croisière de deux cent quarante kilomètres à l'heure.

Je m'étais installé à l'arrière, avec le lieutenant Acosta. Cela faisait près de deux heures que nous survolions la jungle entre Laranjeiras et Estación.

Le pilote volait au-dessus d'une végétation dense à travers laquelle nous aurions aimé deviner le médecin et son sac à dos, mais les arbres étaient trop touffus pour distinguer quoi que ce soit; et même lorsque nous apercevions une trouée, nous avions peu de chances de le repérer au milieu de la jungle d'un gris-vert hivernal s'il portait la tenue décrite par Felix.

— Rejoignez le stade, a ordonné Da Silva au pilote avant de demander par radio qu'on lui dresse le détail des forces de police déployées entre Maracanã et la jungle.

Le soleil a disparu derrière les montagnes, embrasant le ciel d'un magenta magnifique.

Mon téléphone a sonné et je l'ai glissé sous l'oreille de mon casque.

— Morgan à l'appareil.

— Jack? C'est Sci. Je me trouve dans le labo de Castro avec les équipes de police scientifique.

— Je t'écoute.

— As-tu remarqué les punaises au mur, au-dessus de l'établi?

— Oui.

— J'ai trouvé la feuille de papier correspondante dans une poubelle, derrière le bâtiment. Il s'agit d'une carte météo de Rio indiquant la force et la direction du vent, accompagnée du relevé des données du vent depuis dix ans en cette saison.

— En quoi ce genre d'indication pourrait-il nous aider?

En contrebas, les queues s'allongeaient aux entrées du stade.

— Ce n'est pas tout, a repris Sci. J'ai également découvert des restes de balsa, des cylindres de gros carton, et des feuilles d'aluminium dans lesquelles ont été découpées des ailettes.

— Et alors?

— Il s'agit d'ailettes de fusée, a précisé Sci.

— Comme pour les maquettes de gamins?

— Exactement. Sauf que certains cylindres de carton avaient douze centimètres de diamètre et plus d'un mètre de long.

Le pilote atterrissait lorsque j'ai enfin compris. Le sens et la vitesse du vent, les relevés des dix dernières années, une grande maquette de fusée, capable de transporter…

— Jack?

La voix de Sci m'a rappelé à la réalité.

— Dans quel sens souffle le vent à Rio au mois d'août?

— En général, le vent vient du sud-est et il souffle à une vitesse comprise entre douze et quinze kilomètres à l'heure.

— En clair, il n'a pas besoin de rejoindre le stade s'il entend…

— Exact, m'a coupé Sci. Il peut très bien se trouver dans un rayon d'un kilomètre et demi, voire plus.

— Bravo, Sci.

Le pilote nous avait à peine donné le feu vert que je me précipitais dehors. Je me suis empressé de mettre Da Silva et Acosta au courant de ma conversation avec Kloppenberg.

— Une fusée? s'est écrié le général.

— Nous avons actuellement un vent du sud-est à douze kilomètres à l'heure.

J'ai arrêté mon regard sur la montagne la plus proche.

— Il est probablement là, quelque part, à attendre le moment de lancer sa fusée.

J'ai bien cru que Da Silva allait avoir un malaise.

— Comment voulez-vous qu'on se protège contre une attaque de ce genre? s'est-il exclamé.

— Aucune idée.

# 94

Pietro verrouilla la porte derrière lui et le docteur Castro se retrouva dans le noir, sous la statue. Il remercia le ciel de lui avoir permis d'arriver jusque-là.

Il alluma la lampe frontale, passa l'élastique autour de son crâne et regarda sa montre. Pile à l'heure. Il ouvrit le pot de fond de teint gris dont il étala une couche sur son visage, son cou et ses mains.

Il entama alors la montée des huit étages du petit escalier de fer installé à l'intérieur du Christ en veillant à ne pas attirer l'attention des deux types de la chaîne NBC en cognant son sac contre la paroi.

Il était 17 h 44 précises lorsque le docteur Castro atteignit le haut de l'escalier.

Il se trouvait à présent dans la poitrine du Christ, à hauteur des bras tendus de la statue. Il posa son sac sur la passerelle, s'accorda une minute de répit, et s'engagea dans le bras droit du Rédempteur, son sac à la main.

Le passage, haut de près de trois mètres au niveau de l'aisselle, ne mesurait plus qu'un mètre cinquante lorsqu'il parvint au coude. Une trappe s'ouvrait devant lui, conçue pour permettre l'entretien du monument.

Il vérifia l'heure. 17 h 52.

La prudence lui dictait d'attendre en procédant aux ultimes préparatifs, mais il ne put résister à l'envie d'actionner le levier.

Il poussa doucement la trappe, le cœur battant, et la sentit se soulever de quelques centimètres. Un souffle de vent s'introduisit par l'ouverture, ainsi qu'une forte lumière.

Il était trop tôt pour risquer un œil à l'extérieur. Cette brève tentative lui avait apporté la confirmation que le vent avait tourné. Un vent de sud-est, de l'ordre de douze ou treize kilomètres-heure. Exactement ce dont il avait besoin pour réussir. Le rêve qu'il entretenait depuis deux ans était en passe de se réaliser.

Le destin penchait de son côté, lui donnant une sensation de puissance et de justice. Il agissait au nom de Sophia et des deux enfants Gonzalez. Au nom de tous ceux, hommes, femmes, enfants, que la pauvreté avait tués aveuglément.

Castro souleva la trappe de quelques centimètres supplémentaires et glissa un œil à travers l'ouverture. Il distingua le bras de la statue, éclairé par les projecteurs. Il s'enhardit, poussa l'épaisse tôle d'une vingtaine de centimètres et découvrit les terrasses où les deux journalistes de la chaîne NBC buvaient tranquillement de la bière, les yeux rivés sur un iPad, en lui tournant le dos. Castro, rassuré, bascula complètement la trappe qu'il reposa délicatement sur le bras du Christ avant de sortir jusqu'aux épaules, visage gris, casquette grise et chemise grise sur le gris métallique du Rédempteur.

Le soleil dessinait une boule de feu dans la brume, il resta un instant subjugué par la beauté du ciel d'un ocre rougeâtre. Il se reprit en entendant un moteur d'hélicoptère vers l'est. L'appareil tournait vainement autour du sommet, à plusieurs centaines de mètres de là.

Le médecin avait tout Rio à ses pieds. Les lumières de la ville s'allumaient peu à peu dans un scintillement magique, mais Castro s'en désintéressa afin de concentrer son attention sur un secteur situé à huit kilomètres de distance, dans la direction indiquée par la main droite du Christ.

Le stade Maracanã brillait tel un diamant, accueillant la foule des riches et des puissants qui avaient pu se procurer l'une des 45 000 places mises en vente pour la cérémonie d'ouverture. Castro les imaginait sans peine piaffant d'impatience.

# 95

*Vendredi 5 août 2016*
*18h40*
*Vingt minutes avant la cérémonie d'ouverture des Jeux olympiques*

— Il n'y a pas moyen d'utiliser un radar ? a suggéré le lieutenant Acosta. Au moins pour savoir à quel moment il lancera sa fusée.

— Il est trop tard pour ça, a répondu Da Silva.

Regroupés sur l'un des parkings du stade, nous observions le ballet des milliers de spectateurs qui continuaient d'entrer dans le stade, tout en gardant un œil sur les collines les plus proches.

Je me suis tourné vers le général.

— Dans ce cas, autant prévenir votre président. La cérémonie débute dans vingt minutes, laissez-la prendre une décision. Il lui faudra agir vite, en tout cas.

Da Silva a hésité avant de s'éloigner en jurant entre ses dents.

Pendant que le lieutenant Acosta prenait un appel, j'ai observé le ciel qui était passé du rouge vif à une couleur de braises. Je me sentais totalement impuissant. La prudence me dictait d'enfiler l'une des combinaisons stériles qui se trouvaient dans l'hélico, mais mon caractère rebelle m'empêchait de céder à la menace.

— Un second témoin a vu le docteur Castro à Laranjeiras, a déclaré Acosta en rempochant son téléphone. L'agent de sécurité de l'université Saint-Vincent-de-Paul l'a vu traverser le campus avec un gros sac à dos. Il affirme que Castro a franchi une grille avant de s'enfoncer dans les bois.

— Où se trouve cette université ? Montrez-moi sur la carte.

Acosta a ressorti son iPhone et a cliqué sur une application.

J'ai longuement étudié le plan.

— Il se dirige du mauvais côté.

— Comment ?

Nous avons été interrompus par mon téléphone. Mo-bot. J'ai laissé sonner.

— Si Castro est ressorti par cette grille à pied, il se dirigeait plein ouest, et non vers Maracanã qui se trouve au nord-nord-ouest. Qu'y a-t-il à l'ouest du campus ?

Mon portable a sonné à nouveau.

J'ai rendu son iPhone au lieutenant afin de répondre sur le mien.

— Désolé, Mo-bot, mais la situation est explosive ici.

— Et ça ne fait que commencer, a-t-elle répliqué. Je le tiens. Il a commis une erreur et je sais où il se trouve. Tout du moins où il se trouvait il y a cinquante minutes.

Acosta a relevé la tête de son téléphone où s'affichait toujours le plan.

— Plein ouest ? a-t-il marmonné. Il se dirige vers le Corcovado.

J'ai repris ma conversation avec Mo-bot.

— Tu dis que tu sais où il se trouve. Sur le Corcovado ?

— Comment as-tu deviné ? a rétorqué Maureen d'une voix qui trahissait sa déception.

— Simple déduction, en me fondant sur l'endroit où il a pénétré dans la jungle.

— Ah ! a-t-elle répondu, soulagée. Eh bien, tu ne me croiras peut-être pas, mais j'ai une vidéo de lui en train de sortir du bras droit du Christ. Je te l'envoie tout de suite.

Je n'ai pas attendu l'arrivée du fichier pour me ruer vers l'hélico.

Le pilote avait disparu.

Acosta m'a rejoint.

— Que se passe-t-il? s'est-il enquis en me voyant ouvrir la porte de l'appareil

— Castro compte lancer sa fusée de la statue du Christ Rédempteur.

# 96

*Vendredi 5 août 2016*
*18 h 54*
*Six minutes avant la cérémonie d'ouverture officielle des Jeux olympiques*

À la lueur de sa lampe frontale, le docteur Castro contempla son chef-d'œuvre, assemblé par ses soins à l'intérieur du bras droit du Christ Rédempteur. L'Hydre-9 et les réserves de carburant tenaient sans peine dans le corps de l'appareil, les tuyaux et leurs injecteurs soigneusement reliés aux cylindres remplis de sang contaminé. Il avait relié son téléphone par Bluetooth à la petite télécommande enfouie dans sa poche de chemise. Les applications du portable lui permettaient également de visionner sur son écran les images de la caméra GroPro Hero tout en suivant avec un navigateur GPS les déplacements de son drone Freefly Alta.

L'appareil lui avait coûté 8 495 dollars sur Internet, mais il n'en regrettait pas un cent. Avec ses barres télescopiques, son armature rétractable et ses cinq hélices, ce drone était capable d'emporter une charge utile de sept kilos sur plus de quinze kilomètres.

Le colis de mort mis au point par Castro pesait un peu moins de cinq kilos et le Freefly n'avait que huit kilomètres à parcourir. Il était rassurant de savoir que le drone disposait de toute la marge nécessaire pour atteindre le stade et remplir sa mission sans encombre.

Il replia l'armature et les hélices le temps de passer l'appareil à travers la trappe, puis il le posa délicatement sur le bras droit du Christ.

Castro s'intéressa brièvement aux deux employés de la chaîne NBC, trente mètres sous lui. L'un d'eux se soulageait tranquillement au bord de la terrasse pendant que son compagnon, hypnotisé par l'écran de son iPad, lui signalait le début de la cérémonie.

*Parfait*, pensa le médecin en dépliant les bras du drone. *À l'image de l'élite, nous ferons une entrée tardive et remarquée. La soirée n'en sera que plus réussie.*

Castro démarra les moteurs du drone à l'aide de son téléphone. Les hélices s'animèrent lentement. Le médecin en profita pour vérifier une dernière fois le positionnement des tuyaux et des injecteurs, puis il laissa échapper un grand soupir.

— *Boa viagem*, murmura-t-il.

Il sortit la télécommande de sa poche, augmenta la puissance des moteurs et vit avec émotion le drone s'élever dans les airs en emportant sa précieuse charge.

Le médecin attendit que le Freefly se soit élevé de trois mètres avant de le diriger vers le nord en contrant les effets du vent qui soufflait du sud-est. Avec son filet porte-charge de grosses mailles noires et ses neuf tuyaux dotés d'injecteurs sortant de son ventre, on aurait dit une méduse.

— Hé ! cria une voix sur la terrasse.

Castro baissa les yeux et constata que les deux types de NBC observaient son manège. Un instant pris de panique, il décida de les ignorer.

Jamais ils ne trouveraient le moyen de s'introduire à l'intérieur de la statue au cours des quinze à vingt minutes de vol qui séparaient le Rédempteur du stade. Après, il serait trop tard. Par excès de prudence, il mit en route le pilotage automatique grâce à son application.

— Hé ! Qu'est-ce que vous fichez là-haut ? le héla l'un des deux hommes.

Il regarda à ses pieds et constata que le cameraman le fixait avec son objectif tandis que son collègue s'excitait au téléphone.

*Aucune importance*, pensa Castro. *De toute façon, il est trop...*

Il sursauta en entendant un moteur d'hélicoptère dans la nuit, sans distinguer ses lumières. L'appareil approchait rapidement.

Castro ne tenta même pas de se dissimuler. Il se cachait depuis suffisamment longtemps.

L'esprit tranquille, il se pencha sur son écran et surveilla le vol du drone sans éprouver de peur ni de regret.

# 97

— Saloperie ! Il est là ! s'est écrié le lieutenant Acosta, assis à côté de moi sur le siège du copilote, les yeux collés à de puissantes jumelles.

— Vous le voyez ? s'est enquis Da Silva par radio.

— Affirmatif, mon général, a répondu Acosta. À l'endroit précis indiqué par Mo-bot.

— Où se trouve la fusée ?

— Je ne vois pas de fusée.

— Approchez-vous donc, bon Dieu, et braquez votre projecteur sur lui. Et vous, Jack, branchez le radar et la caméra. Je veux tout suivre d'ici.

L'hélicoptère de l'armée brésilienne était équipé d'un radar à ondes millimétriques et de caméras à infrarouge installés sous le nez de l'appareil.

Je venais de les allumer quand un bip a résonné.

J'ai quitté la statue des yeux afin de m'intéresser à l'écran. *Bip ! Bip !* Un objet de petite taille a survolé lentement les arbres avant de s'évanouir. J'ai pensé qu'il s'agissait d'un oiseau.

— Je ne vois pas de fusée, a répété Acosta.

— Vous croyez qu'il a déjà pu la lancer ? s'est énervé Da Silva dans nos casques.

J'ai allumé le projecteur sur le Christ Rédempteur.

— Non, nous l'aurions vue décoller.

J'ai ralenti avant de me mettre en vol stationnaire à une trentaine de mètres des bras écartés du Christ. Malgré sa tenue grise et son maquillage, Castro ne passait pas inaperçu, le torse, le cou et la tête hors de la statue. Les yeux baissés, il s'activait avec ses doigts.

— Je serais curieux de savoir ce qu'il fabrique.

Le pistolet sur ses genoux, Acosta continuait d'observer Castro à l'aide de ses jumelles.

— Il regarde l'écran d'un grand iPhone tout en se servant d'une sorte de télécommande.

J'ai brusquement repensé aux bips entrevus sur le radar. Un objet volant de petite taille, rasant le sommet des arbres. Ma gorge s'est nouée.

— Bon sang ! Ce n'est pas une fusée, mais un drone !

— Abattez-le ! a hurlé Da Silva dans nos casques.

— Mon général ?

— Collez-lui une balle en pleine tête et reprenez le contrôle de cette vacherie de drone !

Plusieurs raisons me poussaient à croire qu'abattre Castro n'était pas la meilleure solution. J'ai braqué le feu du projecteur sur lui avant de confier le micro du mégaphone au lieutenant Acosta.

— Interpellez-le en l'appelant par son nom. Demandez-lui de rappeler le drone et de se rendre.

Acosta s'est exécuté sans discuter.

— Docteur Castro, ici la police fédérale. Rappelez votre drone ou bien nous vous abattons.

Le médecin nous a regardés d'un air absent, puis il a hoché la tête et reposé sa télécommande. Je l'ai vu effleurer l'écran de son téléphone de la main gauche tout en glissant la main droite à travers la trappe.

Elle est ressortie avec un pistolet qu'il a braqué dans notre direction avant de tirer à trois reprises.

Les trois balles ont traversé le pare-brise de l'hélico.

Acosta a poussé un hurlement de douleur.

— Je suis touché !

## 98

Le docteur Castro vit les balles étoiler le pare-brise et le flic tressauter à la place du copilote. Il voulut viser son compagnon, mais ce dernier avait fait basculer l'hélico d'un coup de manche. Lorsqu'il visa le rotor arrière, l'appareil s'éloignait déjà et il rata son coup.

Le médecin jeta un coup d'œil aux images de la GoPro sur l'écran de son téléphone. Le drone poursuivait sa route en direction du stade. Distance jusqu'à l'objectif: 4,667 kilomètres. Temps de parcours: 11 minutes.

Il releva la tête et constata avec inquiétude que l'hélico ne se dirigeait pas vers l'hôpital le plus proche. L'appareil tournait autour de la statue, trop loin pour qu'il puisse l'atteindre avec le pistolet. Arriverait-il à tenir encore onze minutes?

Castro voulait croire qu'il y parviendrait.

Les types de l'hélico étaient clairement au courant de ses intentions. Ils feraient tout pour l'abattre afin de reprendre le contrôle du drone, mais ils n'y réussiraient jamais. Il était trop tard. La porte d'accès à la statue était verrouillée, et quand bien même ils auraient tenté d'atterrir sur l'autre bras du Rédempteur, qui aurait pu descendre de l'appareil? Certainement pas le type qui venait de prendre une balle, encore moins le pilote.

L'hélico se trouvait à deux cents mètres sur la droite de Castro, son projecteur éteint. Il changea de cap et réduisit la distance en revenant par l'arrière, derrière la tête du Christ.

Le médecin lança la télécommande dans le vide, puis il fit volte-face, braqua le canon de son arme sur l'hélico, et fit feu.

# 99

Castro a tiré à cinq reprises sans succès. C'est tout juste si l'une de ses balles a touché l'une des barres d'atterrissage tandis qu'une autre s'enfonçait dans la partie inférieure du fuselage. Le médecin a dégagé le chargeur d'un coup de pouce et l'a remplacé par un autre.

Je me suis tourné vers Acosta.

— Abattez-le.

— Je ne peux pas, a répliqué Acosta que son épaule droite blessée empêchait de tirer.

— Passez-moi votre arme.

Le lieutenant me l'a tendue.

Je l'ai posée sur mes genoux avant de faire coulisser ma vitre.

L'air de l'extérieur s'est rué à travers l'ouverture. Tout en continuant de tenir le manche de la main droite, j'ai glissé le canon du pistolet sur le rebord de la vitre, puis j'ai viré de bord à cent quatre-vingts degrés. Castro a levé la tête en brandissant son arme, le visage illuminé par un sourire de dément.

Dès que je l'ai aperçu dans ma ligne de mire, je me suis mis à tirer, jusqu'à épuisement de mes munitions.

# 100

La première balle frôla l'oreille gauche du docteur Castro. Avant qu'il ait pu réagir, la balle suivante s'enfonçait juste en dessous de son sternum. Il ploya sous le choc, comme fauché par un coup de poing dans l'estomac. Un coup de poing brûlant. Il parvint à appuyer sur la détente.

Le pilote fit feu une troisième fois et atteignit Castro en pleine poitrine. Le médecin, projeté contre le cadre de la trappe, s'effondra, terrassé par la douleur. Le pistolet s'échappa de ses doigts, rebondit contre le bras de la statue et s'écrasa sur l'esplanade.

Castro, sous le choc, gardait pourtant les idées claires. Il souhaitait montrer aux flics qu'il avait gagné, quoi qu'ils fassent.

Il agita son téléphone en direction des occupants de l'hélicoptère, un sourire sanglant aux lèvres, puis il le laissa tomber à l'intérieur de la trappe.

*J'ai réussi*, pensa-t-il, transporté de joie, en sombrant lentement dans la mort.

*C'est irréversible.*

*Et… c'est bien.*

# 101

Castro s'est effondré sous nos yeux après avoir laissé tomber son téléphone à l'intérieur de la statue. L'instant suivant, il était mort.

Le général Da Silva avait également assisté en direct à la mort de Castro.

— Dépêchez-vous de reprendre le contrôle du drone.

— On ne peut pas, lui a répondu Acosta. Il l'a réglé en pilotage automatique. C'est pour ça qu'il a brandi son téléphone juste avant de mourir.

Sur le moment, je n'avais pas compris la symbolique du geste, mais Acosta avait raison. Castro n'avait pas été aussi loin sans prendre ses précautions.

J'ai viré de bord et mis pleins gaz en direction du nord.

— Général ! Faites évacuer le stade.

— La cérémonie d'ouverture a déjà débuté, s'est énervé Da Silva.

— Le drone fonce sur vous et les 45 000 personnes rassemblés à Maracanã, prêt à larguer le virus en direct devant un milliard de téléspectateurs. À vous de décider.

— Retrouvez-moi ce drone et abattez-le !

— Comment le retrouver ? Nous n'avons aucune chance, mon général, s'est défendu Acosta tout en improvisant un garrot autour de son bras blessé avec la ceinture de sécurité.

J'ai compris que tout n'était pas perdu.

— Peut-être pas, après tout. Nous savons où il se dirige, le tout est d'arriver à Maracanã avant lui.

J'ai poussé les moteurs de l'appareil qui a filé vers le stade à deux cent soixante kilomètres à l'heure.

— Jack, a repris le général, je fais couper tous les relais téléphoniques.

— Pourquoi donc?

— Ce sont les ondes qui contrôlent le drone. Il suffit de les arrêter.

— Non, mon général. C'est trop dangereux. L'appareil est susceptible de partir n'importe où et nous perdrions toute chance de l'intercepter.

Sans attendre sa réponse, je me suis adressé à mes équipes.

— Mo-bot, tu m'entends?

— Oui, Jack.

— Branche-moi sur la radio de Sci.

Le stade, brillant de tous ses feux, approchait à toute vitesse.

— Je suis à côté de Maureen, Jack, est intervenu Kloppenberg.

— Écoute-moi. Le drone, en pilotage automatique, se dirige vers le stade en transportant du sang contaminé à l'Hydre-9. Il faut impérativement trouver le moyen de l'arrêter.

Sci a laissé s'écouler un silence avant de répondre :

— Comment Castro comptait-il répandre le sang?

— Je n'en suis pas sûr.

J'ai ralenti et fait demi-tour au-dessus des parkings. J'ai laissé l'appareil en vol stationnaire, le nez tourné vers le Christ Rédempteur.

— Si le drone est en pilotage automatique, a repris Sci, il est réglé pour s'arrêter et déclencher le mécanisme de dispersion à un endroit précis.

— Tu veux dire que si nous parvenons à l'arrêter avant qu'il ne survole le stade, il restera inoffensif?

— À moins que Castro n'ait pensé à programmer des redondances évolutives.

— De quel type?

— Des redondances susceptibles de déclencher le mécanisme en cas d'accident, par exemple.

— Super...

J'ai repris de l'altitude afin de me positionner au-dessus du stade. Une centaine de mètres plus bas, les athlètes de plus de cent nations défilaient devant les danseuses de samba s'agitant sur des estrades.

— Regardez! s'est écrié Acosta en observant le spectacle à travers sa vitre. Les spectateurs nous montrent du doigt. Ils s'imaginent que nous faisons partie du spectacle.

À ce stade, je m'en fichais, trop occupé à fouiller la nuit. Où était donc ce fichu engin? Une minute s'est écoulée.

— Les organisateurs ne sont pas contents que vous survoliez le stade, m'a prévenu Da Silva.

— Je m'en fous!

Où se trouvait le drone? Avait-il pu s'écraser? Auquel cas l'Hydre-9 avait déjà entamé son œuvre de mort quelque part dans...

*Bip! Bip!*

Un coup d'œil au radar à ondes millimétriques m'a indiqué la position de l'engin.

— Le voilà. Il se trouve à six cent cinquante mètres.

J'ai poussé le manche et l'hélico est parti à la rencontre du petit appareil à hélices.

— Comment puis-je vous aider? m'a interrogé Acosta.

— En priant.

— Que comptez-vous faire?

J'avais en tête l'avertissement de Sci si jamais j'abattais le drone.

Il me restait une dernière chance.

# 102

— Il est là ! s'est exclamé Acosta en découvrant le drone dans le cône de lumière de notre projecteur.

L'appareil volait tranquillement à vingt-cinq kilomètres à l'heure, à cent mètres de nous.

— On dirait une pieuvre avec ses réservoirs et ses tuyaux qui dépassent. Je vais essayer de l'accrocher avec les barres d'atterrissage.

J'ai allumé la caméra installée sous le fuselage. Déformés par le grand-angle, les embouts des barres d'atterrissage sont apparus sur mon écran.

Je disposais de trois ouvertures à travers lesquelles suivre les mouvements du drone : deux au niveau de la portière, et une dernière à hauteur de mes chevilles qui m'offrait une vue parfaite de la barre d'atterrissage gauche. J'ai viré lentement juste derrière le drone. Pris dans les remous du rotor, il a rapidement perdu de l'altitude.

J'ai cru un instant que j'avais tout gâché en le précipitant au sol. À l'instant où je croyais la situation perdue, l'appareil est remonté.

Il était trop tard pour prendre des gants. Le mieux était encore de foncer sur le drone et de l'accrocher en plein vol. Je pouvais réussir, à condition d'avoir de la chance.

Le stade n'était plus qu'à quelques dizaines de mètres quand j'ai fondu sur le drone d'un coup de manche. Je l'ai raté de quelques centimètres.

— Attention ! Il arrive au-dessus de Maracanã, s'est écrié Da Silva tandis que je tentais une ultime approche.

— Jack vous avait prévenu d'évacuer le stade, mon général, a répliqué le lieutenant Acosta, mais vous ne l'avez pas écouté.

Le temps n'était plus aux palabres inutiles. Le drone n'avait plus que dix mètres à parcourir avant de survoler le stade. J'ai mis les gaz en le voyant perdre de l'altitude. J'ai fait basculer l'hélico de façon à l'éperonner de biais avec l'extrémité du patin d'atterrissage.

Encore raté.

Par miracle, les mailles du filet contenant les cylindres remplis de sang se sont prises dans l'une des accroches des barres.

Le drone pendait désormais à l'envers, ses cinq hélices fouettant l'air en vain.

— Je l'ai eu !

Un tonnerre de cris et de hourras a explosé dans mon casque tandis que je m'éloignais du stade.

— Bien joué, Jack ! a tonné le général Da Silva.

— Un travail parfait, m'a félicité Sci.

J'ai poussé un soupir de soulagement.

— Presque parfait seulement, mais on s'en contentera. En attendant, où dois-je déposer le virus ?

— Le mieux serait de rejoindre le laboratoire de Castro puisque la salle stérile est toujours en état. On avisera ensuite.

Justine a interrompu le général.

— Jack, en regardant les images filmées par ta caméra, j'ai vu clignoter une lumière verte dans le filet du drone.

Intrigué, j'ai regardé à travers la vitre inférieure de ma portière. Des chiffres verts luminescents défilaient sur un cadran numérique. 00 : 60, 00:59, 00:58, 00:57…

# 103

— Jack, c'est un compte à rebours! a hurlé Justine dans mon casque. Le drone va exploser dans…

— Cinquante-quatre secondes.

J'ai serré les dents en prenant de l'altitude, sans savoir comment j'allais bien pouvoir éviter la catastrophe.

Dans moins d'une minute, l'arme bactériologique de destruction massive de Castro viderait ses réservoirs remplis de sang contaminé au virus Hydre-9. Ses injecteurs vaporiseraient un nuage de mort au-dessus de Rio.

— Jack, a prononcé gravement le lieutenant Acosta. Nous allons…

J'ai effectué un virage à trois cent soixante degrés sans vraiment savoir où j'allais.

— Quarante-cinq secondes, quarante-quatre…, poursuivait Justine.

Je ne voulais plus entendre sa voix. De l'autre côté du pare-brise, j'ai aperçu les navires de croisière amarrés le long de Mauá, le port de Rio, et tous les autres ancrés dans la baie de Guanabara.

— Trente-huit, continuait implacablement Justine. Trente-sept, trente-six…

— Attends!

J'ai mis les gaz en tournant le nez de l'hélico en direction de la baie.

— Vingt-cinq, vingt-quatre…

Dans le rugissement des moteurs, nous avons survolé la masse de ceux qui fêtaient l'ouverture des Jeux dans les rues de Gamboa sans se douter de la menace qui pesait au-dessus d'eux.

— Dix-huit, dix-sept, seize…

Je suis descendu au-dessus de la gare routière, bondée à cette heure. La flèche de l'église Santo Cristo est passée devant moi en l'espace d'un éclair.

— Dix, neuf, huit…

Nous avons survolé à moins de vingt mètres l'avenue Kubitschek, bloquée par un embouteillage. Un instant plus tard, nous passions au-dessus de la digue.

— Six, cinq, quatre…

L'appareil a rasé les cheminées d'un navire de croisière amarré là.

— Trois…

J'ai abaissé le manche et l'hélico est tombé comme une pierre.

— Deux…

Je ne me souviens de rien avant l'impact avec la surface noire de l'eau, à part la voix de Justine.

— Un…

# 104

— Jack?

Une voix a prononcé mon nom à l'extrémité d'un tunnel interminable.

— Jack, tu m'entends?

J'ai reconnu la voix de Justine. J'ai lâché un soupir, le simple fait de me servir de mes poumons était un enfer. J'ai soulevé péniblement les paupières. Au début, tout était flou et je ne distinguais rien. Les contours de la pièce ont fini par se préciser.

Je me trouvais dans un lit d'hôpital, au milieu d'une forêt de machines. Justine, assise à mon chevet, tenait ma main gauche entre les siennes et me souriait, le regard humide.

— Bienvenue dans le monde des vivants, a-t-elle prononcé. Dieu nous a entendus.

Je me sentais perdu.

— Combien de temps suis-je…

— Quatre jours.

Elle a retiré l'une de ses mains, le temps de s'essuyer les yeux.

— Tu as été blessé à la tête au moment de l'accident, en plus de te briser le sternum. Tu as fait une hémorragie cérébrale. Les médecins t'ont maintenu dans un coma artificiel en attendant de pouvoir te trépaner pour diminuer la pression crânienne. Tu as été opéré avant-hier.

— À chaque jour suffit sa peine.

J'ai voulu rire de ma propre boutade et des poignards m'ont traversé la poitrine tandis que des coups violents ébranlaient mon crâne. Sans doute ai-je poussé un gémissement, car Justine s'est levée précipitamment, le visage inquiet.

— Tu dois bouger le moins possible.

— Je viens de m'en rendre compte. Les médecins ont-ils un traitement contre les coups de hache dans la tête ?

Nous avons été interrompus par l'arrivée d'une infirmière.

— Mais notre malade est réveillé ! Depuis quand ?

— Il a ouvert les yeux il y a cinq minutes. Il est incroyablement alerte. Il s'exprime de façon parfaitement cohérente. Il m'a tout de suite reconnue.

L'infirmière a regardé la pendule, et son visage s'est éclairé.

— Alors, j'ai gagné. Figurez-vous qu'on avait parié sur l'heure de votre réveil.

— Ravi d'avoir pu vous être utile.

— Il a mal à la tête, a précisé Justine.

— Rien d'étonnant, a réagi l'infirmière. Je vais chercher le médecin.

J'ai senti mes paupières s'alourdir et je me suis enfoncé dans un sommeil sans rêve jusqu'à l'arrivée du neurochirurgien. Justine n'avait pas bougé de sa chaise, elle passait des coups de fil pendant que le médecin m'examinait.

Il a paru satisfait des progrès enregistrés et m'a promis de soulager mes maux de tête. J'aurais pu l'embrasser.

Les médicaments ont rapidement produit leur effet, le feu qui me brûlait la poitrine s'est apaisé, mon mal de crâne s'est estompé et je me suis lentement assoupi.

Seymour Kloppenberg et Maureen m'ont réveillé peu après. Sci affichait un large sourire en hochant la tête, mais Mo-bot a fondu en larmes.

— Tu nous as fait si peur, a-t-elle balbutié en triturant mes draps entre ses doigts.

— Il n'y avait pas de quoi, j'ai la tête dure.

— Avec ton crâne plein de trous, ce n'est plus le cas, a plaisanté Sci.

— Très drôle.

— Au cas où personne ne te l'aurait encore dit, ton idée était géniale.

J'ai papilloté des yeux, surpris.

— Quelle idée?

— Celle d'écraser l'hélicoptère dans la mer avec le virus de Castro.

— C'est tout ce qui m'est venu. Le virus s'est répandu?

— Oui, sauf que Castro avait conçu un agent pathogène aérien. Le sel marin et la pollution de l'eau ont instantanément tué le virus. Malgré tous les tests effectués depuis l'accident, on n'en pas retrouvé de trace dans la baie.

— Notre superhéros, a raillé Justine.

Il fallait bien que je me défende.

— Je n'ai rien d'un superhéros. Plein de gens ont contribué à l'élimination de Castro, à commencer par Maureen.

— Arrête! J'ai eu de la chance, rien de plus.

— C'est toi qui as eu l'idée de chercher du côté du Corcovado.

— Pas du tout. Je regardais par hasard le direct sur NBC quand j'ai vu ce coucher de soleil magnifique derrière le Christ Rédempteur. En agrandissant l'image sur l'écran géant du PC sécurité, j'ai remarqué une bosse au niveau du bras droit de la statue. On aurait dit qu'il lui était brusquement poussé un biceps.

— Et c'est comme ça que tu as découvert la tête de Castro dépassant de l'ouverture de la trappe.

— Euh… c'est vrai, a bien dû reconnaître Mo-bot.

— Dieu merci. Nous savions que Castro s'était réfugié sur le Corcovado, mais nous n'aurions jamais pu deviner à quel endroit précis. Sans vous, madame Roth, 45 000 personnes auraient été victimes d'un virus mortel.

Mo-bot, rayonnante, a ri.

— Je veux bien accepter une part du succès de l'opération, mais c'est toi qui as pris tous les risques pour détruire son drone.

— N'oublions pas Acosta. À propos, comment va-t-il?

Leurs mines se sont assombries.

— Bruno est mort sur le coup dans l'accident, Jack.

Mon moral est retombé instantanément.

Acosta était mort. Comme Tavia. Et je me sentais en partie responsable de leur disparition. Coupable de leur avoir survécu.

J'ai soupiré.

— Bruno était un excellent flic. Un type intelligent, décidé, d'un courage à toute épreuve. Je n'ai rien trouvé d'autre pour détruire ce virus.

— Et vous avez eu raison, est intervenu le général Da Silva qui poussait la porte de la chambre. Acosta aurait été d'accord avec moi. Il est mort héroïquement en donnant sa vie pour les personnes qui se trouvaient dans le stade et toutes celles qui auraient contracté le virus par la suite. Vous avez tous les deux évité une catastrophe nationale, Jack. Le président tient à vous remercier personnellement lorsque vous irez mieux.

C'était bon à entendre, mais la mort de Tavia et d'Acosta me resterait en travers de la gorge pendant de longues années. J'ai préféré changer de sujet de conversation.

— Comment se déroulent les Jeux?

Le général a écarté les mains, un sourire aux lèvres.

— Depuis la cérémonie d'ouverture, ma belle ville de Rio se montre à la hauteur de sa réputation. La fête bat son plein. Le monde entier est tombé sous son charme.

— Je n'en suis pas surpris.

— Les médecins m'ont confirmé que vous pourriez sortir dans deux jours, a repris Da Silva. Vous pouvez être certain d'avoir les meilleures places à toutes les épreuves auxquelles vous souhaiterez assister. La finale du 100 mètres hommes a lieu dimanche soir.

J'allais refuser, pour avoir déjà assisté à l'épreuve lors des JO de Londres, lorsque j'ai changé d'avis.

— D'accord. Je veux bien quatre places.

— Sans problème.

Je me suis tourné vers Sci, Mo-bot et Justine.

— Vous viendrez avec moi.

Maureen a applaudi et Sci a paru satisfait.

— Il ne serait pas préférable que je rentre à Los Angeles surveiller la maison ? s'est inquiétée Justine.

— Je préfère t'avoir ici.

Elle a souri en reprenant ma main.

— Je resterai aussi longtemps que tu auras besoin de moi.

# 105

Je suis effectivement sorti de l'hôpital le surlendemain. J'étais capable de marcher, mais pas de conduire ou d'accomplir le moindre effort jusqu'à nouvel ordre. Du fait des antalgiques, de mes côtes cassées et de mes trous dans la tête. Justine et Mo-bot se relayaient à mes côtés. Nous avons surtout regardé les Jeux à la télévision, l'aviron et le cyclisme en salle nous ont particulièrement intéressés. Un suspense incroyable.

Justine passait des heures au téléphone avec Emilio Cruz, son copain. Cruz travaille pour moi à L.A. J'ai cru comprendre qu'il lui en voulait de rester à Rio jusqu'à la fin des Jeux.

— Tu sais, Justine, tu peux rentrer. Je me sens nettement mieux.

— Je repartirai quand je serai certaine que tu es capable de te débrouiller tout seul.

— Tu es sûre?

— Oui, Jack, a-t-elle répondu en se levant. J'ai failli te perdre. Je… je ne crois pas que je l'aurais supporté… Je tiens à m'assurer que tout va bien pour toi.

Elle a détourné la tête, au bord des larmes. J'avais la gorge serrée à l'idée qu'elle tienne autant à moi. Le sentiment était réciproque.

— Merci, Justine. Mais je ne voudrais pas être la cause de tensions entre toi et Cruz.

Elle s'est mouchée.

— Je pensais qu'on était sur la même longueur d'onde avec Emilio, mais si notre relation doit pâtir de la situation actuelle, c'est qu'elle n'avait pas d'avenir.

La loyauté de Justine me touchait profondément, quelle que soit la nature des sentiments qui continueraient de nous lier. Je n'ai pas voulu m'y attarder, par respect pour la mémoire de Tavia. Et, pour la première fois depuis une éternité, je me suis mis à parler. J'ai tout déballé.

Je passais mes journées à parler de Tavia à Justine. J'ai craqué à plusieurs reprises. Je m'exprimais sans retenue, jamais nous n'avions été si proches.

— Tu reviens de loin, m'a dit Justine le dimanche en début d'après-midi, neuf jours après l'accident, tout en m'aidant à prendre place à bord du bateau de pêche que j'avais loué à la marina de Botafogo. Je suis contente que tu acceptes enfin de parler.

— Tu crois que je pourrais passer dans l'émission « Dr. Phil » ?

— C'est encore un peu tôt, mais tu fais des progrès, a souri Justine d'un air grave. Tu ne veux vraiment pas que je t'accompagne ?

— Non, j'ai besoin d'être seul.

— Je t'attends ici.

— Tu me prends pour Forrest Gump, c'est ça ?

Justine a éclaté de rire.

— Pas de risque. Forrest court beaucoup plus vite que toi.

J'ai hoché la tête en m'installant à l'intérieur du bateau, l'urne contenant les cendres de Tavia entre mes jambes.

— Dans mon état actuel, ma grand-mère me battrait à plate couture. Quitte à m'attendre, tu ferais mieux d'aller déjeuner. Ou de prendre un jus d'açaï.

— Bonne idée. On devient vite accro à ce truc-là, tu ne trouves pas ?

— Absolument.

Le propriétaire du bateau a lancé les moteurs.

— Elle n'avait personne d'autre ? m'a demandé Justine.

J'ai secoué la tête.

— Elle était orpheline.

Le matelot a largué les amarres.

Le bateau a traversé lentement les eaux de la marina. Je ne quittais pas des yeux Justine qui m'observait depuis le ponton. Sa silhouette a fini par disparaître.

Nous avons pris de la vitesse en approchant de la sortie du port. Le Pain de Sucre, sur notre droite, était plus majestueux que jamais.

J'ai repensé aux alpinistes que nous avions voulu sauver avec Tavia et le général Da Silva, la veille de la finale de la Coupe du monde. Un siècle s'était écoulé depuis.

À deux kilomètres des côtes, le capitaine a ralenti en m'interrogeant du regard. Je me suis repéré par rapport au Pain de Sucre, à Copacabana, au phare de la plage du Diable.

J'ai opiné.

Le capitaine a coupé les moteurs. L'urne à la main, je me suis levé péniblement. Accoudé au bastingage, la gorge nouée par l'émotion, j'ai tenu à m'assurer une dernière fois que nous nous trouvions au bon endroit.

J'ai dévissé le couvercle et c'est d'une voix rauque que j'ai murmuré dans le vent :

— Te voilà arrivée, Tavia. Tu feras partie de Rio à jamais.

J'ai pris longuement ma respiration pour ne pas pleurer.

— Je t'aimais, Tavia. Tu me manques, et tu me manqueras toujours.

Alors, j'ai dispersé ses cendres au-dessus de l'eau avec des mains tremblantes.

Il n'y avait quasiment pas de vent, la poussière grise a flotté à la surface de la mer pendant quelques minutes avant de se laisser emporter par les courants en direction de Copacabana.

Je me suis rassis, vidé et désespérément seul, avant de signaler au capitaine qu'il pouvait repartir.

J'ai attendu que nous ayons atteint la baie de Botafogo pour me lever et gagner l'avant du bateau. La main sur les yeux, je me suis tourné vers la marina.

Justine, ma meilleure amie au monde, était là, sur le ponton. Un sourire aux lèvres, elle m'attendait.

*(Suite de la page 4)*

*Le Dixième Anniversaire*, 2012.
*La Piste du tigre*, 2012.
*Le Neuvième Jugement*, 2011.
*En votre honneur*, 2011.
*La Huitième Confession*, 2010.
*La Lame du boucher*, 2010.
*Bikini*, 2009.
*Le Septième Ciel*, 2009.
*La Sixième Cible*, 2008.
*Des nouvelles de Mary*, 2008.
*Le Cinquième Ange de la mort*, 2007.
*Sur le pont du loup*, 2007.
*Quatre fers au feu*, 2006.
*Grand méchant loup*, 2006.
*Quatre souris vertes*, 2005.
*Terreur au troisième degré*, 2005.
*Deuxième chance*, 2004.
*Noires sont les violettes*, 2004.
*Beach House*, 2003.
*Premier à mourir*, 2003.
*Rouges sont les roses*, 2002.
*Le Jeu du furet*, 2001.
*Souffle le vent*, 2000.
*Au chat et à la souris*, 1999.
*La Diabolique*, 1998.
*Jack et Jill*, 1997.

AU FLEUVE NOIR

*L'Été des machettes*, 2004.
*Vendredi noir*, 2003.
*Celui qui dansait sur les tombes*, 2002.
*Et tombent les filles*, 1996.
*Le Masque de l'araignée*, 1993.

CHEZ LE MÊME ÉDITEUR

James Patterson
*avec* Michael Ledwidge

## MOI, MICHAEL BENNETT

**DES FLICS ABATTUS...**

Lors de l'arrestation d'un parrain du crime mexicain, Michael Bennett, du NYPD, perd l'un de ses amis les plus chers.

**DES JUGES ASSASSINÉS...**

Depuis le fond de sa cellule, le malfrat jure qu'il se vengera. Il a des arguments si convaincants que Bennett doit mettre ses dix enfants et leur nurse Mary Catherine à l'abri, dans sa ville natale.

**ET UN HOMME EN DANGER : MICHAEL BENNETT !**

Mais bientôt, la paisible bourgade se retrouve à feu et à sang. Bennett est alors tiraillé entre le désir de protéger ses proches et celui de sauver New York du chaos...

ISBN 978-2-8098-1432-3 / H 16-8887-6 / 352 pages / 22 €

James Patterson
*avec* Michael Ledwidge

# ZOO

*Pourront-ils leur échapper ?*

À Los Angeles, deux lions dévorent leur gardien. Au nord de l'État de New York, des chasseurs sont attaqués par des ours bruns. En Inde, un éléphant piétine à mort son cornac…

Sur tous les continents, les bêtes – sauvages et domestiques – se montrent brusquement d'une agressivité inouïe à l'encontre d'une espèce bien particulière : l'*Homo sapiens.*

Le biologiste Jackson Oz a conscience de la menace : l'humanité court à sa perte. Bientôt la Terre ne sera plus qu'un vaste zoo sans cages, dont les animaux auront pris le contrôle. Aidé de la jeune chercheuse Chloé Tousignant, il lui faut stopper l'hémorragie…

*Ce roman est à l'origine de la série* Zoo, *diffusée en primetime par TF1. James Wolk (*The Crazy Ones*) y est entouré de la comédienne française Nora Arnezeder (*Mozart in the jungle, Fiston*), de Billy Burke (*Twilight*), de Kristen Connolly (*House of Cards*) et de Nonso Anozie (*Game of Thrones*).*

ISBN 978-2-8098-1812-3 / H 42-6720-3 / 368 pages / 22 €

James Patterson
*avec* Marshall Karp

**LUNE POURPRE**

**ENLÈVEMENTS, TORTURES, MEURTRES...**

À Central Park, le cadavre d'une femme riche et célèbre présentant d'étranges mutilations est retrouvé sur un manège de chevaux de bois. Tout laisse à penser qu'elle est la quatrième victime d'un tueur qui ne s'en prend qu'aux *beautiful people* dont les crimes et turpitudes sont restés impunis.

**TREMBLEZ, RICHES NEW-YORKAIS...**

Zach Jordan et sa partenaire Kylie MacDonald, du NYPD Red, l'unité d'élite chargée de protéger les intérêts des citoyens les plus fortunés de Manhattan, en ont la confirmation quelques heures plus tard quand une vidéo fait le buzz sur le Net.

**UN CRIMINEL A DÉCIDÉ DE RENDRE LA JUSTICE... À SA MANIÈRE !**

Zach et Kylie sont sous pression. La municipalité veut un résultat rapide. D'autant que de plus en plus de New-Yorkais approuvent secrètement l'idée d'une justice expéditive...

« Patterson a l'art d'instiller le suspense jusque dans les moindres détails. Il soigne ses personnages et ses intrigues : ses romans sont de vrais films ! »
Michael Connelly

ISBN 978-2-8098-1666-2 / H 27-5565-5 / 374 pages / 22 €

James Patterson
*avec* Howard Roughan

# UN SI BEAU SOLEIL POUR MOURIR

**L'AMOUR...**

Ethan et Abby passent leur lune de miel sur une île enchanteresse des Caraïbes. Eaux turquoises le matin, farniente l'après-midi, champagne le soir... Mais le rêve prend fin, brutalement. Le couple est assassiné dans la luxueuse suite de son hôtel.

**LE SOLEIL...**

John O'Hara, ex-agent du FBI, se voit confier l'enquête par le père d'Ethan. Pendant ce temps, l'agent spécial Sarah Brubaker traque un serial killer, dont les victimes ont un étonnant point commun. Elles portent toutes le même nom : John O'Hara !

**ET LA MORT...**

Les routes de John et de Sarah pourraient-elles dès lors ne pas se croiser ? Il leur faudra unir leurs efforts pour arrêter les deux criminels. Et plus si affinités...

« Presque impossible à lâcher ! »
*Publishers Weekly*

ISBN 978-2-8098-1733-1 / H 15-3016-3 / 368 pages / 22 €

James Patterson
*avec* David Ellis

**INVISIBLE**

*Mon cauchemar est toujours le même.*
*je suis prisonnière*
*de ma chambre en flammes...*

Ce cauchemar récurrent, Emmy Dockery le fait depuis que sa sœur a péri dans l'incendie de sa maison, huit mois plus tôt. Depuis, tous pensent qu'Emmy – qui a démissionné du FBI pour se consacrer à cette affaire – a perdu la raison.

Il est vrai qu'elle est obsédée par cette disparition. Elle réalise bientôt que plusieurs personnes ont été retrouvées sans vie dans l'incendie de leur résidence et que ces affaires ont toutes été classées sans suite.

Persuadée qu'il ne s'agit pas d'accidents mais d'une série de meurtres, Emmy parvient à convaincre son ex, l'agent Harris Bookman, de l'aider à enquêter.

Un serial killer pyromane sévit en toute impunité. Il se trouve quelque part, sur le territoire des États-Unis. Et c'est à Emmy qu'il revient de le localiser. Au péril de sa vie...

« Une atmosphère apocalyptique
et des rebondissements à foison. Encore un Patterson
qu'il est impossible de lâcher. »
officer.com

ISBN 978-2-8098-1798-0 / H 38-1438-7 / 374 pages / 22 €

Les étoiles POLAR

JEU-CONCOURS

# GAGNEZ

UN WEEK-END DE RÊVE EN

# ISLANDE*

Profitez d'un break de trois jours pour faire le plein d'oxygène et de zénitude, en observant de près l'étoile Polaire. Retrouvez les détails du séjour à gagner et répondez aux questions suivantes sur le site www.editionsarchipel.com (onglet « Les étoiles POLAR »).

**Quelle est la capitale de l'Islande ?**

- ☐ Reykjavik
- ☐ Stockholm
- ☐ Dublin

**Quel est le premier producteur européen de bananes ?**

- ☐ L'Italie
- ☐ L'Espagne
- ☐ L'Islande

**Quelle lettre a disparu de l'alphabet islandais en 1974 ?**

- ☐ G
- ☐ Q
- ☐ Z

*jeu organisé du 9 juin au 15 septembre 2016, règlement du concours et inscription sur www.editionsarchipel.com

*Cet ouvrage a été composé*
*par Atlant'Communication*
*au Bernard (Vendée)*

*Impression réalisée par*

CPI BUSSIÈRE

*en juin 2016*
*pour le compte des Éditions de l'Archipel*
*département éditorial*
*de la S.A.S. Écriture-Communication*

*Imprimé en France*
N° d'impression : 2023995
Dépôt légal : juillet 2016